LES LÉVIATHANS DE LÉTHARA

DANS LA MÊME SÉRIE

1. *Opération Astrée*
2. *La Terre a peur*
3. *La Milice des mutants*
4. *Bases sur Vénus*
5. *Les vainqueurs de Véga*
6. *La forteresse des Six Lunes*
7. *La quête cosmique*
8. *Les glaces de Gol*
9. *Le traître de Tuglan*
10. *Le Maître des mutants*
11. *Le piège à pirates*
12. *L'empereur de New York*
13. *L'étoile en exil*
14. *Mutants en mission*
15. *L'offensive d'oubli*
16. *A l'assaut d'Arkonis*
17. *La menace des Moofs*
18. *La planète piégée*
19. *Les méduses de Moofar*
20. *Les grottes de Gom*
21. *La bataille de Bételgeuse*
22. *L'amiral d'Arkonis*
23. *Le sérum de survie*
24. *Le spectre du surmutant*
25. *Les exilés d'Elgir*
26. *L'invasion des Invisibles*
27. *Le poids du passé*
28. *La citadelle cachée*
29. *Les traquenards du temps*
30. *Délos a disparu*
31. *L'agonie d'Atlantis*
32. *La moisson de Myrtha VII*
33. *Les soleils de Siamed*
34. *L'errant de l'éternité*
35. *La revanche du Régent*
36. *Recrues pour le Régent*
37. *Le prix du pouvoir*
38. *La déroute des Droufs*
39. *Rhodan renie Rhodan*
40. *L'immortel et les Invisibles*
41. *Les Métamorphes de Moluk*
42. *L'arche des aïeux*
43. *Alerte aux Antis*
44. *Le caboteur cosmique*
45. *La flotte fantôme*
46. *Le barrage bleu*
47. *Le désert des décharnés*
48. *Opération « Okal »*
49. *L'homme aux deux visages*
50. *Les dieux oubliés*
51. *L'aventure akonide*
52. *Mannes éphémères*
53. *Complots arkonides*
54. *Opération dernière chance*
55. *Rencontres extragalactiques*
56. *La mort de Mécanica*
57. *Le captif du futur*
58. *La bataille de Panotol*
59. *Les astres noirs*
60. *Médiation protoplasmique*
61. *Opération surprise*
62. *Prisonnier du plasma*
63. *Le Monde-aux-Cent-Soleils*
64. *Le planétoïde hanté*
65. *Le combat des cent-soleils*
66. *Menaces sur les mutants*
67. *Le mirage de la montagne chantante*
68. *La valeur de la vie*
69. *Le fléau de la galaxie*
70. *Le miroir de molkex*
71. *Rébellion sur Euhja*
72. *La métamorphose du molkex*
73. *Le labryrinthe d'Eysal*

80. *Guérilla sur Greendoor*
81. *Pas de retour pour Rhodan*
82. *Les soldats stellaires*
83. *Mulots en mission*
84. *La fin de la fuite*
85. *Péril sur Plophos*
86. *Le déclin du dictateur*
87. *Arkonis assassiné*
88. *A l'assaut d'Andromède*
89. *Planète de pénitence*
90. *Les gardiens des galaxies*
91. *La guerre du gel*
92. *Héros de l'Horreur*
93. *Microcosme et Macrocosme*
94. *Les pyramides pourpres*
95. *Le triscaphe titanesque*
96. *Le péril surgi du passé*
97. *Téléporteurs dans les ténèbres*
98. *Les condamnés du Centre*
99. *La cinquième colonne*
100. *Les Coureurs d'ondes de Chrystal*
101. *Invasion interdite*
102. *L'armada akonide*
103. *Les astéroïdes d'Androbêta*
104. *Le satellite secret*
105. *La débâcle des Deux-Nez*
106. *Les sœurs stellaires*
107. *La ville vitrifiée*
108. *Le Monde des Marais*
109. *La sphère spatio-temporelle*
110. *La station de Saar Lun*
111. *Le messager des Maîtres*
112. *L'ingénieur intergalactique*
113. *La revanche des Régénérés*
114. *L'être d'Emeraude*
115. *Tempête sur Téfrod*
116. *Les mercenaires des Maîtres*
117. *Le robot qui rit*
118. *La machine de Multika*
119. *Le transmetteur temporel*
120. *Les temples de Tarak*
121. *L'agent atemporel*
122. *L'Emir et l'éternité*
123. *Les transmuteurs de Tanos*
124. *Le seigneur de Sadlor*
125. *Le sarcophage stellaire*
126. *La piste parapsychique*
127. *La facture des faussaires*
128. *Iago l'Innocente*
129. *Miras le Maléfique*
130. *Naufrage dans le néant*
131. *Le pacte de paix*
132. *L'escapade de l'Emir*
133. *Illusions interstellaires*
134. *La faillite de Faktor IV*
135. *Multidon la maudite*
136. *Terreur sur Tamanium*
137. *Le sacrifice suprême*
138. *Au cœur de la démesure*
139. *L'énigme de Old Man*
140. *Sur la piste des hypno-cristaux*
141. *Cristal-catastrophe*
142. *Sur le fil du rasoir*
143. *Remous dans les Nuages de Magellan*
144. *Des Perlians aux hommes-lions*
145. *Les partisans du Grand Nuage*
146. *Assaut sur Danger-I*
147. *Dans les grottes des Gurrads*
148. *Missions magellaniques*
149. *Le réveil d'un Titan*
150. *Transgressions temporelles*
151. *Dérive intergalactique*
152. *Poison pour une planète*
153. *Le sosie du Stellarque*
154. *De Néréide à Neptune*
155. *Offensive sur* Old Man
156. *Cités spatiales skovars*
157. *Le commandeur des oubliés*
158. *Holocauste halutien*
159. *Les labyrinthes de M 87*
160. *L'enlèvement de l'élu*
161. *La caste des chercheurs*
162. *Les insurgés du Krest IV*
163. *Projet paladin*
164. *Le repaire des Symbiotes*
165. *Uchronies akonides*
166. *Le karma de Khan*
167. *Les pirates de Parjar*
168. *Les cercueils de cristal*
169. *Les léviathans de Léthara*

K.-H. SCHEER
et CLARK DARLTON

LES LÉVIATHANS DE LÉTHARA

PERRY RHODAN — 169

Fleuve Noir

Titres originaux :
DER IRRE UND DER TOTE de William Voltz
NACHT ZWISCHEN DEN SONNEN de H.-G. Ewers

Traduit et adapté de l'allemand
par Jean-Luc Blary

ISBN : 2-265-07213-3

RÉSUMÉ DES ÉPISODES PRÉCÉDENTS

CYCLE 1 : LA TROISIÈME FORCE (1971-1984)

Lors de leur alunissage avec la fusée *Astrée*, Perry Rhodan et Reginald Bull, officiers de l'U.S. Space Force, rencontrent des humanoïdes émissaires du Grand Empire d'Arkonis (dans l'amas M 13 de la constellation d'Hercule). Thora et Krest, en quête d'une mystérieuse Planète de Jouvence, ont fait naufrage sur notre satellite. Entré en possession de la super-technologie arkonide, Rhodan impose à la Terre une paix planétaire durable avec l'appui de mutants doués de facultés parapsychologiques.

Après avoir repoussé des envahisseurs extraterrestres, il se lance vers les étoiles. Il aide les autochtones du système de Véga à repousser les belliqueux Topsides. Remontant une longue chaîne d'indices, Rhodan et ses compagnons d'aventure – dont Krest et Thora – trouvent ensuite Délos, la planète errante, domaine de l'Immortel. Celui-ci accorde la douche cellulaire prolongatrice de vie à Perry Rhodan et d'autres Terriens mais la refuse aux Arkonides, qui selon lui appartiennent au passé. Au cours de cette Quête Cosmique, un être étonnant s'allie aux humains : le mulot-castor L'Émir.

De retour sur Terre, Perry Rhodan doit se défendre contre le Surmutant Stafford Monterny. Puis des Marchands Galactiques, les Francs-Passeurs, attaquent le Système Solaire afin d'étouffer toute concurrence potentielle. Sous la pression des forces extraterrestres coalisées, Rhodan se voit contraint de faire croire, par un coup de bluff gigantesque, à la destruction pure et simple de la Terre.

CYCLE 2 : ATLAN ET ARKONIS (2040-2045)

Profitant de la tranquillité ainsi obtenue, Perry Rhodan instaure l'Empire Solaire dont il tient les rênes sous le titre de Stellarque de Sol et dont les ressortissants prennent le nom générique de Terraniens. En 2040 apparaît Atlan, le Solitaire des Siècles, qui a passé la majeure partie des dix mille dernières années dans une base-refuge sous-marine. Arkonide comme Krest et Thora, Atlan jouit de la vie éternelle grâce à un activateur cellulaire transmis par l'Immortel de Délos. Au bout de duels très serrés, Rhodan et lui décident de s'accorder à jamais un soutien mutuel indéfectible. Par son rapport détaillé sur un lointain passé, Atlan fournit un éclairage insoupçonné sur tout un ensemble d'événements et d'interactions d'ampleur cosmique.

À la confrontation avec le Grand Coordinateur positronique qui règne sur l'Empire arkonide décadent s'ajoutent bientôt les attaques des Droufs qui, surgis d'un univers invisible, tentent une invasion du continuum einsteinien. De plus, Perry Rhodan entre en conflit avec Thomas Cardif, le fils né de son union avec Thora l'Arkonide.

Reprogrammé en 2044, le Régent d'Arkonis reconnaît Atlan comme nouvel Empereur sous le titre de Gnozal VIII. Les Droufs, peu après vaincus par les Arkonides, les Francs-Passeurs et les Terraniens coalisés, sont renvoyés à leur univers d'origine.

Alors que Thomas Cardif trahit la Terre au profit des Marchands Galactiques, Perry Rhodan perd son épouse, Thora, puis son fidèle ami Krest.

CYCLE 3 : LES BIOPOSIS (2102-2114)

En 2102, à bord d'une frégate dotée d'un tout nouveau propulseur linéaire, Perry Rhodan échoue dans le Système Bleu, enclos par un écran énergétique et domaine des orgueilleux Akonides, lointains ancêtres des Arkonides. Alors qu'éclatent de terribles antagonismes entre Akonides et Terraniens, d'innombrables mondes de la Voie Lactée sont contaminés par une drogue pernicieuse.

Les Antis, prêtres fanatiques nantis de facultés anti-psi, manipulent Thomas Cardif qui usurpe incognito la place de son père avant d'être détruit par une ruse diabolique de l'Immortel de Délos. Perry Rhodan entre alors en possession d'un activateur cellulaire.

Le danger constitué par le Régent positronique d'Arkonis est définitivement écarté lorsqu'Atlan et quelques Terraniens, grâce à un saut temporel vers le passé, le mettent pour de bon hors d'état de nuire.

En 2112, en plein espace intergalactique, la race humaine plonge dans un conflit opposant les invisibles Laurins à un peuple de robots, les Bioposis. Un an plus tard, Perry Rhodan découvre le Monde-aux-Cent-Soleils, patrie de ces créatures mi-machines, mi-organiques, résout l'énigme posée par leur existence et les appuie pour vaincre les Laurins. Il fonde alors l'Alliance Galactique dont il devient le Grand Administrateur sous le titre inchangé de Stellarque de Sol.

CYCLE 4 : LE DEUXIÈME EMPIRE (2326-2329)

En deux cents ans de calme relatif, les Terraniens ont assis leur nouvelle position parmi les divers peuples galactiques. Perry Rhodan perd nombre de ses amis et proches collaborateurs qui ne reçoivent pas à temps l'un des vingt-cinq activateurs cellulaires éparpillés par l'Immortel à travers la Voie Lactée peu avant la disparition – voire l'anéantissement – de la planète Délos.

2326 voit surgir une nouvelle menace pour les explorateurs de la Galaxie : les monstrueux Annélicères. Sur la trace de ces énormes créatures, les hommes rencontrent les ressortissants d'un Deuxième Empire galactique, les Bleus qui occupent l'Est de la Voie Lactée, à l'opposé de Sol. Ces êtres au farouche désir d'expansion possèdent des vaisseaux quasi indestructibles grâce à leurs blindages de molkex. En 2328, des savants humains découvrent le moyen de détruire le molkex et cet atout met un terme définitif au conflit.

Durant cette période, de plus en plus de colonies terraniennes ont entrepris de lutter pour leur indépendance. Ainsi Plophos dont le dictateur, Iratio Hondro, fait enlever Perry Rhodan et quelques-uns de ses proches. Le Stellarque et ses compagnons ne sont sauvés qu'au bout d'une errance de près d'un an au voisinage du Centre galactique. Destitué, Hondro meurt après avoir attribué son activateur cellulaire à Mory Abro, qui devient la seconde épouse de Rhodan.

CYCLE 5 : ANDROMÈDE ET LES MAÎTRES INSULAIRES (2400-2406)

En 2400, à bord de sa nef amirale, le *Krest II*, et en compagnie du Halutien Icho Tolot, Perry Rhodan surgit au centre d'un réseau de transmetteurs de matière reliant le centre de la Voie Lactée à la Nébuleuse d'Andromède. À côté des pièges machiavéliques qui les attendent dans l'abîme intergalactique, les Terraniens se heurtent à de nouveaux adversaires, les Maahks (ou Méthaniens), dont une forteresse spatiale attaque bientôt la station régulatrice du transmetteur du cœur de notre Galaxie. Grâce à plusieurs opérations d'infiltration, l'invasion de la Voie Lactée organisée par les Maahks est évitée de justesse.

Dès 2402, les Terraniens parviennent à pénétrer davantage à l'intérieur d'Andromède en s'appuyant sur des têtes de pont établies dans les micronébuleuses voisines, Andro-Alpha et Androbéta. Ceux qui détiennent l'hégémonie sur Andromède apparaissent comme une poignée d'êtres auréolés de mystère, les Maîtres Insulaires. Tous les moyens leur sont propices pour neutraliser les Terraniens, y compris les manipulations temporelles. Le nouveau vaisseau-amiral de Rhodan, le *Krest III*, est ainsi projeté à plus de cinquante mille ans dans le passé : sur la Terre, l'Impérium de Lémuria se défend alors désespérément contre les belliqueux Halutiens. Effectuant le même plongeon mais perdant tout espoir de retour, la barge spatiale *Dino-III* et son équipage rendent possible le sauvetage du *Krest III* qui regagne enfin le temps présent.

Les tyrans d'Andromède focalisent leurs actions suivantes sur la Voie Lactée et contre l'Empire Solaire. En 2405, suite au pacte de paix conclu entre Terraniens et Maahks puis à la destruction de la route des transmetteurs reliant Andromède et la Galaxie, les Maîtres Insulaires sont éliminés les uns après les autres. C'est Atlan qui, au final, remporte le duel décisif contre Faktor I, le Maître suprême – une femme habitée par une volonté de puissance hors du commun et qui avait au préalable réussi à le séduire.

Février 2406 marque le début d'une accalmie de vingt-neuf ans au cours de laquelle Perry Rhodan et ses collaborateurs mettent tout en œuvre pour que l'Alliance Galactique se relève des difficultés qu'elle vient de traverser.

CYCLE 6 EN COURS :
M 87 OU LES CONSTRUCTEURS DU CENTRE
(à partir de 2435)

En 2435, des Terraniens et des Libres-Marchands de la planète Olympe – une puissance commerciale montante en marge de l'Empire Solaire – s'affrontent en un simulacre d'escarmouche lorsque surgit une titanesque forteresse-robot hémisphérique renfermant près de quinze mille ultra-croiseurs de type moderne ! *Old Man*, ainsi ce monstre spatial sera-t-il baptisé, se révélera plus tard être un cadeau destiné à l'humanité par les naufragés temporels du *Dino-III* : prévu pour intervenir contre les Maîtres Insulaires, il a hélas fait irruption avec trente ans de décalage…

Pire encore, il est tombé sous l'emprise de cristaux hypnotiques qui perturbent son comportement. Sur la piste de ces agents hypno-cristallins, Perry Rhodan, Atlan et Roi Danton, le fantasque souverain des Libres-Marchands – qui s'avérera n'être autre que Michael Reginald Rhodan, le propre fils du Stellarque ! – atteignent les Nuages de Magellan et, dans la plus vaste de ces nébuleuses jumelles satellites de la Voie Lactée, se lient avec le peuple humano-léonin des Gurrads. La destruction *in extremis* de l'ensemble des hypno-cristaux présents dans le Grand Nuage déclenche une alarme fréquentielle qui entraîne le réveil des Bi-Conditionnés, les policiers temporels censés châtier toute transgression chronoclaste comme les Terraniens semblent en avoir commis une lors de leur lutte contre les Maîtres Insulaires. Refusant d'admettre l'innocence des humains, les Gardiens Fréquentiels prennent possession de *Old Man* et appareillent pour le Système Solaire. Le *Krest IV*, nef amirale de Rhodan, fait alors les frais d'une arme terrible dont disposent les Bi-Conditionnés et plonge dans une brèche hyperspatiale, escorté par le vaisseau des Halutiens Icho Tolot et Fancan Teik.

À l'issue d'une incroyable dérive, les deux navires émergent dans la galaxie géante M 87, à 32 millions d'années-lumière de la Voie Lactée. Bien des surprises y attendent les égarés du cosmos : sous la coupe des énigmatiques Constructeurs du Centre, cet univers-île se caractérise tout autant par un système rigide et arbitraire de castes spécialisées que par la Radiance du Centre, un prodigieux jet d'énergie bleue qui émane de son noyau. Pour Perry Rhodan et ceux qui l'accompagnent, il s'agit non seulement de trouver un moyen de rallier la Voie Lactée – et pour cela il faut s'allier à un peuple autochtone techniquement très avancé – mais aussi de percer les innombrables mystères de cette galaxie géante… À commencer par la ressemblance morphologique de toutes ses races dominantes avec des Halutiens, et la raison de l'holocauste autrefois perpétré contre les Bestians qui pourraient bien avoir été les ancêtres de ces géants à quatre bras.

Lorsque *Old Man* et les Bi-Conditionnés surgissent dans l'Empire Solaire, tout paraît perdu mais une invention scientifique quasi miraculeuse, l'équipement DpF (détecteur de para-énergie et distorseur fréquentiel) assure plusieurs victoires décisives contre les policiers temporels. Ceux-ci fuient le Système Solaire ; abandonné, *Old Man* tombe bientôt entre les mains de ses destinataires légitimes, les Terraniens, qui ont hélas découvert en parallèle que les Gardiens Fréquentiels disposent d'un énorme arsenal para-spatial et qu'un assaut massif contre la Voie Lactée ne saurait tarder.

Si les Terraniens ont identifié que ces êtres inflexibles sont en réalité le jouet d'une puissance supérieure qui les asservit grâce à leurs partenaires symbiotiques, les Dolans sont passés à l'offensive à travers la Galaxie. De nombreuses colonies de l'Empire Solaire sont menacées, certaines déjà ravagées… C'est alors que va surgir un allié inattendu : Tro Khan, qui est parvenu à se débarrasser du joug de son symbiote et révèle que Perry Rhodan se trouve dans M 87. Aussitôt une expédition est mise en place et franchit le gouffre cosmique en réitérant le phénomène subi par le *Krest IV* quelques mois auparavant.

Une rencontre avec les Mooghs, des colosses halutimorphes en lutte contre les Constructeurs du Centre et qui ne sont autres que des Bestians, permettra aux nouveaux arrivants de nouer le contact avec Perry Rhodan. Mais la flottille terranienne, désormais forte de quatre unités, ne fuira un danger que pour tomber dans un autre piège : après avoir échappé de justesse à l'anéantissement du système des Mooghs par les Dumfries, les exilés n'éviteront la mort que grâce à l'abnégation et au sacrifice du major Kulu et de ses vingt compagnons.

Après avoir combattu aux côtés des Okefenokees, la race des Philosophes de M 87, lors d'une agression des Bestians et s'en être fait des amis, les Terraniens envoient une corvette à la poursuite des cercueils de cristal dans lesquels les gnomes expédient leurs morts vers le centre de la galaxie. Elle échoue sur Monol, un cristal géant de la taille d'une planète et où L'Émir se voit miraculeusement offrir un traitement réjuvénateur.

Si la petite troupe virtuellement naufragée sur le monde de cristal n'est pas au bout de ses surprises, c'est dans un autre environnement encore que Perry Rhodan se verra confronté aux LÉVIATHANS DE LÉTHARA…

PREMIÈRE PARTIE

LE FOU ET LE MORT

CHAPITRE PREMIER

Le gnome sortit de la petite halle. En d'autres circonstances, ses gestes auraient paru grotesques aux yeux des humains, mais présentement son évidente tristesse lui conférait une incontestable dignité.

Perry Rhodan, qui se tenait en compagnie d'Atlan sur la terrasse d'attente de l'hôpital, baissa la tête.

— Voilà Screecher, murmura-t-il. Et visiblement, il n'apporte pas de bonnes nouvelles.

— Il est à craindre que l'état de santé de Scanlon Ocachee ne se soit encore dégradé, répliqua l'Arkonide sur le même ton.

L'Okefenokee escalada à pas lourds la passerelle menant à l'esplanade qui fourmillait de ses semblables. Nombreux étaient les gnomes patientant afin d'obtenir des informations concernant leurs proches hospitalisés. Si l'assaut des Bestians sur le système de Scintilla n'avait fait que trente-deux morts, il avait en revanche été responsable d'une multitude de blessés.

Un peu essoufflé, Screecher rejoignit enfin les deux hommes. Sa physionomie disgracieuse au nez à peine apparent trahissait son trouble intérieur.

— Scanlon Ocachee est mort, annonça-t-il.

Rhodan considéra l'arrivant d'un œil affligé. Il avait espéré que le Philosophe se remettrait de ses blessures.

Le Stellarque ne se berçait guère d'illusions. Avec Ocachee avait disparu l'Okefenokee le plus proche des Terraniens, et le plus instruit de leurs difficultés. Si les autres gnomes étaient certes au courant de la situation des étrangers, ils manifestaient cependant le plus souvent leur refus d'un rapprochement plus étroit.

— J'en suis désolé, compatit-il.

Screecher, qui depuis l'accident d'Ocachee faisait fonction d'agent de liaison, hocha sa grosse tête. S'il ne possédait pas l'intelligence de son prédécesseur, son attitude témoignait néanmoins d'une objectivité irréprochable, et il traitait les Terraniens avec un pragmatisme dénué de toute émotion.

Peut-être, se dit le Stellarque, qu'à présent les choses allaient changer. Beaucoup parmi les Okefenokees imputeraient indirectement aux humains la responsabilité du décès du Tri-Penseur.

— Le destin de ce malheureux gnome nous met en mauvaise posture, commenta Atlan en montrant par là qu'il pensait exactement comme son ami.

— Je sais, approuva Perry. Nous devons tout de même poursuivre les pourparlers. Ils peuvent se déclarer disposés à nous apporter une aide active à n'importe quel moment.

Le Lord-Amiral prit appui sur le parapet bordant la terrasse pour contempler la région industrielle qui s'étendait à perte de vue tout autour de l'hôpital. Au loin, une sphère géante dominait les bâtiments : le *Krest IV*. Rhodan avait décidé de poser l'ultracroiseur sur Kliban, escomptant ainsi produire un effet psychologique sur les gnomes. Le *BOX-13111* et les deux vaisseaux halutiens, par contre, étaient restés dans l'espace pour continuer à monter la garde avec leurs installations de repérage, afin d'être en mesure de pouvoir donner immédiatement l'alerte au cas où surviendrait une nouvelle offensive des Bestians.

L'espoir du Stellarque se concentrait à présent sur les hommes qui s'en étaient allés avec la *KC-1* poursuivre les cercueils volants des Okefenokees.

La voix de Screecher le sortit de ses pensées.

— Nous nous sommes consultés sur la position à adopter suite à la mort d'Ocachee, et nous tenons à préserver l'amitié entre nos peuples.

— J'en suis très heureux, le remercia Rhodan. J'espère que nous pourrons bientôt recommencer les négociations concernant notre retour. Ce que nous avons vu sur Pompeo Posar et Kliban nous laisse augurer que votre peuple sera en mesure de nous aider à regagner notre Galaxie-patrie.

La réponse du gnome ruina cette aspiration en établissant sans ambiguïté que les projets des siens étaient tout autres.

— Nous sommes confrontés à beaucoup trop d'incertitudes, aussi anticipons-nous la conclusion probable en vous proposant de vous installer à demeure parmi nous.

Le Premier Terranien, captant le regard avertisseur d'Atlan, réprima une répartie cinglante.

— Nous vous remercions pour cette offre généreuse, assura l'Arkonide. Nous allons y réfléchir.

Screecher fit un geste pour indiquer l'hôpital.

— Ocachee sera emmené ce soir dans une halle mortuaire, déclara-t-il. Nous comptons que vous enverrez une délégation rendre hommage à notre disparu.

— Nous n'y manquerons pas, promit Rhodan.

L'Okefenokee partit rejoindre quelques-uns de ses compatriotes afin de les informer de l'état de leurs parents.

Le Stellarque haussa les épaules.

— Nous n'avons plus rien à faire ici pour le moment, précisa-t-il. Retournons au vaisseau.

— Que penses-tu de la proposition des gnomes ? voulut savoir le Lord-Amiral.

— Il ne s'agit ni plus ni moins que d'un refus diplomatique d'assistance, expliqua Rhodan.

Ils descendirent la passerelle tandis qu'une musique funèbre en provenance de l'établissement hospitalier parvenait à leurs oreilles. Devant l'entrée, quelques Penseurs étaient suspendus aux arbres dans leur posture de méditation typique. Il n'y avait sur Kliban que peu de végétaux propres à cet usage. Lorsqu'un Okefenokee se sentait l'envie de réfléchir profondément, il empruntait d'ordinaire le réseau de disques paraporteurs afin de regagner Pompeo Posar. Toutefois, depuis l'attaque des Bestians, les habitudes des gnomes s'étaient trouvées quelque peu perturbées.

Les deux hommes montèrent dans le glisseur terrestre tout-terrain avec lequel ils étaient venus depuis le *Krest IV*.

— Les techniciens prendront prétexte de cette offre pour remettre sur le tapis leur projet d'entreprendre le voyage de retour vers la Voie Lactée à l'aide des kalups de rechange stockés dans la nef des Bioposis, signala Atlan alors que le véhicule s'ébranlait.

Le Stellarque opina à contrecœur. Il n'ignorait pas que les différentes conceptions sur le moyen le plus sûr de revenir chez eux avaient engendré des frictions au sein de l'équipage de l'ultracroiseur, et que d'ores et déjà deux partis s'étaient constitués. Lui-même était le représentant du courant estimant qu'il était plus fiable de tout mettre en œuvre afin d'obtenir des peuples de M 87 un convertisseur transdimensionnel que de risquer un vol linéaire de plus de trente millions d'années-lumière entrecoupé de plus de deux douzaines de remplacements de kalups à bout de souffle.

Ils empruntèrent une grande artère traversant la région industrielle. À quelques rares exceptions près, les usines étaient entièrement automatisées, accordant aux Okefenokees tout loisir pour approfondir leurs problèmes philosophiques. Au cours des derniers jours, Perry Rhodan s'était efforcé à plusieurs reprises d'aiguiller la conversation avec les gnomes sur les Constructeurs du Centre. Mais quand il avait affirmé qu'un lien particulier unissait les Penseurs et les C.C., les petits humanoïdes s'étaient contentés de sourire. En l'absence de renseignements concrets, il en restait réduit aux suppositions.

— Ce sera seulement après avoir acquis la certitude que nous n'avons plus la moindre chance de récupérer un propulseur paratronique que je me résoudrai à utiliser les kalups entreposés dans la nef composite, rappela-t-il.

Apercevant un attroupement de gnomes fort occupés à

discuter, il ralentit la course du glisseur. Toutefois, les Okefenokees ne prêtèrent aucune attention au véhicule : les Terraniens étaient apparemment devenus en peu de temps partie intégrante du décor, si bien qu'ils pouvaient circuler presque partout sans que nul ne les remarque. En revanche, restait entière la question de savoir si le manque d'intérêt des Philosophes était réel ou simulé.

L'appareil atteignit le poste d'accostage du *Krest IV*, une vaste superficie nue entre deux installations industrielles. Grâce à l'utilisation exclusive de ses antigrav, l'ultracroiseur s'était posé comme une fleur sans causer le moindre dommage – à part bien sûr les deux douzaines de dépressions creusées par ses étançons.

Rhodan s'avança jusqu'à l'extrémité inférieure de la passerelle, où trois membres de l'équipage montaient la garde.

— Rien de spécial ? s'enquit-il auprès de l'officier.

— Rien à signaler, Monsieur, répondit le jeune homme. Aucun Okefenokee ne s'est approché du vaisseau.

— Le contraire m'aurait étonné, répliqua le Stellarque.

— Faut-il faire rentrer le glisseur, Monsieur ?

Le Premier Terranien secoua la tête.

— Nous en aurons de nouveau besoin ce soir, pour l'enterrement de Scanlon Ocachee.

Rhodan et Atlan regagnèrent l'intérieur du navire. Une autre sentinelle était postée dans le sas : depuis leur arrivée impromptue dans l'Amas de la Vierge, ils avaient déjà éprouvé tant de mauvaises surprises que même envers les Penseurs la confiance n'était pas totale. Lors de la bataille contre les Bestians, les Okefenokees avaient prouvé qu'ils n'étaient pas uniquement capables de méditer, mais qu'ils étaient des êtres courageux et disposant d'armes terrifiantes.

— Vas-tu informer l'équipage de l'offre des gnomes ? se renseigna l'Arkonide lorsqu'ils prirent la direction de la centrale de commandement.

— Pas tout de suite, refusa le Stellarque. Je leur parlerai après que Hole Hohle sera revenu avec la *KC-1*.

Le Lord-Amiral comprit que son ami espérait recevoir de nouveaux indices susceptibles de les aider dans leur quête.

Alors qu'ils s'acheminaient vers l'un des puits antigrav s'ouvrant dans la coursive principale, un jeune sergent vint à leur rencontre.

— Monsieur, le Dr Myteren vous prie de bien vouloir le contacter immédiatement, annonça-t-il à Rhodan.

— Qu'est-il arrivé ? questionna l'interpellé.

— Je n'en sais rien, répondit le sous-officier. Le médecin m'a seulement demandé de vous avertir aussitôt que vous seriez rentré.

Suivi de l'Arkonide, le Stellarque se dirigea vers le poste d'intercom le plus proche et de là établit la liaison avec l'hôpital de bord de l'ultracroiseur. L'un des plus jeunes docteurs s'encadra sur l'écran, remplacé par la mince figure du Dr Myteren dès que le Premier Terranien eut fourni le motif de son appel.

— Je voulais vous voir à cause du docteur Jean Bériot, expliqua le thérapeute.

— Il y a eu du changement dans son état ?

Bériot, le physicien en chef du *Krest IV*, avait subi de la part des Aphanéens, sur Dwellion, un psycho-interrogatoire qui lui avait totalement vidé l'esprit. Il était depuis lors en traitement psychiatrique. Les médecins du bord avaient été unanimes à estimer que le Dr Bériot était incurable. Plusieurs parties de son cerveau avaient été irrémédiablement lésées. L'homme resterait jusqu'à la fin de ses jours un débile profond aussi limité qu'un nouveau-né. Rhodan s'était rendu deux fois au chevet du savant, et à chacune de ses visites il n'avait trouvé qu'un être allongé dans son lit, complètement amorphe et nécessitant d'être alimenté à la petite cuillère.

— Je préfèrerais que vous le voyiez vous-même, proposa Myteren.

— J'arrive ! promit le Stellarque avant de couper la communication.

— Je t'accompagne, décida Atlan qui avait tout entendu.

Le médecin, qui les avait attendus à l'entrée du service de soins, les conduisit immédiatement jusqu'à la petite chambre où était alité le Dr Bériot.

Le scientifique était étendu, rigide. Ses yeux légèrement globuleux étaient grand ouverts et le drap recouvrant son corps ne masquait pas le fait que cet homme était physiquement difforme. S'il avait par le passé beaucoup souffert de sa gibbosité, il était désormais incapable d'éprouver des sentiments tels que la honte ou la colère.

— Regardez bien ! prévint le Dr Myteren.

Sortant de sa poche un petit baladeur, il y introduisit un cristal mémoriel puis alluma l'appareil. Une douce mélodie se fit entendre.

Bériot se redressa.

— Il écoute ! souffla Rhodan, stupéfait.

— Disons qu'il réagit à la musique, précisa le praticien. Compte tenu de son état, ce seul point est déjà plus qu'extraordinaire.

— Vous croyez que cela pourrait être le signe d'un début de rémission ? se renseigna Atlan.

— Nous avons examiné le Dr Bériot à fond et à plusieurs reprises, répondit Myteren. Son cerveau est détruit, irréparable, et personne ne peut rien pour lui.

— Alors, comment expliquez-vous ce comportement lorsqu'il entend de la musique ? voulut savoir le Stellarque.

— Je ne l'explique pas, Monsieur. C'est un phénomène incompréhensible.

— Avez-vous constaté chez lui d'autres réactions anormales ?

— Il réagit aux images avec des couleurs vives, mentionna le médecin. Les nuances claires semblent l'effrayer, tandis que les teintes sombres ont sur lui un effet apaisant.

Perry Rhodan s'approcha du lit du savant. La respiration du Dr Bériot était régulière, et son regard fiévreux. Il ne paraissait pas avoir conscience de la présence d'autres personnes.

— Je continue à m'occuper de lui, déclara le Dr Myteren. Et surtout je poursuivrai son observation en le soumettant aux tests habituels.

Quand le Premier Terranien sortit de l'hôpital, il avait à nouveau l'esprit accaparé par les Okefenokees. Il déplorait le sort du physicien en chef, mais en sachant bien que Bériot était au-delà de toute aide possible.

— Qui enverrons-nous aux obsèques d'Ocachee ? s'enquit Atlan lorsqu'ils pénétrèrent dans la centrale.

— J'irai moi-même, et j'emmenerai deux ou trois officiers, répondit le Stellarque. Peut-être se produira-t-il quelque chose qui nous permettra d'avancer un peu vers la compréhension de la mentalité des Philosophes.

Ce qu'il espérait en son for intérieur était de découvrir un détail concernant la relation existant entre les gnomes et les Constructeurs du Centre. Dans la hiérarchie des castes de M 87, les Okefenokees possédaient incontestablement un statut à part : pas un seul vaisseau dumfrie n'avait surgi pour assister ces êtres lors de leur combat contre les Bestians, et les Supra-Ingénieurs eux-mêmes ne s'intéressaient guère à ce peuple si particulier. Les C.C. étaient apparemment convaincus que les Penseurs étaient en mesure de solutionner seuls tous les problèmes qui se posaient à eux.

Mais qu'avaient donc ces vilains petits gnomes pour bénéficier de manière aussi flagrante du respect des Constructeurs ?

Rhodan pressentait que la réponse à cette question résoudrait toutes les énigmes de cette galaxie.

*
* *

La halle mortuaire n'était qu'à un peu plus d'un kilomètre du poste d'accostage du *Krest* – plus exactement de l'étançon actuellement utilisé comme sas de débarquement. Screecher, venu chercher la délégation terranienne, apparut près de la passerelle peu avant la tombée de la nuit. Perry Rhodan s'était fait accompagner par l'officier en second, le major Drave Hegmar, et par le lieutenant Mark Berliter.

Il invita le gnome à prendre place dans le glisseur avec eux, mais le Philosophe préféra franchir la distance par ses propres moyens en effectuant une téléportation. Aussi, lorsque les trois Terraniens atteignirent le seuil de la halle, les y attendait-il. Le bâtiment dans lequel devait se dérouler la cérémonie était en forme de dôme reposant sur trois socles disposés en triangle équilatéral. L'éclairage intérieur dessinait au sol les ellipses des entrées ovales d'où émanait l'étrange musique funèbre.

Quand les trois hommes descendirent de leur véhicule, Screecher les héla avant de s'approcher d'eux.

— S'il vous plaît, ne parlez pas pendant l'office, les avertit-il. Ainsi seulement vous montrerez le respect que vous portez au Tri-Penseur décédé.

Le Stellarque fut déçu d'apprendre qu'aucune parole ne devait être prononcée durant la cérémonie. Cela réduisait considérablement ses chances de découvrir quelque chose de neuf sur les C.C.

Le gnome guida ses trois accompagnateurs vers l'entrée principale de la halle.

— Où sont les autres participants ? s'enquit Hegmar à mi-voix.

— Probablement déjà à l'intérieur, présuma Rhodan.

Sa supposition se confirma : la salle était bondée. Les Okefenokees massés en une foule dense offraient un impressionnant spectacle. Flottant approximativement au centre du vaste espace, un énorme cristal brillant d'une clarté bleu-vert, d'un diamètre atteignant à peu près trois mètres, reposait sur un champ de sustentation. À lui seul, il émettait assez de lumière pour illuminer toute la halle. Tous les regards étaient braqués sur ce joyau au-dessous duquel se trouvait un socle vide.

En dépit de son étrangeté, la musique omniprésente formait un fond sonore émouvant. Elle rappelait un peu les orgues, bien qu'étant très probablement produite par des instruments complètement différents – ou peut-être même entièrement synthétique.

Screecher se dirigea vers le support nu avant de s'immobiliser à proximité et de lever les deux bras en l'air. Le Stellarque de Sol présuma que lui et ses compagnons étaient censés agir de même. Lorsqu'il s'avança en direction du centre de la salle, l'éclat du cristal géant lui blessa les yeux. Il sentit converger sur lui les regards de centaines d'Okefenokees pendant qu'il se campait devant le socle et tendait les mains vers le haut, imité par Hegmar et Berliter qui l'encadraient.

Leur cicérone les observa en esquissant quelques hochements de tête approbateurs. Après quoi il leur indiqua un emplacement libre à l'autre extrémité de la halle. Les trois hommes s'y rendirent pour attendre la suite de la cérémonie. Les gnomes restaient parfaitement silencieux, personne ne bougeait. Les Terraniens commencèrent à se sentir mal à l'aise.

Chaque fois que la mélodie se renforçait, la luminosité de la sphère glauque s'intensifiait de même. Les intervalles séparant ces variations soniques et photiques se réduisirent progressivement, atteignant bientôt une cadence pulsante, presque stroboscopique.

Alors s'ouvrit une petite porte latérale, et la musique cessa d'un coup tandis que le cristal s'assombrissait. Dans la lumière incertaine revenue, Rhodan identifia quatre Okefenokees guidant un cercueil de cristal – un prisme d'un mètre de section sur trois de long, dont l'extrémité antérieure était accolée à une sphère de trois mètres de diamètre abritant un transmetteur auto-localisateur. Le couvercle ouvert permettait de voir Scanlon Ocachee, allongé sur le dos et habillé de façon à ce que rien n'apparaisse de ses blessures. Dans la pénombre, ses traits ingrats évoquaient un masque.

Les quatre gnomes s'arrêtèrent un instant devant le socle, dans un silence presque douloureux. Les humains sentirent de manière quasi palpable les pensées des Philosophes se concentrer sur la dépouille étendue à l'intérieur du sarcophage. Pendant un bref moment, l'assemblée constitua une unité mentale de laquelle les trois Terraniens restaient seuls exclus.

La musique reprit aussi brusquement qu'elle s'était interrompue.

Rhodan sursauta.

Les quatre porteurs déposèrent le cercueil sur le piédestal avant de se figer durant près d'une minute, les bras levés.

Le rituel funèbre orchestré pour Scanlon Ocachee se différenciait considérablement de celui qui avait été organisé pour les Okefenokees tombés lors du combat contre les Mooghs, montrant en cela la haute estime en laquelle on tenait le Tri-Penseur sur Kliban et Pompeo Posar.

Comme obéissant à un signal secret, l'assemblée se mit soudain en mouvement en direction des sorties. Le Stellarque regarda dans tous les sens, ne sachant quel comportement adopter.

Screecher le libéra de son embarras.

— La cérémonie est terminée, annonça le gnome. Vous pouvez vous en aller, maintenant.

— Plutôt court, comme office, remarqua le major Hegmar.

— Oui, confirma le Philosophe sans autre commentaire.

Il se dirigea vers l'entrée, suivi par les trois hommes. Juste avant de franchir le seuil, Rhodan s'arrêta pour jeter un dernier coup d'œil en arrière. Le couvercle du cercueil s'était refermé. Le caisson, qui réverbérait la lueur glauque émise par le cristal, allait bientôt emmener Scanlon Ocachee dans un mystérieux voyage.

Où partaient les gnomes ?

Le Premier Terranien espérait que l'équipage de la *KC-1* reviendrait très prochainement lui apporter la réponse.

— Venez, le héla calmement Screecher. Il faut sortir, à présent.

— Quand part-il ? se renseigna le Stellarque.

L'Okefenokee comprit immédiatement le sens de la question.

— Cette nuit même, précisa-t-il.

Une fois à l'extérieur, le Penseur s'immobilisa une nouvelle fois.

— Avez-vous examiné notre offre de vous installer sur Kliban et Pompeo Posar ? voulut-il savoir.

— Ce n'est pas une décision à prendre à la légère en quelques heures, répliqua évasivement Rhodan. Nous aurons besoin de plusieurs jours de réflexion.

Le gnome se satisfit visiblement de cette réponse, car il prit congé sur-le-champ avant de disparaître en se téléportant. Les trois hommes remontèrent à bord de leur glisseur et rebroussèrent chemin vers le vaisseau. Derrière eux, la musique mélancolique continuait à sourdre de la halle mortuaire dont les entrées brillaient de la clarté verdâtre irradiée par le cristal géant.

— Je ne pourrais jamais m'habituer à cette planète, déclara le major Drave Hegmar.

Le Stellarque adressa un regard admonestateur à l'officier en second du *Krest IV*.

— Oubliez ce que vient de dire Screecher ! exigea-t-il. L'équipage ne doit rien en savoir jusqu'à nouvel ordre. (Il se tourna vers le lieutenant Berliter.) Cela vaut également pour vous.

Le véhicule vira au coin de l'avenue pour filer en direction de l'ultracroiseur.

CHAPITRE II

Docteur Jean Bériot.

C'était son nom – mais il ne s'en souvenait pas.

Physicien en chef du *Krest.*

C'était sa profession – mais il ne s'en souvenait pas.

Il ne se souvenait de rien. Les processus cognitifs de son cerveau – le cerveau d'un génie – étaient retombés au stade le plus primaire qui soit. Il était à la merci d'émotions qui – avant – l'auraient fait sourire s'il les avait observées chez d'autres Terraniens.

À présent, il ne savait même plus sourire. Si parfois ses zygomatiques se contractaient, ce n'étaient plus que des crispations purement mécaniques, et en aucun cas un mouvement conscient.

Il n'était plus guère qu'un animal stupide – à un détail près : le traitement qui avait consumé une partie de son encéphale l'avait, dans le même temps, rendu sensible à certaines influences extérieures. Il était devenu réceptif à des signaux d'un type bien défini – des signaux auxquels un esprit humain ordinaire était imperméable.

Dans son état actuel, le Dr Jean Bériot était un animal primitif dans un corps humain – mais un animal doté d'une faculté apparemment absurde : il percevait les rayonnements hyperénergétiques. Ces ondes éveillaient en lui une réaction. Son esprit détruit par les Aphanéens répondait aux hyperradiations. Les impulsions de cette nature exerçaient un tel stimulus sur son cerveau que le contrecoup en était une activité physique – mais une activité inconsciente.

Au moment même où Perry Rhodan revenait de la cérémonie funèbre de Scanlon Ocachee, le flux capté par la matière grise résiduelle de Bériot atteignit une intensité telle que ses neurones excitèrent son système nerveux en commandant à la forme bossue d'un mètre cinquante de se lever.

Le physicien remua les jambes, gigotant tel un nourrisson, jusqu'à se libérer de la couverture.

Après quoi il se mit debout. Restant toutefois incapable de s'apercevoir que la surface de la couche était sur un plan spatial différent de celui du sol, il se mit en marche, avança au-delà du bord du lit et tomba lourdement, impuissant à se recevoir. La douleur était une des sensations auxquelles il était resté vulnérable, et il commença à gémir.

Attiré par le bruit, le Dr Myteren se précipita avec l'un de ses collaborateurs pour venir voir ce qui s'était passé.

Le Dr Bériot était par terre, juste à côté de la couche, la tête ensanglantée, les jambes tressautantes et les mains crispées comme des serres.

— Regardez ça, Doc ! s'exclama le jeune médecin.

— Il a dû bouger et tomber, déclara Myteren avec insistance. Nous allons devoir l'attacher.

L'assistant examina la plaie ouverte sur le front du patient. Il était invraisemblable qu'il ait pu s'occasionner une telle blessure rien qu'en glissant du lit. Il s'était certainement redressé au préalable. Une fois de plus, il fallait admettre que l'activité de Bériot était terrifiante et ne cadrait pas avec l'état végétatif auquel il était censé être réduit.

— Apportez des sangles ! ordonna le Dr Myteren.

Après une courte hésitation, le jeune praticien sortit de la chambre pendant que son supérieur se penchait pour ramasser le malade. Lequel opposa une résistance inattendue. Le thérapeute affermit sa poigne.

Bériot se releva alors de lui-même. Son regard s'altéra tandis qu'il proférait des sons inarticulés.

L'autre le saisit par les épaules afin de le pousser et l'obliger à se rallonger sur le lit.

Le petit homme contrefait réagit brusquement avec violence. Il possédait la force d'un dément, et son premier geste agressif atteignit Myteren au genou. Le médecin, attaqué par une grêle de coups de poing et de pied, s'écroula en émettant une lamentation.

L'assistant revint à ce moment-là avec les sangles. Lorsqu'il ouvrit la porte, Jean Bériot était accroupi tel un crapaud sur le praticien, lequel gisait face contre terre. Le jeune homme s'effraya.

— Que se passe-t-il ? interrogea-t-il d'une voix incertaine. Que faites-vous là ?

Sans bouger, le physicien grogna comme un carnassier décidé à défendre sa proie.

— Dr Myteren ! appela timidement l'adjoint.

Il finit par réaliser l'anormalité de la situation : il devait immédiatement en informer un officier.

Quand il pivota pour ressortir, Bériot lui sauta dessus par-derrière, le projetant contre le mur. Les courroies tombèrent à terre. Le malade agrippa sa nouvelle victime par le cou et entreprit de serrer avec les deux mains, sans paraître prendre conscience qu'il mettait une vie en danger. Le jeune médecin s'efforça désespérément de desserrer l'étreinte, mais son agresseur manifestait une force surhumaine.

Lorsque sa victime cessa de se débattre, Bériot la lâcha. Saisissant l'homme par le col, il le traîna jusqu'à l'endroit où gisait déjà le Dr Myteren.

Ce que fit ensuite le physicien n'était plus réellement inconscient mais témoignait plutôt d'un raisonnement venu de son subconscient. Malgré son encéphale partiellement détruit, il agissait avec méthode, vivant les événements comme dans un rêve.

Ramassant les sangles, il s'en servit pour attacher les deux thérapeutes toujours sans connaissance. Après quoi il se rendit dans la pièce voisine d'où il ramena deux compresses, qu'il utilisa pour bâillonner ses victimes avec des gestes nerveux et saccadés tenant davantage de la bête que de l'humain. Plusieurs fois, il se déplaça en sautillant de-ci, de-là.

Les impulsions à l'origine des réactions du malade se renforcèrent. La source d'énergie émettrice n'était pas très éloignée.

L'ancien savant fixa de son regard brûlant ses deux prisonniers. Il n'avait qu'une seule ambition : il devait se rendre là d'où provenaient les hyperondes stimulantes. Sa décision de sortir discrètement du vaisseau n'était en rien le fruit d'une réflexion objective, mais la seule conséquence d'un désir irrépressible de s'évader.

Ramassé sur lui-même, le Dr Jean Bériot se faufila hors de l'hôpital.

*
* *

La halle funéraire était déserte et paisible. En son centre reposait le cercueil de Scanlon Ocachee, attendant de partir pour son long voyage. La brillance du cristal géant s'accroissait de minute en minute.

*
* *

Le fuyard se déplaçait sans bruit.

Il possédait la prudence d'un animal traqué. Le fait que la plupart des membres de l'équipage fussent actuellement exempts de service favorisait son dessein : la coursive menant de l'hôpital au plus proche puits antigrav était vide. Le physicien s'arrêta quelques secondes devant l'orifice, son instinct lui dictant de ne pas utiliser les conduits anti-g. Emprunter les escaliers et les ascenseurs hydrauliques était également trop dangereux. Le plus sûr pour lui était de gagner la partie inférieure du vaisseau en passant par un tube d'évacuation. Ces dispositifs n'étaient normalement employés qu'en cas d'extrême urgence, comme dans l'éventualité d'une destruction imminente de l'ultracroiseur.

Entendant un bruit, Bériot se coula promptement dans un renfoncement.

Étroitement plaqué au mur, il attendit que les pas aient décru au loin avant d'émerger de sa cachette pour, mi-courant, mi-bondissant d'étrange manière, atteindre l'accès de l'un des conduits d'évacuation où il se laissa glisser bras et jambes écartés, freinant sa descente avec ses pieds, genoux et coudes. Qu'il s'écorchât ainsi la peau l'indifférait.

Il ressortit du tube à l'intérieur du hangar de chargement inférieur. Sans perdre de temps, il s'empara d'une unité dorsale dont il se harnacha avant de rejoindre le plus proche sas individuel, qu'il ouvrit afin de jeter un œil au-dehors.

Pas une seule seconde, il ne fut conscient de son comportement. Son esprit était entièrement sous l'emprise d'un rayonnement hyperénergétique.

Il alluma le projecteur antigrav et sauta dans le vide. Il ne commit pas l'erreur de se laisser descendre directement au sol, ce qui aurait mené à sa découverte immédiate. Au lieu de quoi il s'éleva le long de la coque du *Krest IV* jusqu'à atteindre le bourrelet équatorial, sur lequel il prit pied.

Des lumières brillaient partout. Sur ce monde industriel, l'activité ne s'interrompait jamais.

L'hyperphysicien n'y prêta aucune attention. Son but était ailleurs, à seulement un kilomètre de là.

De là où il se tenait, le Dr Jean Bériot discernait sans peine la lueur bleu-vert qui sortait de la halle mortuaire.

*
**

Le Dr Myteren émergea de son évanouissement. Quand il voulut se lever, il constata qu'il était allongé sur le sol de la chambre de Bériot, entravé dos à dos avec son assistant. Les sangles initialement destinées à attacher le savant dans son lit lui meurtrissaient les chairs.

Redressant péniblement la tête, le médecin nota sans

surprise que son malade avait disparu. Après s'être vainement efforcé de se débarrasser de son bâillon, il remua en tous sens pour faire glisser ses liens, sans plus de succès. Son adjoint ne donnait aucun signe de vie. Il était soit mort soit inconscient. Oubliant ses douleurs, Myteren se contraignit à réfléchir objectivement.

Le Dr Treiber devait venir le relever dans trois heures environ. À moins que l'un ou l'autre membre de l'équipage ait soudain besoin de soins urgents, il y avait peu de chances que les deux captifs soient délivrés avant l'expiration de ce délai.

L'intérêt scientifique du praticien se réveilla. Il se demanda comment Bériot avait pu être capable de faire cela. Le cerveau détruit du physicien n'était en principe plus en mesure de guider de telles actions. Et pourtant cet homme avait non seulement assommé les deux médecins, mais encore les avait ligotés. Myteren se souvint que pendant leur brève échauffourée, le comportement du malade avait davantage ressemblé à celui, instinctif, d'un animal qu'à celui, raisonné, d'une créature intelligente. De là à en inférer que Bériot subissait l'influence d'une mystérieuse force étrangère, il n'y avait pas loin. Le thérapeute évita toutefois de conclure prématurément.

Il y avait d'ailleurs un problème plus urgent à résoudre : où avait bien pu filer ce personnage après avoir mis hors de combat les deux hommes ? Se trouvait-il toujours dans le vaisseau ou avait-il essayé de fuir à l'extérieur ? Si quelqu'un le repérait, les deux médicastres avaient des chances d'être rapidement libérés. Myteren pressentait cependant que Bériot ferait en sorte de n'être pas découvert.

S'il était incontestable que le physicien ne pouvait être tenu pour responsable de ses agissements, est-ce que les Okefenokees se montreraient aussi compréhensifs au cas où le malade quitterait le *Krest IV* et s'en prendrait à un ou plusieurs gnomes ?

L'infirme risquait d'entraîner un impact négatif sur les relations entre les Terraniens et les Philosophes.

Le médecin tira sur ses liens. Il interrompit ses efforts en entendant les sons étouffés émis par son assistant : le jeune homme avait enfin repris connaissance.

Ligotés dos à dos et bâillonnés comme ils l'étaient, les deux hommes n'avaient aucune possibilité de communiquer.

Myteren commença à s'accabler de reproches. Les surprenantes réactions manifestées par le Dr Bériot, antérieurement à l'agression, auraient dû lui mettre la puce à l'oreille. Un praticien ayant déjà eu affaire à d'innombrables cas sortant de l'ordinaire n'aurait pas dû commettre une telle erreur. Il s'était beaucoup trop fié au fait que le physicien s'était longtemps comporté de la manière à laquelle on pouvait s'attendre compte tenu de ses lésions cérébrales.

Le temps passa sans que nul ne découvre les deux médecins prisonniers de leurs attaches.

*
* *

Le cercueil abritant Scanlon Ocachee paraissait flamboyer. Le cristal lumineux était descendu et répandait à présent une clarté constante. Une musique sortait en sourdine de haut-parleurs invisibles. Le début du grand voyage du Tri-Penseur était imminent.

*
* *

Jean Bériot atterrit près du mur extérieur d'un des bâtiments manufacturiers. La même puissance qui l'avait guidé jusque-là l'incita à lancer un regard prudent dans toutes les directions. Avec son projecteur antigrav, il aurait pu voler tout droit vers la halle funéraire, mais il se serait ainsi exposé au risque d'un repérage par les Okefenokees. Il était plus sûr pour lui d'effectuer le trajet à pied en profitant du moindre couvert.

Il abandonna dans un creux de terrain l'unité dorsale désormais inutile, avant de poursuivre son approche en rasant les murs. Parvenu à l'extrémité de la construction, il jeta un œil au-delà de l'angle, puis il franchit l'espace dégagé en quelques rapides enjambées. S'il ne pouvait éviter parfois de provoquer un bruit, celui-ci était largement couvert par le bourdonnement émanant des usines. Sur Kliban, les chaînes de fabrications automatisées tournaient jour et nuit.

Le physicien s'avança le long de l'avenue. Dans la pénombre, sa silhouette difforme et sa démarche incertaine le faisaient ressembler à un singe. De temps à autre il se figeait pour lâcher un faible gémissement. C'étaient des moments où la radiation hyperénergétique perdait une partie de sa puissance, laissant Bériot en butte à la folie ordinaire d'un être humain souffrant de délires hallucinatoires.

L'une de ces absences le prit alors qu'il traversait l'espace le séparant du dernier édifice avant sa destination. Il s'effondra par terre pour rester immobile plusieurs minutes d'affilée. Si un Okefenokee s'était trouvé au même instant dans les parages, il n'aurait pu échapper à une découverte. Toutefois, aucun gnome ne semblait vaquer dans les environs de la halle funéraire. Le malade se releva bientôt pour reprendre son avance titubante. Lorsque l'hyperflux était d'un niveau suffisant, le scientifique avait un comportement cohérent. Même si ses mouvements manquaient un peu de coordination, il était indéniable qu'il se déplaçait avec détermination.

Bériot arriva en bordure de la place nue qu'il ne pouvait éviter de traverser s'il voulait rejoindre sa destination. Il n'y avait personne en vue, toutefois le physicien n'était pas en mesure de se demander si quelques Penseurs ne s'étaient pas attardés à l'intérieur de la salle. Il s'élança et parcourut l'étendue déserte de sa démarche simiesque sans que nul ne le hélât. Haletant, il atteignit un accès latéral d'où jaillissait la lumière glauque émise par le cristal. Le savant grogna d'excitation, les mains tremblotantes. Il était à présent tout proche de la force mystérieuse qui avait attisé son esprit malade.

Oublieux de toute prudence, il franchit l'ouverture béante et pénétra dans la halle avant de se figer, aveuglé par l'éclat de la sphère géante.

Il était face à la source énigmatique. Les impulsions du cristal l'avaient attiré jusque dans le bâtiment mortuaire des Okefenokees.

L'homme était, pour l'heure, l'unique créature vivante en ces lieux. La clarté bleu-vert se reflétait dans ses yeux et dans les gouttes de transpiration couvrant son visage.

D'une démarche sautillante, comme s'il accomplissait chacun de ses gestes en cadence avec la singulière mélodie, il s'approcha du socle sur lequel reposait le cercueil. Le rayonnement chromatique était devenu si intense que l'humain gibbeux paraissait presque diaphane. Bériot était maintenant plongé dans une transe parfaite. Enivré par la musique étrangère, il effectua plusieurs girations autour du sarcophage en émettant des borborygmes inarticulés.

Puis il leva la tête.

Exactement au-dessus de lui, une ouverture s'était formée dans le toit de la halle mortuaire, par laquelle il pouvait apercevoir le ciel criblé d'étoiles. Dans quelques instants, le caisson abritant Scanlon Ocachee allait quitter son piédestal pour planer lentement jusqu'au plafond puis passer par ce trou avant de filer vers l'espace.

*
* *

Screecher n'aurait su dire pourquoi il se sentait ainsi inquiet, cette nuit. Peut-être était-ce lié à la mort d'Ocachee, peut-être était-ce également dû aux étrangers qui occupaient ses réflexions. Alors que la période nocturne était en son milieu, il abandonna sa couche et sortit. Tout était calme ; une brise tiède caressait la région industrielle. Le Penseur ressentit l'empathie qui le rattachait à de nombreux autres Okefenokees tout aussi troublés que lui.

Il marcha à pas lents sous le ciel étoilé. Levant les yeux

au-dessus des ateliers, il distingua l'énorme silhouette du vaisseau terranien, qui se découpait sur la voûte céleste comme un disque sombre lui-même constellé de points lumineux – qui n'étaient pas des soleils lointains, mais des hublots éclairés. Screecher souhaita qu'existât une possibilité de chasser les étrangers du système de Scintilla sans se les aliéner. Si les Okefenokees disposaient des moyens de contraindre les visiteurs à partir, il n'était pas question d'y recourir tant que les voyageurs de l'espace se comporteraient pacifiquement.

Qu'arriverait-il si les Terraniens acceptaient l'offre des gnomes et s'installaient à demeure sur Kliban et Pompeo Posar ? Le Philosophe frissonna. La présence de ces matérialistes et technocrates aurait à terme un retentissement certain sur le mode de vie des Okefenokees. Aussi Screecher désira-t-il de toutes ses forces que les étrangers poursuivent leur quête pour retrouver le chemin de leur galaxie natale.

Le regard du noctambule dériva avant de s'attarder enfin sur la lueur verdâtre qui colorait le ciel au-dessus de la halle funéraire. Scanlon Ocachee n'allait plus tarder à entamer son périple vers la Radiance Bleue. Lorsque Screecher pensait à son compatriote, c'était avec le plus grand respect. Le Tri-Penseur était un exemple pour beaucoup d'Okefenokees, et sa mort une immense perte pour le peuple des gnomes.

Le Philosophe s'arrêta et respira profondément. Sa courte promenade l'avait calmé. Il caressa un instant l'idée de pousser jusqu'au dôme, mais la rejeta rapidement. Observer le départ d'un Tri-Penseur pour son dernier voyage n'était pas convenable.

Il décida de passer le reste de la nuit en méditation légère. Il ne tenait pas à s'y plonger totalement : actuellement, les arbres étaient presque toujours occupés, et il ne voulait pas se téléporter jusqu'à Pompeo Posar pour le peu d'heures nocturnes restantes. Au lever du jour, il devrait à nouveau se consacrer aux étrangers.

C'était une tâche dont Screecher s'acquittait sans grand

enthousiasme en dépit de la sympathie que lui inspiraient les Terraniens.

— Demain, je les entretiendrai de leurs projets, murmura-t-il.

Sur ces mots, il regagna son logement.

CHAPITRE III

Jean Bériot plaqua les deux mains sur le couvercle du cercueil.

Il resta longtemps dans cette position.

Un courant d'énergie coulait avec régularité, dans les deux sens, entre l'extrémité de ses doigts et le matériau translucide du sarcophage. Si le cerveau du physicien avait été intact, il n'aurait rien perçu des palpitations qui naissaient à son contact à l'intérieur du caisson.

Baigné par la vive clarté, vêtu de la blouse blanche que portaient tous les occupants de l'hôpital du *Krest*, l'homme bossu avait l'air d'un spectre, impression que sa difformité ne faisait que renforcer.

La musique s'interrompit brusquement, ne laissant pour seul bruit dans la halle que la respiration haletante du Terranien.

Alors le couvercle du cercueil se souleva.

Bériot recula avec un grognement de frayeur.

La lumière du cristal tombant dans le caisson illumina les traits cireux de Scanlon Ocachee. En dépit de sa laideur – relativement aux canons humains – et même dans la mort, son visage continuait d'exprimer intelligence et dignité.

Le savant s'approcha à nouveau. Grimpant sur un rebord latéral du socle, il plongea son regard à l'intérieur du sarcophage. Après un moment d'immobilité durant lequel il parut tenir un dialogue muet avec le défunt, il avança une main tremblante pour la poser sur le vêtement du gnome. L'étoffe était aussi douce au toucher que le corps qu'elle recouvrait était rigide. L'homme sembla tout à coup prendre une décision. Contournant le piédestal pour remonter de l'autre côté, où il se trouvait plus proche du cercueil, il empoigna des deux mains les jambes du cadavre avant d'effectuer une brève traction et de les laisser retomber. Il répéta ce mouvement deux fois encore, jusqu'à ce que les membres inférieurs du Tri-Penseur dépassent à l'extérieur du caisson.

Le physicien émit un grognement surpris.

Mettant une main en coupe, il la posa sur la figure du mort pour refermer ses doigts sur les oreilles minuscules.

D'un geste brusque de l'autre main, il saisit une jambe et souleva le corps hors de sa couche mortuaire. Puis il demeura quelques secondes comme pétrifié à côté du socle, tenant son fardeau à bout de bras, avant de trotter vers le mur de la halle et de déposer la dépouille de Scanlon Ocachee au pied de la paroi. Lorsqu'il se redressa, ce fut pour lancer un regard scrutateur dans toutes les directions, les traits déformés par l'excitation. Il ne restait à présent plus rien d'humain dans le comportement de Bériot. Les bras ballants, il retourna jusqu'au catafalque pour contempler l'intérieur du cercueil comme s'il ne parvenait pas à concevoir que plus personne ne s'y trouvait.

Agrippant des deux mains le rebord du sarcophage, il escalada le socle et prit la place du mort.

Le Dr Jean Bériot avait beau ne mesurer qu'un mètre cinquante, il ne put s'allonger dans le caisson qu'en pliant les jambes.

*
* *

Le Dr Treiber fit son entrée dans l'hôpital du *Krest IV* avec la conviction qu'une veille paisible l'attendait. La deuxième garde de nuit était toujours plus calme que la première. Lorsque quelqu'un se sentait indisposé, il se présentait de préférence le soir plutôt qu'au cœur de la période de sommeil. Les patients hébergés sur place ne chagrinaient guère le praticien, vu qu'ils ne nécessitaient que des visites espacées.

Constatant que ni le Dr Myteren ni son assistant n'étaient au rendez-vous, Treiber fronça les sourcils. Il peinait à imaginer que ses collègues pussent s'en être allés avant la relève.

Peut-être, se dit-il, se tenaient-ils tous deux au chevet de Bériot. Le physicien en chef était gardé à l'écart des autres malades.

Après avoir traversé l'hôpital dans toute sa longueur, il ouvrit la porte de la chambre du savant décérébré.

Devant lui, allongés au sol, se trouvaient ses deux confrères, attachés l'un à l'autre avec des sangles de sécurité et une compresse dans la bouche. Myteren leva vers le Dr Treiber un regard chargé d'une rage impuissante.

L'arrivant s'empressa d'ôter le bâillon de son collègue.

— Avertissez immédiatement Perry Rhodan ! écuma le prisonnier d'une voix rauque. Bériot s'est enfui !

Treiber hésita une seconde ou deux, puis il décida en premier lieu de délivrer les deux hommes. Ensuite, aidé de Myteren, il étendit sur le lit le jeune médecin qui avait de nouveau perdu connaissance.

Après quoi ils donnèrent l'alerte par l'intercom.

***

Un quart d'heure plus tard, il fallut se rendre à l'évidence : l'évadé n'était plus à bord du *Krest*.

Dans la centrale de commandement du grand vaisseau, les responsables se réunirent pour se consulter sur les suites à donner afin de limiter les dégâts.

— En ce qui concerne le comportement du malade, je n'ai aucune explication, souligna pour la énième fois le Dr Myteren.

— Personne ne vous fait de reproche, répliqua Rhodan. Ça s'est produit comme ça, c'est tout. Le problème, c'est la violence de Bériot – vous et votre assistant êtes bien placés pour en parler. Qu'arrivera-t-il s'il agresse un Okefenokee et le blesse ou le tue ?

— Il faut envoyer des patrouilles à sa recherche, déclara Atlan.

Il avait déjà émis cette proposition tout de suite après avoir appris la disparition du physicien, mais le Stellarque n'en avait pas tenu compte.

— Que penseront les gnomes si nos hommes sortent en pleine nuit pour ratisser tout le secteur ? releva Rhodan en jetant un regard en coin à l'Arkonide. Ils voudront savoir ce qui se passe…

Le Lord-Amiral haussa les épaules.

— Alors nous leur dirons la vérité, suggéra-t-il. Si rien ne s'est encore produit, chaque minute que nous perdons augmente la probabilité que Bériot se rende responsable d'un mauvais coup.

Le Premier Terranien désirait à tout prix éviter de réveiller la méfiance des gnomes. Il espéra que le malade reviendrait de lui-même au navire sans que son escapade ait été remarquée par les Philosophes. Rien n'indiquait que le physicien avait quitté le *Krest* dans l'intention de commettre un acte de violence.

— Nous devons au moins signaler la chose à Screecher, affirma Atlan.

— Screecher… répéta pensivement Rhodan. Accordera-t-il seulement foi à ce que nous lui dirons ? La question est là.

— Pourquoi ne laisserions-nous pas les Okefenokees chercher Bériot eux-mêmes ? se renseigna le lieutenant-colonel Ishe Moghu. Comme ça, aucun d'entre nous n'aura besoin de sortir.

Myteren leva les bras en l'air en un geste implorant.

— Dans son état actuel, Bériot possède une force extraordinaire. Il risque d'en mettre plusieurs à mal avant d'être immobilisé.

— Pas si nous les avertissons du danger représenté par cet homme, objecta le colonel Akran.

Le Stellarque se redressa. Sa décision était prise.

— Bien, annonça-t-il. Nous allons informer Screecher et lui demander quelles sont les mesures à appliquer.

Il s'avéra peu après que cette résolution était inutile, car le gnome apparut à bord de l'ultracroiseur avant que quiconque ait été envoyé le chercher.

*
* *

Le couvercle du cercueil se referma avec un claquement sourd.

Le Dr Jean Bériot était à l'intérieur du conteneur de cristal, les jambes repliées. Lorsqu'il voulut se redresser, sa tête cogna contre le matériau ultrarésistant. Il poussa de toutes ses forces – en vain ; le capot résista à tous ses efforts et ne se rouvrit point.

Le physicien hurla, mais aucun bruit ne franchit les parois du caisson. Au bout d'un moment, il perçut de nouveau la musique et ses gesticulations s'apaisèrent. Il reposa bientôt, immobile. Son esprit malade le plongea dans un délire hallucinatoire tandis qu'un faible chuchotement venu de nulle part titillait ses organes auditifs. Il vit défiler devant ses yeux des silhouettes de cauchemar, produits de son imagination dansant autour de lui une ronde sauvage. Il tenta une nouvelle fois de s'échapper de sa prison. Puis l'influence du cristal géant reprit le dessus, et Bériot se résigna à son destin.

Jusque-là, il n'était toujours pas redevenu conscient de son Moi. Il n'était pas davantage en mesure de faire le rapprochement entre ses actions et ses perceptions. Il n'était qu'un corps dépourvu de conscience individuelle et réagissant aux stimuli extérieurs.

Si à ce moment ses souvenirs n'avaient pas été complètement effacés, peut-être aurait-il récupéré une partie de ses capacités cognitives.

Bériot se troubla à nouveau quand le sarcophage s'éleva au-dessus de son socle. Cela s'était pourtant fait en douceur et sans la moindre secousse ; le Terranien n'avait pu ressentir aucun mouvement. Étant donné que le cercueil s'éloignait à présent de la sphère lumineuse, c'était le changement d'intensité des impulsions hyperénergétiques qui l'avait alerté.

Le caisson plana vers les hauteurs, lentement et sans aucun bruit, pendant que le cristal, resté sur place, s'assombrissait rapidement. Montant régulièrement, le conteneur dans lequel était enfermé le physicien franchit l'ouverture du plafond de la halle et poursuivit son ascension à une vitesse désormais croissante vers l'espace au-delà de l'atmosphère de Kliban. Au moins trente Okefenokees suivirent du regard la course du cercueil en train de disparaître dans le firmament étoilé. Après quoi les spectateurs fermèrent les yeux en baissant la tête.

Scanlon Ocachee, le Tri-Penseur, s'en va, songèrent-ils. Il avait été plein de bonté envers son peuple, et maintenant il en était récompensé.

*
* *

Screecher se réveilla alors que dehors il faisait encore sombre. L'inquiétude qui l'avait déjà poussé à sortir quelques heures auparavant s'était renforcée. Le gnome se morigéna ; d'ordinaire, il n'était pas aussi impressionnable.

Abandonnant sa couchette, il se dirigea vers une fenêtre. La nuit allait bientôt s'achever. Sa notion du temps lui souffla que Scanlon Ocachee avait entrepris son dernier voyage – ce qui signifiait que l'on pouvait de nouveau entrer dans la halle mortuaire.

Convaincu qu'il ne se rendormirait plus avant le lever du jour, il quitta son logement. Autant s'offrir une petite balade.

Il marcha sans but le long de l'avenue, longeant les murs des ateliers. Rien ne l'obligeait à se hâter, et pourtant il avançait d'un pas décidé, en opposition avec la démarche tranquille d'une simple promenade.

Il avait pris la direction de la salle funéraire. Un unique regard lui révéla que le cristal était maintenant éteint. Ce qui signifiait sans équivoque que le cercueil de Scanlon Ocachee était parti.

Screecher avait presque atteint le bâtiment en forme de dôme lorsqu'il entendit, provenant de l'intérieur, une lamentation qui le fit frémir. Il hâta le pas.

Il vit alors un Okefenokee sortir de l'entrée principale. C'était un gnome âgé qui tremblait de tous ses membres, visiblement sous l'effet d'un terrible choc émotionnel.

Le jeune Penseur se téléporta tout droit jusque-là. Quand il se rematérialisa, le vieux se cramponna aussitôt à lui.

— Qu'y a-t-il ? se renseigna Screecher. Qu'est-ce qui t'a causé une telle frayeur ?

L'autre le dévisagea d'abord comme s'il ne le remettait pas puis, d'un geste hésitant, il désigna l'intérieur de la halle. Le Philosophe comprit que son compatriote était trop bouleversé pour pouvoir s'exprimer, aussi se précipita-t-il dans la direction indiquée.

Tout paraissait normal. Le piédestal, désormais vide, était surmonté par le cristal à présent complètement éteint. L'ouverture dans le toit laissait passer juste assez de lumière pour lui permettre de reconnaître l'aménagement de la salle.

Il entendit le vieux entrer derrière lui.

— Qu'est-ce qui t'a fait peur ? s'enquit à nouveau Screecher.

Le gnome âgé montra le mur du fond.

— Là ! croassa-t-il.

Le Penseur, ne remarquant rien de spécial, se demanda si l'autre n'avait pas perdu la raison. Il traversa néanmoins la halle. Au pied de la paroi, il y avait une masse sombre.

Il se pencha pour voir de quoi il s'agissait.

Il comprit et ne put retenir un cri horrifié.

Le paquet informe était le cadavre de Scanlon Ocachee !

Il se passa un moment avant que Screecher se ressaisisse, mais petit à petit il se calma, redevenant capable de réfléchir posément. Le cercueil était parti sans Ocachee.

Quelqu'un l'avait sorti du sarcophage avant l'envol de ce dernier.

Il savait qu'aucun Okefenokee n'aurait été susceptible d'une telle vilenie.

Il n'y avait qu'une seule explication logique : les étrangers avaient commis cet acte afin d'humilier les gnomes, pour une raison qu'il ne pouvait analyser.

En quittant la halle de deuil pour rendre visite au vaisseau des Terraniens, il sentit sa colère se transformer graduellement en haine.

*
* *

À peine Screecher s'était-il matérialisé au milieu de la centrale de commandement du *Krest IV* que Rhodan pressentit que le pire s'était déjà produit. L'attitude de l'Okefenokee montrait à l'évidence qu'il n'était pas venu voir les humains pour discuter de peccadilles. Les astronautes présents dans la salle semblèrent s'en rendre également compte, car ils regardèrent l'arrivant avec une mine expectative.

Le Philosophe paraissait furieux. La politesse pragmatique avec laquelle il traitait d'ordinaire les Terraniens avait laissé place à une agressivité courroucée.

— L'un de vos hommes s'est rendu dans la halle mortuaire, lança-t-il au Stellarque.

— Nous allions justement vous avertir qu'un de nos malades était sorti du navire en catimini, répliqua l'interpellé. Nous vous demandons l'autorisation de ratisser le secteur afin de le retrouver.

Screecher reprit comme s'il n'avait pas entendu :

— Scanlon Ocachee a été exhumé de son cercueil et abandonné dans un coin de la salle !

Sa voix était stridente. Ce n'était que maintenant qu'il mesurait la pleine portée de cette action. Son regard se voila.

Rhodan ne douta pas une seconde que le coupable fût le Dr Jean Bériot.

— Le sarcophage est parti sans Ocachee ! poursuivit le gnome accusateur.

— Avez-vous arrêté le coupable ?

— Non, je n'ai pas encore alerté les miens. Il apprendront bien assez tôt cette infamie !

— L'homme qui a commis cela est malade, expliqua le Stellarque. Il a le cerveau atteint. Nous ne pouvons le tenir pour responsable de ses actes.

Screecher secoua la tête, furibond.

— Si vous saviez que cet individu était malade, pourquoi ne l'avez-vous pas mieux surveillé ? Pourquoi ne l'avez-vous pas empêché de quitter votre vaisseau ?

Rhodan s'était attendu à ce reproche qu'il n'était guère en mesure de contester. Il sentit que le gnome n'était aucunement disposé à se montrer compréhensif, si peu que ce soit, pour ce qui s'était produit au cours de la nuit, et on ne pouvait lui en tenir grief. Aux yeux des Okefenokees, rien n'était plus sacré que l'hommage rendu à leurs morts. Et voilà que les Terraniens, qui ne leur avaient jusqu'à maintenant apporté que des ennuis, avaient traîné leur culte dans la boue.

— Permettez-nous de rechercher cet homme avant qu'il ne provoque une autre catastrophe, sollicita Atlan. Nous essaierons de réparer le préjudice.

— Je préfèrerais qu'aucun de vous ne sorte de ce navire, déclara Screecher sur un ton menaçant. Nous le chercherons nous-mêmes, et dès que nous l'aurons trouvé, nous le punirons.

— Soyez prudents, intervint le Dr Myteren. Cet homme est un malade mental. Il est capable de tout.

Le gnome ne répondit point. Il conservait son regard braqué sur Perry Rhodan qu'il tenait de toute évidence pour responsable. Le Stellarque était conscient que pour le moment il eut été vain de vouloir calmer le Penseur. Dans son état actuel, celui-ci n'était accessible à aucune argumentation raisonnable. Peut-être cela changerait-il une fois Bériot retrouvé.

— Je repars, annonça Screecher. Je vous prie de ne pas débarquer de votre vaisseau jusqu'à nouvel ordre.

— Attendez ! le rappela Rhodan. Nous voudrions quand même…

Il s'interrompit en voyant l'Okefenokee se dématérialiser, et resta un instant à contempler l'endroit où le Philosophe s'était tenu.

— Au moins savons-nous maintenant sur quel pied danser, commenta Atlan. Bériot a commis un outrage envers nos hôtes. Avec un peu de malchance, ils deviendront nos ennemis.

Le Premier Terranien espéra que leurs rapports ne s'envenimeraient pas au point de se voir chassés du système de Scintilla. Il devait exister un moyen de calmer les gnomes et de leur prouver que leurs visiteurs humains n'étaient animés que de bonnes intentions.

— Quand je me dis que ce fou furieux est toujours en liberté, je redoute le pire, déclara Myteren. Bériot semble avoir atteint un stade où il se comporte comme une bête sauvage.

Le Lord-Amiral abandonna son siège pour se diriger vers les contrôles. Une partie des écrans était allumée, montrant les alentours immédiats de l'ultracroiseur.

— Je crains que vous ne mettiez la charrue avant les bœufs, Doc, objecta l'Arkonide. Vous prétendiez n'avoir aucune explication à la conduite de Bériot.

— Exact, confirma le médecin. Ce cas contredit toutes les connaissances acquises à ce jour.

— Depuis que nous avons quitté Dwellion, notre physicien s'est comporté en conformité avec ce qu'on pouvait attendre d'un homme au cerveau partiellement détruit, exposa Atlan. Pourquoi a-t-il changé aussi subitement cette nuit pour s'enfuir du *Krest* et se rendre à la halle funéraire des Okefenokees ?

Rhodan saisit où voulait en venir son ami.

— Tu penses que Bériot aurait subi une influence extérieure ? voulut-il savoir.

— Oui, confirma le Lord-Amiral. Son esprit malade,

qui est incapable d'avoir des réactions normales, s'est montré sensible à quelque chose que nous-mêmes ne pouvons percevoir, justement parce que nous sommes « normaux ».

Le Stellarque gambergea fiévreusement. Peut-être le savant avait-il été attiré par la musique étrangère ? Non, il était peu probable qu'il ait pu l'entendre.

Le cristal ! Les instruments de détection du *Krest* avaient formellement établi que cette chose, en même temps qu'elle avait commencé à émettre de la lumière, avait également diffusé de bizarres hyperimpulsions. Y aurait-il un rapport direct entre le fonctionnement du cristal dans la halle mortuaire et la disparition de Bériot ?

Pourquoi pas ? se dit Rhodan. Après tout, le malade s'était rendu tout droit là-bas.

Mais pourquoi aurait-il sorti le Tri-Penseur de son caisson ?

Les yeux du Stellarque s'écarquillèrent. Il pensait avoir trouvé la bonne réponse.

Le cercueil n'était pas parti vide dans l'espace.

Il avait emporté le Dr Jean Bériot.

Le physicien était en route vers le paradis des Okefenokees, quelque part vers le centre de M 87. Malheureusement, un fou ne pourrait rien rapporter d'un tel voyage. De plus, il était douteux qu'ils revoient jamais cet homme.

— Je crois que Bériot s'est installé dans le sarcophage prévu pour Ocachee, déclara Rhodan en faisant part de son soupçon. Il est parti à la place du Tri-Penseur. Comme il n'était pas très grand, il a tout simplement réussi à entrer dans le conteneur.

— C'est une possibilité, convint Atlan.

— Devons-nous en informer Screecher ? s'enquit le colonel Akran.

Après une courte réflexion, le Stellarque secoua la tête.

— Il vaut mieux pas, refusa-t-il. Cela ne ferait qu'indisposer davantage les Okefenokees. Pour le moment, ils doivent être occupés à chercher Bériot. S'ils ne le trouvent pas, nous saurons qu'il est bel et bien parti avec le cercueil. Peut-être la colère des gnomes sera-t-elle retombée d'ici là.

Il savait que ce qu'il mettait ainsi en œuvre était une tactique de temporisation. Il avait présentement en face de lui deux factions impatientes. D'un côté il y avait les Philosophes, qui après le dernier incident voudraient certainement se débarrasser des Terraniens. L'autre groupe était constitué des techniciens du *Krest* qui persistaient à vouloir risquer un vol linéaire vers la Voie Lactée.

Rhodan était déterminé à retarder autant que possible la décision – au moins jusqu'à ce que la *KC-1* soit revenue.

CHAPITRE IV

La première transition faillit tuer Bériot.

Il avait étonnamment bien supporté la dématérialisation ; mais après que le cercueil eut réintégré l'espace normal à l'issue de son parcours de cinq années-lumière, son occupant se mit à marteler le couvercle de toutes ses forces, se brisant les ongles et s'ensanglantant les phalanges. En même temps il s'était arrêté de respirer ; son cou gonfla et sa figure devint écarlate. Il était sous l'emprise d'une hallucination cauchemardesque : il croyait voir, couché sur son torse, un monstre cuirassé à la queue bifide et dont les extrémités s'ornaient de têtes. L'apparition agitait son appendice caudal dont les crânes heurtaient le corps du physicien en se fendant et en laissant échapper un liquide rouge sombre.

L'homme se cabra dans l'étroit espace. Alors qu'il retenait toujours son souffle, il agrippa de ses mains sanguinolentes son propre cou et entreprit de s'auto-étrangler. Ses carotides comprimées cessèrent d'irriguer son cerveau. La démence le tenait entre ses griffes.

La crise passa lorsque le transmetteur initia la transition suivante. Bériot se calma, ses bras retombèrent. Il écouta les murmures et chuchotements qui semblaient provenir de partout.

Les sauts ultérieurs se déroulèrent dans de meilleures conditions. S'il continua de temps à autre à être victime de puissantes hallucinations au cours desquelles il se voyait agressé par toutes sortes de monstres, il réagit un peu moins fortement à chacune de ces apparitions.

D'une certaine manière, il supporta le voyage mieux que ne l'aurait pu un individu sain d'esprit. Il ne prit pas conscience de l'étroitesse de sa prison, et il ignorait tout autant foncer dans l'espace cosmique. Ses propres idées étaient plus ou moins abstraites et n'avaient que peu de rapport avec la réalité.

Les moments où il se portait le mieux étaient ceux pendant lesquels il restait calmement étendu en écoutant la musique. Durant ces instants, il se sentait envahi d'une étrange exaltation.

Une nouvelle crise survint entre les vingt-et-unième et vingt-deuxième transitions. Un automatisme de contrôle s'était activé. Une ouverture se forma à la tête du cercueil, d'où émergea une tige métallique qui toucha Bériot à la poitrine. Le savant bougea instinctivement, et l'extrémité acérée le blessa. Le système décisionnel, perturbé par la secousse, entreprit de faire effectuer des mouvements de va-et-vient à l'axe de métal. Chaque fois l'homme se déplaça, et chaque fois il fut piqué. Finalement, en un réflexe de défense, il saisit la pointe et s'y cramponna, la tordant vers le bas.

Lorsque le système voulut rentrer la tige, le servomoteur patina. Un fort bourdonnement naquit dans le mécanisme occupant la tête du sarcophage. Le chaos menaça les dispositifs de contrôle. Bériot ne remarqua rien de tout cela. Il retenait toujours de la main gauche la pièce métallique déformée et, quand enfin il la lâcha, l'automatisme fut impuissant à la rétracter complètement à l'intérieur de son logement. Pendant quelques secondes, le destin du conteneur resta suspendu à la décision d'un minuscule processeur. Le dépassement d'un certain niveau d'anomalie aurait déclenché l'autodestruction de l'artefact, mettant ainsi fin au voyage.

Mais, en fin de compte, la machine se décida à classer l'incident comme sans importance. L'automate cessa ses efforts, et le bruit disparut.

Après la trente-troisième transition, le transmetteur auto-localisateur du cercueil émit une impulsion qui fut captée par le Centre. Peu après cela, le Mouvement Absolu saisit le sarcophage et l'entraîna vers sa destination à une vitesse impossible.

*
* *

Sur Kliban, le jour se levait.

Les hommes à bord du *Krest IV* assistaient à un étrange spectacle : les gnomes étaient affairés à détruire la halle mortuaire dans laquelle avait été retrouvé Scanlon Ocachee. De grandes machines la démantelaient et emportaient les décombres.

— Bériot a profané ce lieu, déclara Atlan. Les Okefenokees ne peuvent plus l'utiliser.

D'autres écrans offraient une vision très différente, mais tout aussi insolite : les Penseurs étaient partout, ratissant la région industrielle. Jusqu'à présent, ils n'avaient pas trouvé trace du physicien.

— Je crois qu'ils perdent leur temps, conjectura Perry Rhodan en désignant l'un des affichages où était visible une équipe d'Okefenokees en pleine investigation.

Screecher réapparut à bord de la nef amirale deux heures plus tard, ramenant une unité dorsale qui appartenait normalement à un spatiandre de combat.

— C'est tout ce que nous avons découvert, annonça-t-il. Cet objet traînait derrière un des ateliers voisins de la halle mortuaire.

Les deux hommes échangèrent un rapide coup d'œil. Ils savaient à présent comment Bériot s'était échappé.

Le regard sombre du Penseur parcourut la centrale.

— De quelle taille est ce malade ? demanda-t-il au bout d'un moment.

— La même que moi, lâcha précipitamment le Stellarque.

Le seul moyen d'éviter que le gnome soupçonne la vérité était de mentir. Si les Okefenokees apprenaient qu'un Terranien à l'esprit dérangé occupait un de leurs cercueils volants, ils mettraient immédiatement fin à leurs relations avec les étrangers.

— Tout Kliban a été fouillée, révéla enfin Screecher. Comme nous n'avons pas trouvé cet individu, il ne reste que deux possibilités. Soit vous le cachez à bord de ce navire…

— Soit… ? insista l'Arkonide.

— … soit il est parti avec le sarcophage après en avoir sorti Ocachee.

Le Philosophe avait abouti à la même conclusion que Rhodan.

— Nous permettez-vous d'inspecter ce vaisseau ? demanda-t-il.

Le Premier Terranien n'avait pas le choix. S'il refusait, les gnomes le suspecteraient de couvrir Bériot. S'il donnait son accord, ils sauraient bientôt que le physicien s'en était allé avec le cercueil.

Il se résigna à hocher la tête.

— Allez-y, invita-t-il le Penseur.

Cette dernière recherche prendrait un certain temps.

Pour le Stellarque, chaque minute gagnée comptait.

CHAPITRE V

La pluie cristalline avait redoublé.

Les hommes en selle sur les dos des robots étaient couverts de gemmes.

Il pleuvait si fort que, devant eux, les montagnes fermant la plaine étaient devenues invisibles. Ils poursuivaient néanmoins leur route dans cette direction. Ils n'avaient plus aperçu le moindre coléoptère de cristal depuis qu'ils avaient pénétré dans le champ de pierres bleues, plusieurs heures auparavant.

La cascade minérale, en tombant sur les machines, provoquait un tambourinement assourdissant.

Le Paladin I, le robot des Foudre, était à la tête du convoi, portant aussi L'Émir qui avait enfin récupéré sa taille normale. Pour l'instant, le mulot-castor était vexé parce qu'Harl Dephin l'avait comparé à un ours polaire à cause de sa fourrure hérissée sous l'effet du froid.

— Je crains que nous n'ayons sous-évalué la distance, confia le Dr Armond Bysiphère au major Hole Hohle. Depuis le temps que nous marchons, il y a longtemps que nous aurions dû avoir atteint les montagnes de cristal.

L'officier se secoua afin de libérer son spatiandre du poids des cailloux qui s'y accumulaient.

— En tout cas, il semble que nous soyons provisoirement en sécurité, répliqua-t-il.

L'hyperphysicien se demanda ce qui les attendait là où ils se rendaient. Peut-être y seraient-ils exposés à des dangers bien pires encore que ceux qu'ils avaient déjà rencontrés. Sur Monol, tout était possible.

Brusquement, le Paladin s'immobilisa. Le savant fit de même avec sa monture-robot.

— Que se passe-t-il ? s'impatienta Hohle. Pourquoi cet arrêt inopiné ?

Pendant un moment, ce fut le silence, puis un bruit de remue-ménage en provenance de l'intérieur de la machine devint perceptible.

— Major Dephin ! insista le commandant de l'expédition. Voulez-vous, je vous prie, nous expliquer ce qui vous a incité à interrompre notre marche ?

— Je ne suis pas sûr qu'il soit convenable de vous en parler, murmura la voix d'Harl Dephin amplifiée par les circuits audio.

Bysiphère tenta de se représenter le Sigan installé dans la tête du robot, à près de quatre mètres au-dessus du sol, observant sur ses écrans tout ce qui se passait alentour.

— De quoi s'agit-il ? s'acharna Hohle, de plus en plus irrité.

— Le capitaine-spécialiste Amos Rigeler a un... euh... un besoin à satisfaire, major, expliqua le spécialiste de l'O.M.U. avec affectation. Je ne sais pas si vous comprenez ce que je veux dire. Rigeler est notre ingénieur machiniste, et il est hors de question que le Paladin effectue un geste sans qu'il soit à son poste.

La mine de l'Esquimau s'assombrit.

— Et combien de temps met habituellement le capitaine Rigeler pour s'acquitter de ce genre d'affaire ? se renseigna-t-il.

— En général, ça va très vite, répondit l'émo-ingénieur sur un ton qui se voulait apaisant. Seulement, dans le cas présent, Amos ne peut pas sortir à cause de la pluie de cristaux.

— Quoi ? souffla Hohle. Il y a pourtant bien, à l'intérieur de votre machine, des installations sanitaires permettant à vos gars de se soulager, non ?

— Rigeler est un Sigan très proche de la nature, explicita Harl Dephin avec le flegme qui lui était coutumier en de telles circonstances. Il met un point d'honneur à le faire à l'extérieur.

— Veuillez avertir cet… apôtre de la nature que s'il ose mettre le nez hors du Paladin il sera enseveli en trente secondes ! cracha le commandant, exaspéré.

Le robot halutoïde restait immobile.

— Mon ingénieur est parfaitement conscient de ce danger, répliqua le major sigan. C'est pourquoi il suggère que vous montiez une tente à côté du sas talonnier.

— Une tente ? répéta Hohle, abasourdi.

Bysiphère eut l'impression que l'homme était au bord de la crise d'apoplexie.

— Il n'est pas nécessaire que ce soit effectivement une tente, le calma l'émo-ingénieur. Disons que Rigeler a besoin d'un abri pour pouvoir sortir du Paladin.

Hole Hohle se laissa glisser à bas de son robot porteur en lâchant un chapelet d'imprécations et pataugea dans le tapis cristallin jusqu'à la machine géante. Après avoir dégagé avec les pieds une portion de sol en face du sas talonnier, il détacha de sa ceinture une poche amovible et la disposa devant l'écoutille de manière à former une sorte d'auvent.

— Voilà ! ronchonna-t-il. Vous pouvez dire à Rigeler qu'il peut y aller.

Le sas s'ouvrit peu après, et le capitaine-spécialiste se faufila sous la poche semi-rigide.

— Détournez vos regards, je vous prie ! avertit Dephin sur un ton enjoué.

Lorsque plusieurs minutes se furent écoulées, Bysiphère se dit que le temps dont avait besoin le Sigan n'était aucunement en rapport avec sa taille.

— C'est tout, major, annonça enfin l'émo-ingénieur.

Le commandant, acrimonieux, récupéra la poche et l'agita ostensiblement avant de remonter sur son robot.

La colonne reprit sa progression sous la pluie cristalline battante.

CHAPITRE VI

Guidé et soutenu par une force invisible, le cercueil abritant le Dr Jean Bériot s'approchait de la surface de la planète Monol. Il avait traversé une averse de cristal et était recouvert d'une mince couche scintillante.

Le physicien, toujours dans l'ignorance totale du milieu dans lequel évoluait le sarcophage, était calme. Un changement s'était produit dans son expression, laquelle dénotait bien entendu l'épuisement, mais ses traits n'étaient plus déformés. L'homme avait supporté la dernière phase du voyage sans subir aucune nouvelle attaque. Toutefois, s'il était resté allongé en écoutant la singulière musique, son esprit n'était pas davantage qu'auparavant en mesure de lui restituer sa conscience. Même le rayonnement hyperénergétique du cœur de M 87 n'était pas suffisant pour muer Bériot en un individu fonctionnel et capable de discernement. Les parties de son encéphale qui avaient été lésées lors de l'interrogatoire par les Aphanéens demeuraient toujours inutilisables.

Le cercueil poursuivit sa descente, porté par des rayons sustentateurs dont la source était installée loin dans les profondeurs de la montagne de cristal. Deux fois déjà, le petit cerveau de guidage du transmetteur du conteneur spatial avait lancé un bref signal en direction de la planète. S'agissant des impulsions normales diffusées par chaque sarcophage lors de sa pénétration dans l'atmosphère de Monol, la station au sol n'avait aucune raison d'entreprendre d'action particulière.

Parvenu à une centaine de mètres au-dessus du massif,

l'artefact volant s'immobilisa. Un faisceau énergétique jaillit depuis la surface, enveloppant le cercueil et dissolvant les cristaux qui le recouvraient. Un nouvel échange d'informations circula entre les différents systèmes automatiques. C'étaient des messages de routine correspondant aux contrôles habituels, et rien dans leur contenu n'avertit les installations au sol que le dernier arrivant en date n'était pas un Okefenokee.

Environné d'un halo bleuâtre, le sarcophage reprit son vol pour s'approcher du centre de la montagne. Vue de haut, celle-ci formait un fer à cheval dont l'altitude des crêtes diminuait vers les extrémités.

Si Bériot avait disposé du moyen de voir ce qui se trouvait au-dessous de lui, il aurait découvert un grand nombre d'ouvertures perçant autant de plateaux. Certaines laissaient sourdre une lueur bleu-vert tandis que d'autres étaient obscures. L'ensemble du massif paraissait diffuser un léger rayonnement lumineux, distinct des réflexions et réfractions omniprésentes et inhérentes à la nature de ce globe entièrement composé de néo-howalgonium.

À l'horizon, la nuance dominante tirait sur le jaune. C'était la lueur dorée des halos engendrés par les tours qui se dressaient au-delà. Bien que Monol fût une planète solitaire n'orbitant autour d'aucun astre tutélaire, la clarté régnant à sa surface était incomparable : le moindre fragment de cristal reflétait la Radiance Bleue du Centre.

Le cercueil se dirigea lentement vers le milieu de la formation en fer à cheval, où s'élevait la montagne la plus haute. Sa vitesse s'était considérablement réduite, comme si rien ne pressait.

Après avoir enfilé une vallée en cul-de-sac, il s'immobilisa au-dessus d'une ouverture sombre.

À l'intérieur du caisson, les paupières de Bériot papillotèrent tandis que de sa bouche sortaient des sons inarticulés : quelque chose le perturbait. Cette inquiétude était toutefois sans rapport avec la folie qui l'avait déjà possédé. Peut-être sentait-il qu'il arrivait au terme de son voyage.

Loin derrière, dans la plaine, l'averse cristalline continuait. La vision offerte depuis le massif était celle d'un gigantesque rideau miroitant. Seuls les anneaux dorés illuminant l'horizon détenaient assez de pouvoir éclairant pour percer ce voile mouvant.

Le sarcophage s'ébranla à nouveau pour glisser dans l'ouverture ovale d'un puits dont les parois parfaitement lisses reflétaient faiblement la lumière incidente. La montagne cyclopéenne paraissait constituée de pur cristal, bien que la manière dont cette substance avait pu s'accumuler ici restât inexplicable. Sauf que la forme régulière du massif laissait à penser que celui-ci n'était pas d'origine naturelle – ce qui, au fond, ne faisait que rendre plus insondable encore le mystère de sa surrection.

Le boyau vertical débouchait sur une immense halle où régnait la pénombre. Après être sorti du puits, le cercueil survola des centaines de socles de cristal opaque dont chacun était d'une couleur différente. La plupart de ces embases supportaient d'autres sarcophages – tous vides. L'intérieur de la salle était parfaitement silencieux, et les couvercles ouverts donnaient l'impression que leurs occupants s'en étaient allés quelques instants plus tôt seulement.

Le conteneur de Bériot se dirigea vers un bloc libre, de teinte rouge clair ponctuée de taches noires, sur lequel il se posa.

Le capot s'ouvrit sans bruit tandis qu'un murmure envahissait la halle, comme si des milliers d'enfants s'étaient mis à parler en même temps à voix basse.

Deux mains apparurent sur le rebord du cercueil et s'y agrippèrent, puis la tête du passager devint à son tour visible. Le physicien en chef se redressa pour se placer en position assise. Il examina les alentours.

S'il ne sombra pas immédiatement dans la folie, il n'était pas davantage en mesure de comprendre où il se trouvait. Partout où il posait les yeux, il voyait des socles supportant d'autres sarcophages. Chacun de ceux-ci avait servi à amener un Okefenokee sur Monol, mais cela, l'homme contrefait n'était pas en état de l'assimiler. Il restait incapable de raisonner et encore moins d'aboutir à des conclusions logiques. Aussi le regard qui parcourait les alignements de piédestaux étrangement lumineux dans le demi-jour ambiant était-il celui d'un animal qu'on venait de relâcher au cœur d'un territoire qui n'était pas le sien.

— Uh, uh ! produisit Bériot.

Ce bredouillis fut l'unique manifestation de volonté dont il était capable.

Il sortit du caisson avec des gestes hésitants. Les blessures qu'il s'était infligées durant le voyage s'étaient refermées, toutefois sa peau et sa blouse étaient toujours sales de sang séché.

Quand il eut posé les pieds au sol, il resta là, indécis, devant le cercueil.

*
* *

À une époque indéterminée, dans un lointain passé, l'accumulation des cristaux avait atteint un seuil critique, et ils avaient commencé à développer une intelligence collective. Des millénaires s'étaient écoulés avant que cette capacité latente donnât ses premiers fruits. Les créateurs de la montagne de cristal avaient-ils prévu ce phénomène ? Nul n'en savait rien. En revanche, il était clair que par la suite ils en avaient tiré parti à leur profit.

Les premiers temps, la faculté de discernement du conglomérat cristallin n'avait été d'aucune utilité, car il était incapable de la moindre action concrète et s'évertuait à collationner de parcimonieuses connaissances.

Puis les constructeurs du massif minéral entreprirent de le manipuler. Ils avaient identifié la capacité du néo-howalgonium, et découvrirent rapidement comment accroître cette qualité.

Ainsi les montagnes de Monol évoluèrent-elles petit à petit en une entité qui s'apparentait à une station de commandement entièrement automatisée. Les cristaux apprirent à comparer et à analyser. Ils furent instruits des notions de grandeurs et de dimensions, assimilèrent les lois physiques modelant microcosme et macrocosme, et enfin acquirent une pensée tridimensionnelle.

Leurs maîtres ne s'arrêtèrent pas en si bon chemin et leur enseignèrent de nouveaux schémas cognitifs. En sus de l'accumulation de connaissances et de la capacité à les compiler, le conglomérat cristallin gagna le pouvoir d'agir sur la matière. Il acquit la faculté de détacher des parties de lui-même et de les mettre au service de sa science.

Bref, les montagnes de cristal étaient vivantes et intelligentes. Toutefois, tant cette vie que cette conscience n'étaient qu'une abstraction, relativement à l'entendement humain, et ne pouvaient se comparer à celles des créatures biologiques.

Si la station de contrôle de Monol avait suivi de bout en bout l'approche du cercueil occupé par Bériot, le fait que son passager était un étranger lui avait échappé. Les vérifications auxquelles il avait été procédé n'avaient pas suffi à établir la véritable identité du voyageur.

Maintenant, seulement, les impulsions d'un esprit non conforme étaient enregistrées – et ordre fut donné de le détruire.

*
* *

Toujours hésitant, le Dr Jean Bériot était resté près du sarcophage qui l'avait amené. Il était naturellement inconscient du péril qui menaçait son existence, cependant l'influx rassurant du rayonnement hyperénergétique commença à décroître.

Les mains de l'homme se crispèrent ; ses lèvres se pincèrent ; dans son regard apparut la lueur annonciatrice d'une crise de démence. S'éloignant d'une démarche incertaine du socle sur lequel son conteneur avait atterri, il tituba vers le piédestal voisin. Un ricanement perçant résonna dans la halle.

Empoignant des deux mains le cercueil qui se trouvait devant lui, le physicien l'arracha du socle avec une force surhumaine, le basculant au sol avant de sauter en poussant un cri et de trépigner frénétiquement. Il était à présent pris d'une véritable fureur. Tel un possédé, il fonça sur l'embase suivante pour en éjecter le sarcophage. En l'espace de quelques instants, il démolit ainsi sept caissons.

Paradoxalement, cet assaut de vandalisme lui sauva la vie.

*
* *

La station de commandement annula son ordre à l'ultime seconde.

Elle avait capté les ondes mentales du fou lorsque celui-ci s'était mis à hurler et à tout casser dans la halle d'accueil. Si le conglomérat cristallin avait tout d'abord conclu à l'irruption d'un intrus, il déduisit des derniers événements qu'il devait s'agir d'un Okefenokee ayant subi des dommages cérébraux durant le voyage vers le Centre.

Consultées par les cristaux sur un éventuel précédent, les banques mémorielles restèrent muettes sur ce sujet. Après mûre réflexion, l'entité ne put exclure la possibilité d'un tel incident.

Les coléoptères minéraux, qui étaient déjà en chemin pour éliminer le Terranien, retournèrent d'où ils étaient venus.

La montagne pensante prit une nouvelle décision. Si le dernier Okefenokee arrivé était malade, cela ne l'empêchait pas de recevoir le même traitement que les autres.

La station de contrôle transmit d'autres ordres, et un élément mobile se mit en route afin de récupérer le gnome souffrant.

*
* *

Bériot gisait, complètement épuisé, entre deux cercueils renversés. Lorsque ses forces avaient commencé à l'abandonner, sa confusion mentale s'était apaisée. Présentement, son organisme n'aspirait qu'au repos.

Il se traîna vers un socle pour s'y adosser. Pendant son accès de fureur destructrice, il s'était occasionné de nouvelles blessures, et les écorchures à peine cicatrisées de ses doigts s'étaient rouvertes.

Il avait sous les yeux la dévastation dont il était responsable, mais il n'en avait aucune compréhension. Pour lui, entre les caissons épars et la créature n'obéissant qu'à ses instincts et dont le nom était Bériot, il n'y avait pas le moindre rapport.

Le physicien était à la recherche de lumière et de chaleur. Son regard se leva vers le plafond dans lequel l'ouverture ovale laissait apparaître un pan de ciel lumineux. Il émit une lamentation sourde, comme s'il avait réalisé que cette sortie lui était inaccessible.

La musique rassurante qu'il avait souvent entendue ces dernières heures résonna soudain dans la halle. Le malade se redressa pour écouter.

Quelques secondes plus tard, les murs commencèrent à briller ; on eût dit qu'ils devenaient peu à peu transparents et qu'une grande clarté régnait de l'autre côté. Des formes floues s'agitèrent à l'intérieur pendant que la mélodie s'enflait sans perdre son effet lénifiant. Les parois irradièrent bientôt assez de lumière pour rendre visible le moindre détail de l'aménagement de la salle, et il devint évident que de nombreux cercueils étaient là depuis très longtemps. Leur surface s'était ternie, et ils étaient couverts d'une poussière cristalline à l'apparence de sucre glace bleu.

Bériot se remit debout. À cet instant, il ressemblait à un enfant qui venait d'entrer dans le pays des merveilles, s'extasiant devant le spectacle féerique alentour, les yeux écarquillés.

Surgissant du mur que regardait le physicien, un monstre se dirigea vers lui. L'être, vaguement anthropomorphe et se dressant à près de six mètres, était naturellement composé de cristal. Bien que son aspect donnât à penser qu'il ne pouvait se déplacer qu'en produisant force cliquetis et grincements, il s'avançait sans un bruit. La tête de la créature, une colonne hexagonale dénuée d'yeux et de bouche, reposait sur un énorme tronc formé de l'assemblage de millions de microscopiques cristaux, qui se rétrécissait jusqu'en son milieu pour s'élargir plus bas, comme un succédané de hanches. Le tout surmontait deux piliers cristallins sur lesquels la chose se mouvait. Ni les « bras », ni les « jambes » du golem n'étaient flexibles ou articulés, si bien que ses mouvements évoquaient ceux d'un automate.

Sans quitter du regard le géant minéral, le Terranien recula instinctivement en boitillant pendant que l'autre venait droit sur lui. Il n'avait toutefois aucune chance d'échapper à l'envoyé de la montagne vivante.

Il se recroquevilla, impuissant, entre deux socles.

Le robot cristallin se pencha sur lui. Deux bras glacés se glissèrent sous son dos et ses jambes, puis il fut soulevé.

Bériot cria et se débattit désespérément, mais ni ses braillements ni sa force physique n'étaient en mesure d'impressionner son adversaire. Tout en enjambant les cercueils renversés pour retourner vers le mur d'où il était sorti, le géant se contenta de veiller à ce que le petit homme ne se blesse pas.

Il était à présent évident qu'à l'endroit vers lequel se dirigeait la chose se trouvait une ouverture. Au moment où elle franchit ce passage, le physicien sur les bras, ce dernier ferma involontairement les yeux. La créature minérale et l'être de chair se tenaient maintenant dans un tunnel qui paraissait s'étendre à l'infini et où coulait un courant de cristaux indigo.

Le titan s'avança sans hésiter sur ce flot, par lequel il fut entraîné sans s'y enfoncer. Les gemmes bleues, canalisées par une force inconnue, formaient une voie transporteuse. Le robot, émanation de la station de commandement et partie intégrante de la montagne, se laissa emmener par le fleuve de cristal.

Le déplacement s'accéléra. Voyant défiler à grande

vitesse parois et plafond, Bériot, qui avait rapidement abandonné toute velléité de résistance, en attrapa le tournis.

La piste autoporteuse s'enfonçait au cœur du massif.

Elle s'achevait dans une halle en forme de dôme de dimensions colossales, où elle ralentit avant de s'arrêter pour permettre au monstre de la quitter.

Au centre de la salle se dressait, posé sur le sol, un énorme cristal qu'illuminait la clarté tombant d'une ouverture dans la voûte.

Sous les yeux du physicien, le robot minéral se dissocia en une demi-douzaine de fragments, lesquels prirent rapidement une apparence presque identique à celle de leur « géniteur » gigantesque, taille en moins. Le savant suivit cette transformation d'un regard indifférent. Il ne réagit pas davantage lorsque l'une des six créatures le dépouilla de sa blouse d'hôpital.

Il fut ensuite palpé par les moignons glacés. S'il tressaillit sous le contact, il ne résista cependant point.

Puis les golems le soulevèrent pour le porter jusqu'au grand cristal central. La face supérieure du monolithe miroitant présentait une dépression dans laquelle Bériot fut déposé. Des champs énergétiques à base quintidimensionnelle l'immobilisèrent.

Un instant durant, sous l'effet des hyperondes, il recouvra une partie de sa capacité intellectuelle. Reprenant conscience, il scruta son environnement et éprouva une frayeur mortelle en voyant où il se trouvait, pendant que des souvenirs remontaient à la surface de son esprit. Toutefois, avant qu'il ait pu se remettre à réfléchir, la structure des champs se modifia légèrement, interrompant le processus intellectuel, et il retrouva ce regard absent caractéristique des malades mentaux.

Quelques secondes plus tard débuta l'hyperrégénération physiologique de Jean Bériot.

CHAPITRE VII

— Hé ! (L'interpellation de L'Émir, à présent assis sur la selle d'un robot porteur, s'adressait au Paladin qui marchait en tête de la colonne.) Ralentis le pas, Harl ! Les autres ne suivent pas.

— Pas question que je laisse un nouveau-né me dicter mes actes ! répliqua Dephin avec la voix tonnante de sa machine, mais sans faire mine de réduire sa cadence.

Le mulot-castor n'avait pas jusque-là interprété son rajeunissement inattendu sous cet angle, et il lui importait fort peu que le manque de respect du Sigan fasse école.

— Je suis considérablement plus âgé que toi, Harl ! contre-attaqua-t-il avec virulence. Comparativement à moi, tu n'es encore qu'un enfant au maillot.

Le Paladin poursuivit sa marche en pilonnant le sol couvert de cristaux.

— Dois-je t'appeler grand-père ? se renseigna l'émo-ingénieur.

— Du calme ! s'interposa Hole Hohle. Major Dephin, vous allez réellement trop vite. Modérez votre allure !

Le robot de quatre mètres ralentit et s'arrêta pour attendre que le reste de l'expédition l'ait rejoint. Il avait cessé de pleuvoir, toutefois machines et astronautes étaient encore recouverts de cailloux. Les montagnes lointaines étaient redevenues visibles.

Le commandant estima qu'ils les auraient atteintes d'ici une heure. Il tenait cependant à effectuer préalablement une dernière pause afin que les hommes aient l'occasion de vérifier leur équipement et d'absorber quelques concentrés alimentaires.

— Voudriez-vous être assez aimable pour interdire à ce lièvre des neiges de se mêler continuellement des affaires des Foudre ? demanda Dephin à Hohle.

Le major s'apprêtait à répondre lorsqu'il fut coupé par un hurlement de L'Émir.

— Sors de là, microbe ! vociféra le mulot-castor. Si l'un de nous a quelque chose en commun avec un lièvre, c'est toi, espèce de trouillard !

Le Sigan soupira.

— En perdant ses cheveux gris, L'Émir a malheureusement aussi perdu sa dignité, nota-t-il sur un ton de regret. Je crains qu'il ne soit à présent retourné à l'âge ingrat.

— Arrêtez de discutailler ! le semonça Hohle. Dephin, pourquoi ne cessez-vous d'asticoter notre mulot-castor ?

L'émo-ingénieur ne répondit pas.

Le commandant jeta un œil sur son chronographe.

— Nous continuons pendant encore un quart d'heure, ensuite nous ferons une pause, décida-t-il.

Il attendit que le Paladin reprenne la tête, mais le robot géant resta figé, comme s'il avait pris racine.

— Qu'est-ce qui se passe encore ? s'enquit un Hohle irrité.

— Une difficulté inattendue vient de surgir, annonça Dephin.

— Si c'est pour m'apprendre que le capitaine-spécialiste Amos Rigeler s'est offert un dérangement intestinal et prétend nécessiter une nouvelle petite excursion au-dehors, je vous tords le cou de mes propres mains ! jura solennellement l'Esquimau.

— Cette fois, c'est du lieutenant-spécialiste Dart Hulos qu'il s'agit, précisa le Sigan.

Les dents du chef de l'expédition grincèrent de manière audible.

— Et que lui arrive-t-il, à celui-là ?

— C'est notre ingénieur en armement. En tant qu'artilleur, il est responsable de l'équipement de notre Paladin.

Pendant que se déroulait cette altercation, tous les robots avaient formé un cercle autour des deux protagonistes. Les hommes installés sur les selles des machines attendaient que la marche reprenne. Si quelques-uns d'entre eux seulement souriaient ostensiblement, tous étaient secrètement reconnaissants à Dephin et à l'Escadron Foudre pour les interruptions divertissantes dont ils émaillaient leur odyssée.

Rabattant son casque en arrière, Hohle s'efforça de se maîtriser en respirant l'air sec et glacé de la planète Monol.

— Je recommence, insista-t-il avec un calme trompeur. Quel est le problème avec l'artilleur Hulos ?

— Il veut nortigner, révéla l'émo-ingénieur sur un ton aimable.

Les yeux de l'autre s'étrécirent.

— Il veut *quoi* ?

— Nortigner, répéta Dephin, pragmatique.

— Et que signifie ce terme ? se renseigna Hohle en étirant le cou.

— C'est une expression appartenant au jargon sigan, expliqua le major. Cela peut se traduire approximativement par « tout envoyer balader ».

Le commandant paraissait prêt à sauter du dos de son robot pour se jeter à mains nues sur le Paladin.

— Si je vous comprends bien, Dart Hulos prétend donner sa démission *maintenant* ? voulut-il savoir.

— Hm, hm ! approuva l'émo-ingénieur.

— Et pourquoi ?

— Il est atteint par la cécité des neiges, répondit Dephin. Les cristaux provoquent sur lui le même effet que la neige. Chaque fois qu'il jette un coup d'œil dehors, il ne voit plus rien pendant un moment.

Hohle serra convulsivement les poings.

— Alors pourquoi regarde-t-il directement à l'extérieur, au lieu de se contenter de surveiller ses écrans ?

— Vous voulez peut-être m'interdire de contempler le paysage ? rouspéta la voix du lieutenant dans les haut-parleurs du robot halutoïde.

— Non ! haleta l'Esquimau. En ce qui me concerne, nortignez si vous voulez, mais pour l'amour du ciel fermez votre clapet ! Non, j'ai une meilleure idée : vous ne nortignez pas, parce que je *vous* nortigne !

— Dans ce cas, nous nortignons tous ! aboya le major sigan, indigné.

Hole Hohle se redressa sur sa selle et leva les deux bras en l'air.

— Nortignation acceptée ! répliqua-t-il avec dignité. Et maintenant, *en route* !

Lentement, le Paladin I se remit en mouvement. Dans le pont supérieur, juste sous la calotte crânienne de super-composite atronique du robot, Dart Hulos, l'artilleur atteint de la cécité des neiges, rabattit d'un geste rageur un obturateur afin de cacher le paysage.

CHAPITRE VIII

Il était rare de voir Screecher accompagné par d'autres Okefenokees. Aussi surgit-il seul, comme de coutume, dans la centrale du grand vaisseau sphérique où Rhodan, assis face aux contrôles, observait les écrans sur lesquels on pouvait apercevoir plusieurs gnomes sortant à l'instant du *Krest IV*.

Les recherches concernant le Dr Bériot étaient achevées.

Le Penseur lissa sa toge en regardant le Stellarque.

— Nous avons terminé, annonça-t-il. L'homme qui a sorti Scanlon Ocachee de son cercueil ne se cache pas à bord de ce navire.

Rhodan scruta l'Okefenokee. Screecher était un être intelligent, et il avait probablement compris où se trouvait le physicien disparu.

— Nous avons ratissé la planète et fouillé votre nef, déclara le gnome. (Il s'exprimait avec lenteur, comme s'il redoutait que les astronautes étrangers ne parviennent pas à suivre le fil de ses paroles.) L'humain malade n'est plus sur Kliban.

— C'est ce que je craignais aussi, renvoya le Premier Terranien.

— Au cours de la nuit dernière, nul vaisseau n'a décollé de ce monde. Et aucun de vos trois astronefs restés dans l'espace ne s'est approché pour récupérer cet individu.

Il était patent qu'à cet instant le Philosophe s'efforçait de tourner autour du pot, et il était tout aussi évident qu'il se faisait violence pour ne pas foncer droit au but.

— Je sais ce que vous pensez, le soulagea Rhodan. Vous croyez que Jean Bériot est parti avec le cercueil destiné à Scanlon Ocachee.

Screecher se borna à hocher la tête, attendant visiblement que son interlocuteur poursuive.

— Cet homme était malade, continua donc le Stellarque. Il a été pris sous l'influence d'un rayonnement hyperénergétique, probablement celui du cristal de la halle mortuaire, qui l'a attiré. Et si Bériot a arraché le Tri-Penseur à son sarcophage pour s'installer à sa place, c'est en pleine confusion mentale qu'il a agi ainsi.

L'Okefenokee sembla mesurer les conséquences que cet événement impliquait pour son peuple, car il baissa la tête en émettant un sanglot. De toute évidence, il lui était impossible de surmonter son affliction.

— Je regrette profondément cet incident, ajouta Rhodan.

Son trouble transparaissait dans ces mots, et il conjectura que le gnome n'y resterait pas insensible.

— Savez-vous ce que tout cela signifie pour nous ? demanda le Philosophe.

— Je puis me l'imaginer, répliqua prudemment le Terranien, toutefois je ne suis pas à même d'en évaluer toutes les implications.

— La place réservée à Scanlon Ocachee a été prise par l'un de vos hommes, expliqua Screecher. Nous ne pouvons pas tout simplement envoyer le Tri-Penseur dans un autre réceptacle, parce que nous ignorons s'il sera accepté.

Rhodan dressa l'oreille. C'était la première fois que l'Okefenokee formulait une allusion au sujet de la destination inconnue de ces cercueils volants.

— Nous pourrions partir avec nos vaisseaux pour tenter de le retrouver, proposa-t-il.

Il savait pertinemment que les chances de remettre la main sur un objet aussi petit au milieu du fourmillement d'étoiles du centre de M 87 étaient nulles. Cette offre n'avait pour objectif que de démontrer sa bonne volonté.

— Il n'y a plus rien que nous puissions entreprendre, affirma le Philosophe sur un ton empreint de lassitude. L'un de vos hommes a causé une grande affliction à mon peuple. De plus, il a privé le Tri-Penseur Scanlon Ocachee de sa récompense bien méritée.

— Ne pouvez-vous vraiment pas expédier Ocachee dans un autre cercueil ? s'étonna Atlan.

Screecher leva la tête pour dévisager l'Arkonide.

— Nous allons essayer, avoua-t-il. Je crains cependant que cette tentative ne soit vouée à l'échec.

Se détournant, le gnome partit à pas lourds. Rhodan bondit pour le rattraper et le retint doucement par le bras.

— Screecher, y a-t-il quelque chose que nous puissions faire pour votre peuple ?

— Nous sommes trop différents, et nous aurions dû comprendre cela dès le début, déclara l'Okefenokee. Mais c'est notre faute, pas la vôtre.

Le Stellarque allait répondre quand le Philosophe mit fin à la conversation en se téléportant hors du vaisseau.

Aussi revint-il vers le pupitre de contrôle.

— Il est extrêmement désenchanté, établit l'Arkonide. Malgré tout, je ne pense pas que les Okefenokees se retournent contre nous.

— Espérons qu'Ocachee partira effectivement avec un deuxième cercueil, énonça Rhodan. En cas de succès, cela apaiserait les gnomes et nous dépannerait.

Le Lord-Amiral se passa une main sur la figure.

— J'aimerais bien savoir où se trouve Bériot à l'heure qu'il est, dit-il, songeur.

— Il est probablement mort, conjectura le colonel Akran.

Atlan frappa sur l'épaule du commandant epsalien du *Krest*.

— Quelque chose me dit qu'il est toujours en vie, rétorqua-t-il.

CHAPITRE IX

Bériot s'était désintégré.

Le processus était relativement proche de celui qui se déroulait lors d'un saut par transmetteur. La différence essentielle était que le physicien ne fut transféré nulle part, au lieu de quoi le schéma de sa structure cellulaire demeura tel un nuage énergétique au-dessus du cristal géant avant de commencer à se dissoudre à son tour, une fois son code génétique extrait et un œuf matérialisé. Après restauration de ses chromosomes par comparaison des brins d'ADN provenant de diverses parties de son corps originel et reconstruction du message de départ, cette cellule-mère ne contenait évidemment plus aucune information concernant les dommages physiques endurés par le Terranien au cours de ses trente-six années d'existence. Toutes les marques de son vieillissement furent ainsi automatiquement éliminées.

La bosse de Bériot étant non pas une malformation génétique transmise par ses parents, mais le résultat d'un traumatisme physiologique subi alors qu'il n'était qu'un embryon dans le ventre maternel, ce signe particulier disparut également.

Il en alla de même avec les dégâts subis par son cerveau lors de son psycho-interrogatoire par les Aphanéens, sur Dwellion : toutes les informations associées aux lésions de l'encéphale du scientifique furent effacées, écartées pour non-conformité au schéma issu de la disposition de ses gènes.

Le nuage d'énergie, à présent considérablement réduit,

descendit lentement vers le bloc minéral. Il ne s'était écoulé que quelques minutes depuis la dématérialisation de Bériot.

Le phénomène lumineux atteignit et enveloppa le cristal.

Après quoi la formation se contracta, perdant de sa puissance radiante.

Quelques secondes plus tard, la dépression accueillait un nouveau-né vagissant à la peau ridée et aux yeux fermés. L'être, qui grandissait à une vitesse hallucinante, ouvrit les paupières et devint conscient de ses pleurs. La pierre s'était réchauffée afin que l'enfant nu ne souffre pas du froid. Au bout de trois secondes, le bébé perça ses premières dents et cria de plus belle, remuant les bras et s'agitant en tous sens.

Sa croissance se poursuivit.

Encore quelques instants, et il avait atteint une taille et une force suffisantes pour pouvoir se redresser. Ses dents de lait tombèrent peu après. Au fil des minutes, les traits de la créature perdirent leur rondeur enfantine tandis que sa silhouette s'affermissait et se musclait.

Sur le cristal reposa bientôt un humain adulte.

Mesurant presque un mètre quatre-vingts, svelte et parfaitement proportionné, il paraissait âgé d'environ trente-cinq ans.

Il arborait le visage du Dr Jean Bériot.

***

Il se souvenait de tout. Il se rappelait comment il était arrivé ici. Tout ce qu'il avait fait durant les dernières heures relevait de la conduite d'un aliéné.

Le physicien pressentit que sur Kliban il avait été attiré jusque dans la halle mortuaire par la radiation hyperénergétique du cristal géant qui s'y trouvait. Sous l'emprise du chaos mental qui le dominait, il avait sorti le Tri-Penseur Scanlon Ocachee de son cercueil pour prendre sa place.

Il fut convaincu que le sarcophage avait accompli le même trajet que s'il avait renfermé le gnome, et que lui-même venait de subir le traitement initialement prévu pour l'occupant normal. Après être mort, le Philosophe aurait été ressuscité : les Okefenokees vivaient donc deux existences successives. Bériot se demanda si les habitants de Kliban et Pompeo Posar étaient au courant de ce qui leur arrivait postérieurement à leur décès. Le cérémonial des offices funèbres laissait à penser que ces gens n'avaient qu'une vague idée de ce qui les attendait ici.

Il réalisa aussi que s'il disposait d'autant de connaissances sur des découvertes effectuées par les Terraniens bien après son psycho-interrogatoire chez les Aphanéens, c'était parce que d'autres en avaient discuté pendant qu'ils se trouvaient à son chevet. Il était alors incapable de comprendre ni même de s'intéresser, mais une part intacte de son esprit avait mémorisé ces conversations.

Le scientifique se mit debout. Si le cristal n'éclairait que faiblement, le creux où l'homme se tenait était délicieusement tiède.

En revanche, dans le reste de la halle l'air était désagréablement froid.

Bériot ne douta pas que le cercueil l'avait déposé sur une autre planète. Étant donné que lors de son arrivée il avait vu de nombreux sarcophages vides, il en conclut que ce monde devait abriter des Okefenokees ressuscités.

Il songea enfin à jeter un œil sur sa propre anatomie : il possédait à présent un corps musclé, et la bosse qui l'avait déformé toute sa vie avait disparu.

Par association involontaire d'idées, il réfléchit aux gnomes aux traits ingrats. Probablement subissaient-ils eux aussi une transformation au cours de leur renaissance. Peut-être même se modifiaient-ils tellement que s'il les rencontrait, il ne les reconnaîtrait pas en tant que tels.

Sa nouvelle morphologie lui procurait une allégresse jamais ressentie jusqu'à ce jour. Après avoir sauté en souplesse en bas du cristal, il testa la force de ses bras et de ses jambes. Il était capable de remuer comme il avait toujours rêvé de pouvoir le faire. Regrettant de n'avoir pas de miroir à sa disposition pour examiner ses traits, il se dit que ceux-ci n'avaient probablement pas changé, ou alors très peu. Il s'efforça de se remémorer son enfance afin de s'assurer que ses souvenirs étaient intacts – tel était bien le cas. Et ni ses connaissances ni son intelligence ne paraissaient amoindries.

Finalement, il consacra son attention à son environnement. Les robots de cristal qui l'avaient déposé sur le monolithe avaient disparu. Depuis l'ouverture dans le plafond tombait une clarté bleutée. Bériot se rappela que lors de son arrivée dans cette halle la lueur était dorée.

De quel côté devait-il aller ? Il n'avait aucune idée de ce qu'il découvrirait à l'extérieur de la salle.

Comment allait-il s'y prendre pour établir le contact avec les Okefenokees ?

Le physicien était déjà assuré de se trouver sur une planète à atmosphère oxygénée : les gnomes étaient de type oxyen, et depuis son débarquement il avait toujours disposé d'air respirable. Il semblait par contre qu'il fût sur un monde froid. Le Terranien, qui était entièrement nu, commençait à grelotter. Il se réchauffa en battant des bras autour de son torse et de ses épaules.

Puis il se résolut à oser une tentative de communication.

— Ohé ! Il y a quelqu'un ici ? appela-t-il dans l'idiome du Centre.

Sa voix sonna creux. Il attendit, mais nul ne lui répondit. Haussant les épaules, il remonta sur le cristal afin de profiter de sa chaleur – pour s'apercevoir à regret que le bloc s'était déjà complètement refroidi. Il le soumit néanmoins à une inspection visuelle approfondie.

— Bizarre, murmura-t-il. Ça ressemble à de l'howalgonium, sauf que c'est bleu et non pas rose.

Il n'avait malheureusement à sa disposition aucun instrument lui permettant de mesurer la fréquence vibratoire de l'étrange matériau – il n'avait d'ailleurs aucun instrument tout court. Après s'être interrogé sur la possibilité qu'existât un lien entre les cristaux de ce monde et les agents hypnocristallins du Grand Nuage de Magellan, il secoua la tête. La similitude était probablement pure coïncidence, et pousser plus loin la réflexion relevait pour le moment de la simple spéculation.

Bériot se souvint qu'à bord du *Krest* il avait été question de l'éventualité d'un rapport particulier entre les Okefenokees et les Constructeurs du Centre. Il avait entendu les docteurs Myteren et Treiber s'entretenir à ce sujet.

Il savait se trouver sur une planète se situant dans les parages du noyau de M 87. La flotte de cercueils qu'ils avaient rencontrée peu après leur émergence dans l'Amas de la Vierge se dirigeait vers le centre de la galaxie.

Pourquoi les Okefenokees effectuaient-ils le voyage jusqu'ici depuis le système de Scintilla pour se faire régénérer ? S'agissait-il d'un processus délibéré ou inconscient ? Quel intérêt avaient les C.C. à soumettre les gnomes à un tel traitement ?

Ou bien les Constructeurs du Centre n'avaient-ils tout bonnement pas connaissance de cette procédure ?

Le physicien renonça à se creuser davantage la cervelle. Il était probable qu'aucune de ses hypothèses ne s'approchait un tant soit peu de la réalité. S'il voulait en apprendre plus, il lui fallait d'abord explorer cette planète.

Il lui vint pour la première fois à l'esprit qu'il n'était peut-être pas le bienvenu sur ce monde. Il ignorait ce qui l'attendait hors de cette salle. Et si ses adversaires étaient déjà là, aux aguets, prêts à l'éliminer ?

— Je n'ai été régénéré que par accident, chuchota-t-il. Certains peuvent y trouver à redire.

Il regarda autour de lui, à la recherche d'une sortie.

***

La station de contrôle de Monol capta les impulsions mentales qui provenaient de la halle de réveil. Elles étaient à présent cohérentes et aisées à déchiffrer. Mais elles étaient étrangères. Ce que les montagnes sapientes avaient pris pour un Okefenokee malade, autorisant sa régénération, était en fait une créature différente qui s'était introduite clandestinement.

Ce cas était sans précédent.

La station conclut instantanément que cet événement pouvait être une sérieuse source de problèmes – et elle avait déjà son content de ceux-ci.

La masse cristalline dotée de pensée logique établit avec une quasi certitude qu'il existait un rapport entre l'être présentement dans la salle de résurrection et les étrangers qui avaient atterri avec un vaisseau spatial.

Tout indiquait qu'une invasion était en cours.

Cet état de choses était parfaitement inacceptable.

Aussi un groupe de golems chargés de supprimer l'intrus dans la halle de réveil fut-il suscité.

*
* *

Dans la déroutante lumière qui baignait l'intérieur de la salle, aucune sortie n'était visible. Bériot opta pour la direction du mur le plus proche. S'il avait été amené ici, il existait forcément un passage !

Percevant un bruit derrière lui, il pivota – pour apercevoir une créature de cristal se dirigeant droit sur lui. La sinistre chose, dénuée de tout ce qui aurait pu être qualifié de tête, se composait en tout et pour tout d'un tronc pourvu d'excroissances formant des bras et des jambes. Si le robot minéral se déplaçait avec une évidente maladresse, il était toutefois plus rapide qu'un humain.

Le physicien se précipita vers le cristal qui se dressait au centre de la pièce. Étant plus habile que son poursuivant, il était en mesure de se maintenir hors de portée en courant continuellement autour du bloc.

Son regard balaya la paroi de laquelle était sorti le monstre. Jaugeant la distance qui l'en séparait, il estima disposer d'une bonne chance d'y parvenir avant son adversaire.

Il se rua alors à travers la halle. Le golem obliqua sur

ses moignons de jambes pour courir à la suite de Bériot. Le Terranien ne se retourna pas. Peu avant d'atteindre le mur, il constata qu'aucune ouverture ne s'y dessinait. Il réussit, en se penchant, à éviter de justesse un des bras de pierre et se dit qu'il suffirait qu'un unique coup le touche à la tête pour le tuer.

Il longea l'obstacle de toute la vitesse dont il était capable. Derrière lui, son poursuivant avait heurté la paroi, mais avait à présent recouvré son équilibre et repris la chasse.

Le physicien aperçut alors une sortie. Il se glissa hors de la salle pour se retrouver dans un couloir faiblement éclairé dont la voûte était apparemment composée de cristal luminescent. Si le sol était parfaitement lisse et ferme d'un côté, l'autre partie, d'aspect plus fluide, était formée d'une sorte de gravier cristallin bleu. Se souvenant que les créatures minérales utilisaient ce flux comme bande transporteuse, le scientifique y sauta d'un bond – pour immédiatement s'enfoncer jusqu'aux genoux dans les cailloux de la taille d'un pois.

L'écoulement cessa.

Bériot s'efforça de libérer ses jambes. Lorsqu'il leva les yeux, ce fut pour découvrir le robot de cristal, qui n'était plus qu'à quelques mètres de lui. Le Terranien gigota frénétiquement afin de se dégager, mais l'autre arriva sur lui avant qu'il n'y soit complètement parvenu. Le monstre de près de trois mètres de haut lança un de ses membres inférieurs en avant. Le physicien, percuté à la hanche, fut éjecté deux mètres plus loin pour atterrir sans douceur sur la rivière de gemmes.

La surface du convoyeur se reconstitua aussitôt pour se remettre en mouvement, emportant le savant à vitesse croissante. Le golem minéral le suivait à quelques mètres, toutefois il semblait avoir fort à faire en vue de préserver son équilibre et n'était donc provisoirement pas en mesure d'entreprendre quoi que ce soit contre le Terranien régénéré.

Ce dernier ne se berça pas d'illusions : ce moyen de

transport très particulier pouvait certainement être contrôlé, et l'homme devait s'attendre à être dirigé vers un endroit où il serait aisé d'en finir avec lui.

S'allongeant de tout son long, Bériot roula vers le bord de la bande transporteuse. Emporté par l'inertie, il heurta lourdement la paroi du tunnel et resta un instant à moitié sonné.

En une réaction précipitée, son immense adversaire tenta également de quitter le flux porteur – pour perdre l'équilibre et percuter le mur à pleine vitesse. Dans un fracas assourdissant, il s'éparpilla en milliers de fragments.

Le physicien se remit debout, haletant. Plus aucun danger ne le menaçait dans l'immédiat, mais il devait continuer à chercher une issue. Il était impératif qu'il parvienne à sortir à l'air libre, là où il aurait davantage de facilité à échapper au contrôle des cristaux – à condition que toute la planète ne soit pas qu'un immense labyrinthe de galeries et de salles souterraines.

Le problème de Bériot était qu'il n'avait aucune idée de la direction à prendre. Avec un peu de malchance, il ne ferait que se perdre de plus en plus profondément dans le dédale subplanétaire d'un monde étranger. Heureusement, les dispositifs défensifs du cru semblaient n'être guère variés, si bien qu'il avait toujours affaire au même type d'ennemi.

Ses pensées se tournèrent brièvement vers les questions non résolues, et il s'interrogea sur ces surprenantes créatures de cristal. Seraient-ce là les Okefenokees ressuscités ? Il élimina rapidement cette idée : si tel avait été le cas, lui-même aurait été transmuté en un être inorganique, et non pas régénéré biologiquement

Les gnomes revenus à la vie étaient-ils au courant de sa présence ? Si oui, pourquoi ne se manifestaient-ils pas ?

Le scientifique se mordit la lèvre : ce n'était pas le moment de rêvasser, il devait se remuer. Le long couloir ne lui offrait guère de possibilités. La rivière cristalline s'était de nouveau immobilisée, mais Bériot se garda bien d'y remettre le pied.

Dans le fond, s'évertuer ainsi à échapper à son destin n'était-il pas absurde ? Son espérance de fuite ou de simple survie était infime : il ne savait pas comment il pourrait se nourrir sur ce globe purement minéral, il n'avait aucune idée de la direction à prendre, il ignorait même s'il parviendrait à atteindre le monde extérieur. Bref, il était d'ores et déjà un mort en sursis. Et pourtant, il se refusait à abandonner. Peut-être Dame Chance lui tendrait-elle une main secourable au moment le plus inattendu…

Le Terranien espérait surtout une intervention des Okefenokees régénérés. Les gnomes étaient forcément quelque part ! Sur Kliban et Pompeo Posar, ils s'étaient révélés être des créatures pacifistes, et Bériot s'interdisait de croire qu'il pût en aller autrement après leur renaissance.

Brusquement, le flot de cristaux bleus se remit à couler, avec une vitesse nettement plus élevée qu'auparavant, et le physicien pressentit que cela signifiait l'approche de nouveaux ennemis. Il lui fallait dénicher au plus tôt la sortie de ce tunnel. La voie transporteuse était à présent trop rapide pour ne serait-ce qu'envisager d'y poser le pied.

Bériot adopta l'unique technique restant à sa disposition : il commença à courir. Sa nouvelle condition physique l'étonnait : la régénération lui avait non seulement procuré un meilleur corps, mais également de plus grandes réserves de puissance. En dépit du fait qu'il n'avait rien mangé depuis longtemps et déjà inscrit un combat à son actif, il ne se sentait pas le moins du monde fatigué.

Aussi ignorant du temps consommé par sa réjuvénation que de la durée du voyage entre Kliban et la planète de cristal, il n'avait aucune idée du nombre de jours qui s'étaient écoulés depuis son évasion du *Krest IV*. Il savait, grâce aux bavardages de ses médecins, qu'une corvette était partie à la poursuite de la flotte des cercueils à transmetteur auto-localisateur – probablement sans succès, car il paraissait impensable que les sarcophages traversent ainsi la galaxie M 87 sans bénéficier de toutes les mesures de sécurité nécessaires.

Le physicien s'arrêta en découvrant une sortie transversale. Jetant un œil sur ses arrières, il aperçut au loin plusieurs golems de cristal qui se dirigeaient vers lui – et à la vitesse à laquelle défilait le flux pierreux, ce n'était qu'une question de secondes avant qu'ils atteignent l'endroit où se trouvait actuellement le Terranien.

Quelles que puissent être les surprises qui l'attendaient ailleurs, il était certain qu'en aucun cas il ne pouvait demeurer là. Il s'engouffra donc sans hésiter dans la galerie, pour déboucher rapidement à l'intérieur d'une halle illuminée par un grand nombre de blocs cristallins posés sur le sol. Au centre de cet espace, il remarqua ce qui lui sembla au premier regard être une sorte de fontaine aquatique mais qui se révéla, après qu'il s'en fut rapproché, être un grand rayonnage de section circulaire constitué de cristal terne.

Un souffle d'air glacé provenant d'une direction indéterminée lui causa un désagréable frisson. Une fois au niveau des étagères, il entreprit de les inspecter. Sur les rayons situés à mi-hauteur, il découvrit des piles de vêtements composés d'un matériau légèrement fluorescent qu'il ne put identifier. Leur taille ne lui permit pas de reconnaître la nature de ceux à qui ils étaient destinés : bien que ressemblant aux toges portées par les Okefenokees, ils étaient à la fois trop grands pour des gnomes et trop petits pour des humanoïdes d'une stature égale ou supérieure à celle de sa nouvelle silhouette. Il sélectionna malgré tout celle qui lui parut être la plus grande et l'enfila. Si le costume ne lui descendit que jusqu'aux genoux, il sentit cependant immédiatement une agréable chaleur se diffuser sur toute son anatomie. Même ses pieds se réchauffèrent.

Il allait se remettre à explorer le rayonnage quand trois monstres de cristal surgirent dans la salle pour venir dans sa direction.

Bériot, qui se sentait beaucoup mieux maintenant qu'il

était couvert de l'étrange vêtement, émit une imprécation avant de prendre la fuite.

Il crut détecter un mouvement devant lui, une ombre fugace qui avait semblé traverser son chemin. Comme rien d'autre ne se produisit, il supposa avoir été victime d'une illusion d'optique. Dans la lumière diffusée par les cristaux, tout paraissait irréel et fantomatique. Quoi qu'il en soit, il n'avait guère le temps de se préoccuper d'éventuelles apparitions spectrales : ses poursuivants étaient sur ses talons.

Bizarrement, même si sa raison lui criait que sa situation devenait de plus en plus critique, il ne ressentait pas la moindre peur.

Apercevant devant lui une ouverture ronde qui s'ouvrait dans le sol, le physicien y sauta sans réfléchir. Il heurta durement une paroi inclinée avant de commencer à dévaler vers les profondeurs. Il voulut se retenir, mais ses mains ne rencontrèrent aucune prise. Très vite, l'obscurité se fit autour de lui. Il douta que les géants qui l'avaient pourchassé prissent le même chemin : leurs corps étaient trop durs et trop raides pour parcourir cette glissière en restant en un seul morceau.

La vertigineuse dégringolade se ralentit, ce dont Bériot conclut que la pente s'adoucissait graduellement. Sa descente s'acheva finalement dans une sorte de fosse. Son étrange vêtement n'avait aucunement souffert du trajet. En outre, il semblait non seulement protéger son occupant du froid, mais avoir en plus une action régulatrice sur l'ensemble du corps, y compris les parties non couvertes.

Se redressant dans le noir, il tendit l'oreille, à l'affût du moindre bruit suspect.

Le silence était presque total.

Après être sorti de la cavité dans le sol, il se retrouva dans un couloir si bas qu'il ne put l'emprunter qu'en se courbant pour marcher. Il compta ses pas afin de se faire une idée approximative de la distance qu'il parcourait.

Au bout d'un moment, les ténèbres devant lui s'estompèrent pour laisser place à une tache claire. Le scientifique présuma que le tunnel se terminait là-bas sur un endroit éclairé. Il accéléra son allure. La macule de lumière s'agrandit. Le Terranien atteignit peu après l'extrémité du passage, et son regard embrassa une vaste salle dont la paroi opposée était formée de cristaux rayonnants. Il nota immédiatement que de minuscules fragments se détachaient continuellement de cette muraille pour tomber à terre.

Il fut convaincu d'assister à la « naissance » de milliers de petites créatures minérales : les « débris » ne demeuraient pas sur place mais formaient une sorte de procession qui s'acheminait vers une sortie que Bériot ne put apercevoir, car située derrière une avancée du mur.

Le physicien décida de suivre le cortège. S'éloignant de la bouche du tunnel, il se dirigea vers le centre de la halle – et réalisa immédiatement avoir commis une erreur. Sa présence fut détectée et plusieurs milliers de « coléoptères de cristal » pivotèrent dans sa direction, comme obéissant à un ordre silencieux.

L'homme resta un instant comme paralysé. Il ne pouvait rebrousser chemin, vu que la galerie par laquelle il était arrivé s'achevait à l'autre extrémité sur une glissière qu'il n'avait aucune chance de parvenir à escalader.

Les insectoïdes se regroupèrent pour s'élancer vers leur proie.

Le savant s'échappa latéralement.

Les créatures, de la grosseur de scarabées terrestres, obliquèrent pour le suivre. En dépit de leur petite taille, elles se montrèrent aussi véloces que Bériot – et elles disposaient de l'avantage de pouvoir se diviser en plusieurs groupes afin de couper la retraite au fuyard.

En vue de l'issue par laquelle les coléoptères s'en allaient peu avant, le Terranien douta de réussir à se faufiler au travers de l'étroite fente dans le mur, mais il devait quand même s'efforcer de l'atteindre. L'une des bestioles le rattrapa, et son contact occasionna au pied du physicien une intolérable sensation de brûlure.

Il fit un bond de côté. Les cristaux vivants se déplaçant sur le sol ne produisaient qu'un faible murmure semblable au bruissement des feuilles mortes emportées par le vent.

Le regard du scientifique chercha l'endroit où le flot de ses persécuteurs était le plus resserré – et le trouva. Il s'élança vers les insectoïdes et sauta de l'autre côté. Réagissant à la vitesse de l'éclair, les bestioles firent volte-face pendant que la muraille éjectait de nouvelles créatures qui se lancèrent instantanément à la poursuite de l'indésirable.

Traqué par plusieurs milliers de coléoptères assoiffés de sang, Bériot se rua vers la brèche dans la paroi. Elle était vraiment étroite et, lorsqu'il essaya de s'y introduire, il vit déjà sa fin venue. Se faisant aussi mince que possible, il prit appui sur ses jambes pour forcer le passage. Il sentit brusquement sa cheville gauche commencer à le brûler, signe certain que les premiers cristaux l'avaient atteint et que dans quelques secondes tout son corps en serait recouvert.

Émettant un cri furieux, il s'éjecta de l'entaille par un dernier effort surhumain, pour tituber à l'intérieur d'une nouvelle salle. Les quelques insectoïdes qu'il avait emportés avec lui dégringolèrent de son mollet et s'émiettèrent en touchant le sol.

Sans prêter attention à la curieuse réaction de ses ennemis, le scientifique repartit en une course éperdue pour se retrouver bientôt face au mur opposé de la halle. Alors seulement il s'autorisa une pause afin de prendre le temps d'examiner son environnement.

La pièce était parsemée de cristaux bizarrement conformés qui irradiaient les couleurs les plus diverses. On eût dit que quelqu'un les avait rassemblés ici à seule fin de profiter de la vue de ce fabuleux décor.

Bériot était certain qu'un peu plus tôt une marée de coléoptères de cristal s'était déversée dans cet espace, mais présentement l'endroit paraissait désert. Il eut beau regarder dans toutes les directions, il ne put détecter aucun mouvement.

Ce calme soudain ne le rassura pas pour autant : les maîtres des lieux étaient vraisemblablement en train de fomenter une nouvelle agression. Si le physicien leur avait jusqu'à maintenant échappé, c'était uniquement parce que ses adversaires n'étaient pas en mesure de coordonner leurs assauts et l'avaient sous-estimé. Il s'appuya contre le mur afin de reprendre son souffle.

Il craignait se trouver très loin sous la surface de la planète étrangère et n'osait caresser l'espoir de retrouver jamais l'air libre. Son esprit scientifique, qui depuis sa régénération fonctionnait encore mieux qu'avant, revint au mystère des Okefenokees ressuscités. Peut-être la vie du Terranien dépendait-elle seulement de l'acquisition et de la compréhension de certaines informations dont il pourrait tirer parti.

Se redressant d'un coup d'épaules, Bériot se décida à rechercher le moyen de sortir d'ici pendant que ses adversaires ne donnaient pas signe de vie. Il découvrit l'entrée d'une galerie à peine trop basse de plafond, parcourue par l'un de ces énigmatiques flux de gemmes bleutées coulant à faible vitesse.

Il se résolut à prendre le risque, et posa prudemment un pied sur la surface mouvante. Cette fois, elle résista. Il y mit alors l'autre pied, et fut emporté en douceur. Il ne put se départir de l'impression que ce couloir, dont les parois présentaient l'apparence de colonnes de cristal chatoyantes collées les unes contre les autres, menait vers le haut. Plus il y réfléchissait, plus le savant était persuadé que le matériau dont toute la planète semblait composée était très similaire au précieux howalgonium que les Terraniens connaissaient et en lequel s'étaient transmutés les hypno-cristaux du Grand Nuage de Magellan. Il se souvint justement qu'agglomérés en quantité suffisante, les agents hypnocristallins des Perlians avaient été capables de pensée logique. Il en allait visiblement de même avec les cristaux de ce monde.

Le physicien sentit que le froid gagnait en intensité. Heureusement, son vêtement le préservait des atteintes du gel. Parvenu à l'extrémité de la voie transporteuse, il estima qu'une heure devait s'être écoulée depuis sa fuite devant les insectoïdes minéraux.

Il se retrouva dans une ouverture semi-circulaire d'où il pouvait contempler l'extérieur. Il comprit immédiatement qu'il se tenait sur le flanc d'une colline et que ce qu'il voyait était une immense plaine couverte de cristaux bleus. Dans le lointain, il distingua des anneaux dorés qui descendaient lentement vers l'horizon pour y disparaître. Il aperçut également toute une série d'autres phénomènes lumineux.

Se rapprochant d'un pas du rebord de la pente, Bériot constata être sorti non point d'une colline mais d'une colossale montagne dont la forme impliquait obligatoirement une origine artificielle.

Près de lui, le flux transporteur, continuant son avance, se déversait sur la dénivellation tel une cascade. Lorsque le physicien se pencha pour mieux voir, il vit les petits cristaux rebondir en tous sens pour s'éparpiller un peu partout en arrivant au bas de la déclivité.

Si toutes les couleurs du spectre étaient représentées, le bleu était partout la teinte prédominante. Le Terranien ne douta pas une seconde être au cœur de la galaxie M 87. La planète inconnue baignait dans la clarté de la Radiance Bleue.

Le savant ne put identifier lequel, parmi les innombrables soleils visibles dans le ciel, était l'astre tutélaire de ce monde. Peut-être brillait-il à cette heure de l'autre côté des montagnes ou même derrière l'horizon. À moins qu'il n'en eût tout bonnement point : ce globe était d'une extraordinaire singularité, et ici régnaient des lois différentes de celles qui régissaient les corps célestes « normaux ». La majeure partie des effets lumineux observables étaient probablement causés par le rayonnement hyperénergétique. Bériot regretta de n'être qu'un fugitif aux mains vides. S'il avait disposé de temps et de l'équipement idoine, cette planète aurait constitué un lieu idéal pour l'étude des influences des ondes quintidimensionnelles sur la matière. C'était justement un domaine dans lequel les scientifiques terraniens piétinaient, et ce uniquement par manque de terrains d'expérimentation.

Le physicien se secoua : il ne pouvait se permettre d'oublier un seul instant que sa vie était en danger.

Il jeta un nouveau coup d'œil vers le pied de la déclivité. Il n'était pas certain d'être capable d'effectuer la descente avec ce froid, mais il devait tout de même essayer. Son intuition lui soufflait qu'il serait plus en sécurité en bas, dans la plaine, qu'ici dans la montagne de cristal.

Près de lui, la coulée de gemmes se calma avant de s'arrêter complètement. Il ne s'en soucia pas. Se mettant à quatre pattes sur le sol de l'entrée du tunnel, il entreprit de s'engager à reculons sur la pente raide.

Il n'avait pas encore posé le deuxième pied hors de la plate-forme que l'étranger se matérialisait juste en face de lui.

CHAPITRE X

Ils étaient au pied de la montagne mystérieuse. En dépit du fait que les hommes du commando d'intervention avaient effectué la quasi-totalité du trajet portés par les robots, ils étaient pratiquement tous au bord de l'épuisement. Presque personne n'avait réussi à dormir lors des courtes périodes de repos : la crainte d'une brusque réapparition des monstres de cristal était trop forte.

Le major Hole Hohle s'était laissé glisser de sa monture mécanique et scrutait à présent le relief escarpé.

— Le moment est venu de décider de la suite de notre itinéraire, déclara-t-il. Nous avons le choix entre contourner ce massif et entreprendre son escalade.

— Si nous faisons le tour, il nous faudra plusieurs jours, Monsieur, objecta l'un des hommes.

Hohle approuva d'un hochement de tête.

— Il y en a maintenant trois que nous sommes en chemin, rappela-t-il. Nos réserves de nourriture ont sensiblement baissé, et il semble peu probable que nous ayons l'occasion de renouveler nos stocks sur ce monde.

— Que proposez-vous, major ? demandèrent les deux têtes du mutant Ivan Ivanovitch Goratchine.

Le chef de l'expédition désigna les hauteurs.

— Étant donné que cette montagne est sans aucun doute d'origine artificielle, nous pouvons supposer qu'une station de contrôle se trouve à l'intérieur. Ce qui est certain, c'est que nombre de processus sont commandés depuis ici.

— J'ai une nouvelle à vous annoncer ! s'immisça

L'Émir. Cela fait un moment que je capte des impulsions mentales cohérentes.

— Et tu as attendu jusqu'à maintenant pour nous le dire ? se renseigna Harl Dephin.

— Je tenais d'abord à les déchiffrer, renvoya le mulot-castor.

— Et tu as réussi ? voulut savoir Hole Hohle.

L'Ilt hésita un peu avant de répondre.

— Je suis sûr que ces ondes psychiques proviennent des Okefenokees venus jusqu'ici depuis le système de Scintilla à bord des cercueils de cristal.

— C'est bien ce que je disais, résonna la voix de Bysiphère. Les gnomes sont soumis sur Monol à une hyper-régénération physiologique. Que L'Émir ait subi le même traitement à la suite d'une téléportation n'a été qu'un hasard, rien de plus.

L'Esquimau avait écouté avec une impatience croissante. Dans l'immédiat, il se contrefichait complètement des raisonnements scientifiques.

— Peux-tu discerner des pensées précises ? demanda-t-il à l'Ilt. Je veux dire : es-tu en mesure de percevoir des impulsions individuelles susceptibles de nous apprendre quelque chose ?

Le mulot-castor secoua la tête d'un air désolé.

— Je ne saisis qu'une image collective, tenta-t-il d'expliquer. Les gnomes se réjouissent.

— Ils se réjouissent ? répéta Hohle, abasourdi. Ils se réjouissent de quoi ?

— Oui, oui, un instant ! répliqua précipitamment L'Émir avant de se concentrer à nouveau.

Se trompait-il, ou bien la joyeuse excitation des Okefenokees ressuscités était-elle troublée par une émission mentale isolée ?

Bysiphère s'apprêtait à poser une question au petit quand le commandant lui adressa un signe impérieux pour lui intimer le silence. L'Esquimau avait compris que le mulot-castor était occupé à « écouter » avec ses sens télépathiques.

— Il n'y a pas d'erreur, affirma le natif de Perdita au bout d'un moment. J'ai bien perçu les impulsions psychiques d'un humain – et elles proviennent de là-haut.

La bouche du major s'ouvrit, mais aucun son n'en sortit.

— Tu dois te tromper, assura l'hyperphysicien à L'Émir. En dehors de nous, il ne peut y avoir aucun être humain sur ce monde.

— Si je n'en avais pas été catégoriquement sûr, je n'aurais rien dit, rétorqua le petit avec condescendance.

Les hommes s'entre-regardèrent. Tous savaient que le mulot-castor était un puissant télépathe, et qu'il n'affirmerait pas pareille chose sans raison.

— Je présume qu'il s'agit d'un piège, hasarda Ivan Goratchine.

Comme il fallait s'y attendre, l'autre tête du mutant s'empressa de contredire la première.

— Comment t'est venue l'idée qu'il puisse s'agir d'un piège ? s'emporta Vania. C'est complètement idiot !

— Du calme ! exigea Hohle avant de s'approcher du robot de L'Émir. D'où émanent ces pensées, exactement ?

— Je pourrais facilement localiser leur émetteur si la joie des Okefenokees ne provoquait pas un effet de brouillage. Malgré tout, je suis presque certain que l'inconnu se trouve quelque part sur la pente de la montagne au pied de laquelle nous sommes actuellement.

Bysiphère leva un bras implorant.

— Major, je fais appel à votre bon sens. Vous savez comme chacun de nous qu'aucun humain ne peut demeurer là-haut. Dans l'intérêt et la sécurité de cette expédition, je vous conjure de ne rien décider à la légère.

Hohle regarda le savant sans paraître le voir. Les autres hommes observaient un silence religieux.

— Vous devriez comprendre mes doutes, insista l'hyperphysicien, mal à l'aise.

— Peut-être y a-t-il effectivement là-haut quelqu'un qui a besoin de notre aide, avança le commandant d'une voix posée.

— Qui ? s'exclama Bysiphère. L'Émir est incapable

d'identifier l'individu en question. Il ne faut pas négliger la possibilité que l'on cherche à nous attirer dans un piège !

— Vous avez peut-être raison, temporisa Hohle. C'est pourquoi nous n'allons pas y aller tous. Dephin et les Foudre partiront en éclaireurs avec le Paladin. Les Sigans atteindront bien plus rapidement que nous le lieu d'où sont émises les pensées mystérieuses. De plus, le robot est mieux préparé à résister à une éventuelle agression.

— Nous y allons de ce pas, major ! répondit sèchement l'émo-ingénieur tout en ébranlant la machine halutoïde.

— Ne prenez pas de risques, avertit l'Esquimau. Si vous remarquez le moindre danger, revenez de suite !

— Bien ! confirma laconiquement Dephin.

Les Terraniens suivirent l'escalade du Paladin, qui paraissait effectuer cette ascension avec une facilité déconcertante.

Hohle se tourna vers le mulot-castor.

— Pourvu que tu ne te sois pas trompé, espéra-t-il.

— Nous le saurons bientôt, conclut L'Émir.

*
* *

Sur le coup, Bériot s'était attendu à voir en face de lui un Okefenokee. Cependant, quand il eut levé les yeux, ce fut pour constater que non seulement l'étranger devait mesurer environ un mètre soixante, mais qu'il se différenciait par bien d'autres aspects des gnomes résidant dans le système de Scintilla : la créature n'avait ni la peau plissée ni le nez retroussé des Penseurs. En outre, son chef était recouvert d'une chevelure auburn.

Reprenant pied sur la plate-forme, le physicien se releva pour examiner avec suspicion l'inconnu si soudainement surgi du néant. L'arrivant était vêtu d'une toge fluorescente semblable à celle qui habillait le Terranien.

Celui-ci ne parvint pas à savoir si l'autre portait ou non une arme. Quoi qu'il en soit, sur un monde ou n'importe quel cristal à l'apparence inoffensive pouvait se transformer en machine à tuer si son rayonnement hyperénergétique était renforcé, c'était là un détail sans véritable conséquence.

Les deux créatures si différentes se jaugèrent du regard.

Si Bériot ne détecta aucune hostilité dans les prunelles de son vis-à-vis, il se sentit toutefois instinctivement en position d'infériorité, impression dont il se défendit car, selon son point de vue personnel, cela le plaçait dans une situation défavorable. Le silence persistant devint pesant. Le scientifique se surprit à baisser les yeux pour reporter son attention sur le flux cristallin figé.

— Mon nom était Quam Penzabyne, déclara soudain l'être dans l'idiome du Centre.

Après la période de mutisme, ces mots eurent l'effet d'une explosion. Le Terranien sursauta.

Mon nom était Quam Penzabyne… répéta-t-il intérieurement.

Quelque chose clochait dans cette phrase.

Était !

L'autre avait insisté sur le mot *était*.

Perplexe, le physicien cligna des paupières.

— Je suis Jean Bériot, se présenta-t-il d'une voix hésitante.

— Je n'ai plus besoin de nom, maintenant, assura Quam Penzabyne. Un indice fréquentiel quintidimensionnel suffit à m'identifier.

Dans l'esprit du savant, la lumière se fit d'un seul coup.

— Tu es l'un des Okefenokees ressuscités ! s'exclama-t-il.

— Oui, répondit l'étranger.

— Tous les gnomes changent-ils comme toi ?

— Évidemment.

— Peux-tu m'expliquer cela ? sollicita le physicien. Quel rôle jouez-vous dans votre deuxième incarnation ?

— Un mort n'a pas besoin d'explications, répliqua

Quam Penzabyne dont le nouveau nom était un indice fréquentiel quintidimensionnel – et donc imprononçable.

Le Terranien saisit la menace non dissimulée. Il la prit cependant avec calme, car depuis sa régénération il n'avait échappé à un danger que pour en affronter un autre, et le fait que pour la première fois il avait affaire à un adversaire de chair et de sang lui apparaissait, au-delà de sa surprise initiale, plus rassurant qu'inquiétant.

— Pourquoi devrais-je mourir ? voulut-il savoir. Je ne suis pas venu animé de mauvaises intentions : quand j'ai utilisé le cercueil de Scanlon Ocachee, mon esprit ne m'appartenait pas.

— Ocachee a donc succombé à ses blessures… déplora l'ex-gnome.

— Oui, confirma le physicien.

— La mort d'Ocachee n'est pas une tragédie, proclama Penzabyne. Ce qui est grave est qu'il n'a pu nous rejoindre. Et de cela tu es coupable.

Bériot secoua la tête.

— Une argumentation aussi simpliste ne fait pas honneur à ton intelligence, objecta-t-il. Entre le noir et le blanc, il existe de nombreuses nuances, et il en va de même entre le bien et le mal. Et ce n'est pas parce que je suis arrivé sur cette planète en état de confusion mentale que je suis mauvais.

— Tu ne m'as pas bien compris, rectifia le Penseur. Ce n'est pas moi qui te tuerai. Les processus hyperphysiques de ce monde s'en chargeront eux-mêmes.

— Et que sont les créatures cristallines qui m'ont attaqué ? se renseigna le physicien.

— Elles font partie d'une station de contrôle automatique, expliqua l'Okefenokee ressuscité. Les robots de cristal agissent de manière autonome. Ils ont pour mission de détruire tout étranger débarquant sur ce globe. Celui qui connaît les conditions gouvernant la Grande Nébuleuse est en mesure de comprendre ce qui motive de telles dispositions.

— Aucune créature vivante dotée de sentiments n'aura

de compréhension envers un processus destiné à la supprimer ! rétorqua Bériot.

En insistant ainsi, il ne cherchait pas seulement à gagner du temps, mais aussi à soutirer des informations à son interlocuteur. Toutefois, s'il s'était imaginé que celui-ci se laisserait duper par cette manœuvre, il avait sous-estimé Quam Penzabyne.

— Je dois à présent m'occuper d'initier un certain processus hyperphysique, annonça-t-il. C'est un ordre que je devais donner, de toute façon. Si je te dis cela, c'est uniquement pour que tu ne te figures pas que nous engagerions le moindre effort afin de te tuer.

Le savant réalisa, étonné, que l'étranger s'excusait plus ou moins. Ce qui ne changeait rien au fait qu'il se préparait à partir en vue de prendre des mesures définitives.

Conscient de son impuissance, Bériot perdit son sang-froid et passa à l'action.

Son poing cueillit l'autre au menton.

Quam Penzabyne lâcha un cri perçant avant de tomber sur le flux de cristaux toujours immobile.

Le Terranien allait se pencher au-dessus du régénéré quand le flot se mit en mouvement. À sa grande surprise, il entraîna l'Okefenokee en direction de l'intérieur de la montagne. Donc, contrairement à ce que le physicien avait conclu un peu précipitamment, ces voies transporteuses n'étaient pas unidirectionnelles.

Bériot regarda partir Quam Penzabyne. Le coup qu'il lui avait porté ne pouvait en aucun cas l'avoir tué. Probablement n'était-il pas même assommé, juste étourdi.

Se rendant compte qu'il s'était comporté de manière irrationnelle, il se mordit la lèvre inférieure. Au lieu de s'efforcer de faire appel au sens de la justice du ressuscité, il venait à l'opposé de lui procurer une bonne raison de le traiter sans aménité. Il lâcha un juron. Penzabyne s'était déjà à moitié excusé, et vraisemblablement aurait-il été disposé à d'autres concessions.

Le savant haussa les épaules. Rien ne servait de pleurer

sur le lait renversé, mieux valait à présent se mettre en sécurité au plus vite.

Mais existait-il seulement un moyen de se protéger des événements évoqués par l'ex-gnome ?

On pouvait inférer des dires du régénéré que la planète entière allait être le théâtre d'un processus hyperphysique au cours duquel le Terranien trouverait la mort.

Ce qui rendait vaine toute tentative de fuite. Il n'était toutefois pas dans la mentalité d'un humain d'accepter son destin sans résister. Ce fut pourquoi Bériot entreprit à nouveau de descendre le long de la pente.

Alors qu'il ne s'était encore éloigné que d'une quarantaine de mètres de l'ouverture par laquelle il était sorti des entrailles de la montagne, des créatures de cristal surgirent brusquement au-dessus de lui, ainsi que sur ses côtés. Elles commencèrent immédiatement à converger vers lui.

La station de contrôle dont avait parlé Penzabyne n'était de toute évidence pas informée des changements qui allaient sous peu se produire sur ce monde. C'était la seule explication justifiant qu'elle lance de nouveau ses golems sur le physicien.

Bériot regarda vers la plaine. Elle semblait infiniment lointaine.

Il nota un mouvement, loin en contrebas : d'autres monstres venaient d'apparaître pour lui barrer le chemin.

Le Terranien lâcha un rire provocateur : il n'avait plus rien à perdre. Appuyant ses pieds nus sur la roche glacée, il se mit à progresser à grande vitesse. Sa sécurité s'était muée en un problème secondaire.

Soudain, toute la montagne parut s'enfler. Le scientifique interrompit sa progression vers le bas pour jeter un coup d'œil panoramique. La lumière émise par les cristaux s'était brièvement intensifiée.

Bériot se douta de la signification de ces phénomènes. Cependant, lorsqu'il eut recommencé à descendre et que l'effet se répéta à plusieurs reprises, il fut certain que toute la planète avait commencé à palpiter.

*
* *

La résille TRES pesait lourdement sur la tête d'Harl Dephin. Comme toujours, quand le gigantesque Paladin était en action, l'émo-ingénieur sigan s'identifiait totalement avec le robot. Le major se tenait immobile dans son fauteuil sur le deuxième pont, solidement maintenu par son harnais de sécurité.

La galerie panoramique d'écrans, similaire à celle d'une nef spatiale, lui permettait d'observer le monde extérieur aussi simplement que s'il se trouvait en plein air.

Les impulsions mentales de Dephin, relayées par l'installation de transmission, agissaient directement sur les servomécanismes du Paladin. Ce n'était qu'ainsi que la machine était capable de réagir à une vitesse aussi incroyable.

Étant donné que, pour le moment, l'émo-ingénieur n'avait que les mouvements d'escalade du robot à gérer, il était simultanément en mesure de discuter avec les Foudre.

— Retekin ! appela-t-il dans l'intercom. M'entendez-vous ?

Le lieutenant-colonel Drof Retekin, qui remplissait à la fois les fonctions de mathélogicien en chef et de responsable de la centrale de détection, se manifesta sur-le-champ.

— Je vous écoute, Monsieur.

— Surveillez de près l'ensemble du versant de la montagne. Je ne tiens pas à ce que nous soyons surpris.

— Je garde les yeux ouverts ! promit l'officier.

Les « yeux » en question étaient, bien entendu, les capteurs des dispositifs de repérage.

Au fil du temps, Dephin s'était si bien identifié au Paladin qu'il lui arrivait de plus en plus souvent de ne plus faire la différence entre la créature artificielle et son propre corps. Il était assez intelligent pour être conscient du risque qu'il encourait : il était parfaitement possible qu'un jour, après s'être défait de la résille TRES, il ne retrouvât pas le chemin de la réalité. Alors, malgré sa petite taille, il resterait convaincu d'être un géant quadrumane de quatre mètres et se comporterait en conséquence.

Certes, il avait été continuellement surveillé par un galactopsychologue sigan, du moins jusqu'à son départ vers M 87, et il avait suivi une préparation psychologique. Toutefois nul ne pouvait affirmer que cela suffisait pour le préserver à long terme de détériorations mentales. Seul l'avenir le dirait.

Cette épée de Damoclès était en fait la raison fondamentale de l'attitude irrespectueuse et par moments carrément déplacée d'Harl Dephin. Il avait besoin d'un exutoire.

— Au-dessus de nous à onze heures, Monsieur ! clama la voix de Retekin en l'arrachant à ses pensées. Objets non identifiés. En mouvement. Distance : environ huit cents mètres.

— Quelle taille ? se renseigna le major.

— Entre trois et huit mètres, répondit le lieutenant-colonel.

— Probablement des monstres de cristal, Monsieur ! présuma le lieutenant-spécialiste Dart Hulos – qui mourait visiblement d'envie de passer à l'action.

— Probablement, confirma froidement l'émo-ingénieur.

— Objets en déplacement à treize heures également, annonça Retekin peu après. La pente semble fourmiller de golems cristallins.

Jetant un œil sur ses écrans, Dephin put lui-même identifier quelques-unes de ces surprenantes créatures. Elles étaient toutefois encore trop loin pour constituer un danger vis-à-vis du Paladin et de son équipage sigan.

— Bizarre, murmura dans un souffle le responsable de la détection. Ces machins se dirigent tous vers le même endroit.

— Qu'en déduisez-vous ? s'enquit le major.

— Qu'il y a là-bas quelqu'un ou quelque chose, répliqua le mathélogicien surexcité. Peut-être s'agit-il de l'humain dont L'Émir a détecté les impulsions.

— Je prends cette direction, avertit l'émo-ingénieur.

— Il y a bel et bien un humain là-haut ! s'écria brusquement Retekin. Je l'ai sur l'écran de vision rapprochée. C'est après lui que les monstres de cristal en ont. C'est un homme portant une toge d'Okefenokee. Il a les jambes et les pieds nus.

Percevant l'excitation qui s'était emparée des quatre autres, Dephin intervint immédiatement afin de calmer l'effervescence générale.

— C'est peut-être un leurre, un robot destiné à nous attirer, suggéra-t-il.

Les Foudre se turent.

Le Paladin augmenta son allure.

Ce fut alors que les montagnes s'illuminèrent. L'émo-ingénieur eut l'impression de sentir le sol bouger sous ses pieds.

Une impression… Ce ne pouvait être autre chose…

— C'était quoi ? s'écria le lieutenant-spécialiste Cool Aracan, horrifié.

— Du calme ! lui intima le major. Nous n'avons pas à nous préoccuper de ces phénomènes naturels. Nous sommes là pour découvrir qui est cet homme et le sauver si nécessaire.

— Excusez-moi, Monsieur, répliqua Aracan en revenant à la charge, mais ce que nous avons ressenti n'était pas un phénomène naturel. C'était un déploiement délibéré d'hyperénergie. Si cela se répète trop souvent, nous serons tous en danger de mort.

Dephin serra les lèvres. Le message du cybernéticien était clair : il suggérait implicitement de rebrousser chemin immédiatement.

De nouveau, la montagne parut vouloir entrer en expansion. En regardant la plaine sur les écrans, l'émo-ingénieur constata que tout le pays paraissait s'être illuminé dans le même temps.

— La planète commence à battre comme un cœur, établit Aracan.

— Bien reçu ! riposta le pilote du Paladin en se forçant à demeurer calme. Nous continuons. À partir de cet instant, plus de commentaires : nous devons nous préparer à lutter contre les monstres de cristal.

Le prétexte était cousu de fil blanc, et il était évident que chacun des membres de l'Escadron Foudre avait saisi la véritable signification de cet ordre : un artifice pas très diplomatique pour étouffer dans l'œuf toutes les objections. Cependant, peu importait à Dephin. Il avait parfois à prendre des décisions que le reste de l'équipage désapprouvait, mais auxquelles il était bien obligé de se plier. Il savait que les autres admiraient sa capacité à commander directement le robot à l'aide de la résille TRES, et il en profitait sans vergogne. Par ailleurs, il connaissait assez bien ses cinq collaborateurs pour savoir jusqu'où il pouvait aller trop loin avec eux.

Il médita un instant sur l'avertissement du cybernéticien. Se voiler la face devant la réalité aurait été d'une criminelle inconscience. Aracan avait affirmé que le globe de cristal avait amorcé un processus pulsatile, et l'émo-ingénieur assimila petit à petit ce que le responsable de la positronique entendait par là.

Des fronts d'ondes hyperénergétiques successifs parcouraient Monol. Cette énergie était émise par les cristaux. Les anneaux dorés qui traversaient le ciel glissaient à présent plus rapidement vers l'horizon. Ils s'étaient dilatés comme d'énormes chambres à air, jusqu'à sembler se toucher les uns les autres.

Le major reporta son regard sur les contrôles. L'intensité du rayonnement atteignait des valeurs dangereuses pour les êtres humains. S'il était certain que l'activation des écrans protecteurs permettrait d'absorber une partie des radiations, il était tout aussi évident que le phénomène de battement ne faisait que commencer. Dès qu'il se serait suffisamment amplifié, même le meilleur des boucliers ne leur serait plus d'aucun secours.

En dépit du plus élémentaire bon sens, Dephin continua à escalader le versant de la montagne. Sous la résille TRES, ses traits s'étaient déformés, mais il ne s'en aperçut pas.

La créature humaine, objet de tous leurs efforts, devint bientôt parfaitement visible sur l'affichage panoramique. L'homme s'était plaqué contre un pan de roche cristalline presque vertical comme s'il espérait arriver ainsi à se cacher de ses poursuivants. L'émo-ingénieur constata que l'étranger était complètement encerclé. Les golems minéraux convergeaient sur lui de toutes parts, y compris depuis le haut.

— Le pauvre type est coincé ! commenta Dephin en rompant lui-même sa consigne de silence.

— Nous n'y serons jamais à temps ! observa le lieutenant-colonel Retekin.

— Dart, préparez le lance-fusées ! ordonna le major.

Le lieutenant Hulos éclata de rire.

— C'est déjà fait, Monsieur ! répondit-il. Je crains seulement que les monstres ne pompent l'énergie des déflagrations.

— Exact ! approuva l'émo-ingénieur. Mais ils restent malgré tout vulnérables aux ondes de choc.

Une salve d'ogives à fusion nucléaire fila sur les robots de pierre. L'artilleur avait visé de sorte à ne pas mettre en péril la vie de l'homme qu'ils voulaient sauver.

Dephin vit les projectiles exploser en atteignant leurs cibles. L'énergie dégagée fut, comme prévu, absorbée par les cristaux tandis que le contrecoup déséquilibrait chacune des créatures touchées, qui heurtèrent brutalement le sol avant de se briser en mille morceaux.

— Excellent, Dart ! Visez en priorité les choses en contrebas du type afin de lui rouvrir un chemin.

Ce fut le moment que choisit l'individu solitaire pour commencer à faire de grands signes des bras. Il avait de toute évidence réalisé que des secours arrivaient, et il suivait avec enthousiasme l'assaut du Paladin.

Le major fronça les sourcils.

Qui pouvait bien être cet inconnu ?

Probablement s'agissait-il d'un représentant d'un peuple étranger qui avait atterri sur Monol suite à un malheureux concours de circonstances.

Sommes-nous absolument obligés de l'aider ? s'interrogea intérieurement Dephin.

Il esquissa un sourire : c'était un impératif qui ne relevait pas d'un choix intellectuel.

— Saperlipopette ! murmura-t-il rageusement. Nous le sortons de là, et ensuite nous verrons bien !

Il sentit qu'à cet instant une gorgée de sa flasque brune lui aurait été bénéfique, mais c'était pour le moment hors de question.

Si Hulos canardait les monstres sans laisser au lance-fusées le temps de refroidir, les robots de cristal avaient toutefois fini par comprendre quel danger les menaçait et s'étaient abrités derrière de gros rochers. L'émo-ingénieur remarqua que quelques-uns s'étaient plaqués au sol pour ramper en direction de l'humain.

En outre, de nouveaux renforts surgissaient sans cesse. En observant sa galerie d'écrans, Dephin nota que le Paladin était à son tour en voie d'encerclement. Contre une telle supériorité, même le lance-fusées s'avèrerait dérisoire.

Le major ne se laissa pas désarçonner pour autant. Il aurait certes été en mesure de se déplacer considérablement plus vite qu'actuellement, mais il aurait alors dévoilé à l'adversaire un atout qu'il se réservait de jouer à l'instant décisif. Les cristaux devaient rester persuadés que leur proie n'était guère plus mobile qu'eux-mêmes.

— Ils se faufilent entre les obstacles en rampant, grommela l'artilleur. Je ne peux pas les arrêter.

— Tant pis, Dart ! le calma l'émo-ingénieur. Cessez le feu.

— Pourquoi, Monsieur ? se renseigna Hulos.

— Il nous faut laisser à l'homme qui est là-haut une opportunité de bouger de là. Tant que nous continuerons à tirer, il n'osera pas sortir de son abri.

— Compris, ronchonna le lieutenant-spécialiste.

À présent qu'ils n'étaient plus éloignés de leur objectif que d'une centaine de mètres, Dephin dut se faire violence pour ne pas accélérer les mouvements du Paladin. Il courait ainsi le risque de n'atteindre l'étranger que pour le trouver mort, néanmoins cette tactique était la seule qui offrît des chances raisonnables de réussite.

— Est-ce que vous voyez les trois golems derrière nous, un peu sur notre gauche, Monsieur ? demanda Retekin sur l'intercom.

— Oui, confirma l'interpellé.

Le mathélogicien se racla la gorge avant de poursuivre :

— Ils seront sur nous d'une seconde à l'autre !

— Oui, répéta Dephin.

Il savait que le lieutenant-colonel n'était pas motivé par la peur, mais uniquement par le souci de mener à bien cette périlleuse entreprise.

L'émo-ingénieur attendit sans réagir jusqu'à ce que les géants de cristal l'aient rattrapé. Les bras minéraux s'abattirent sur le dos du Paladin, arrachant un sourire à son pilote. Il en aurait fallu bien davantage pour briser le blindage de supercomposite atronique atteignant par endroits jusqu'à quinze centimètres d'épaisseur !

D'un geste si fulgurant que des yeux humains n'auraient pas eu le temps de le voir, Dephin leva le bras manipulateur gauche avant de le laisser retomber avec violence sur le monstre le plus proche. L'être vola en éclats qui se mirent à dévaler la pente après avoir déséquilibré, par ricochet, les deux autres agresseurs.

Le major se décida alors à jouer son va-tout. Maintenant qu'il avait fourni un échantillon de sa promptitude, les cristaux avaient forcément compris à qui ils avaient affaire et ne tarderaient plus à réagir en conséquence.

Le colosse de métal qui s'élança vers les hauteurs, c'était Dephin. Celui qui renversa comme des quilles les golems se trouvant sur son chemin, c'était encore Dephin. Et celui qui poussa un hurlement sauvage dont l'écho résonna dans les montagnes de cristal, c'était toujours Dephin.

Dix monstres se ruèrent sur le colosse de métal. L'émo-ingénieur frappa. Un coup à gauche, un coup à droite ! Un autre coup à gauche, un autre coup à droite ! Les bras du Paladin tourbillonnèrent, réduisant les créatures minérales en cailloux inoffensifs.

Poursuivi par deux douzaines d'êtres miroitants, l'inconnu courut en direction du robot halutoïde. En l'apercevant, le major réalisa qu'il ne pourrait le rejoindre à temps pour le sauver. Ce fut Dart Hulos qui réagit : sans attendre ni ordre ni confirmation de son supérieur, il tira une bordée de projectiles atomiques. Il avait visé au-dessus de la tête du fuyard, mais quand les ogives détonèrent, la pression de l'onde de choc suffit pour renverser l'étranger et le propulser quelques mètres plus loin en vol plané. Dephin lança un cri de détresse. Le Paladin pivota pour se ruer vers le malheureux.

Lorsque le robot se pencha au-dessus de l'homme, l'émo-ingénieur ne se souciait plus de ses adversaires. Il lâcha un soupir de soulagement en constatant que l'autre remuait. Abstraction faite de son vêtement d'Okefenokee visiblement trop juste, rien ne distinguait le fuyard d'un Terranien.

L'inconnu tourna les yeux vers le Paladin et ouvrit la bouche pour parler.

Le major sigan éprouva alors la surprise de sa vie.

— Harl Dephin ! s'exclama l'autre dans un intergalacte irréprochable. Vous êtes arrivé à temps !

CHAPITRE XI

Dans le feu de l'action, le Dr Jean Bériot avait complètement oublié que son apparence extérieure n'était plus la même qu'auparavant. C'est pourquoi il ne lui vint pas à l'esprit que les occupants du robot ne pouvaient pas le reconnaître. Quand il avait vu que quelqu'un montait à son secours et immédiatement identifié le Paladin, le physicien avait aussitôt compris que la *KC-1* commandée par le major Hole Hohle avait victorieusement achevé sa poursuite et abordé le monde-cible des cercueils des Okefenokees.

L'arrivée de la machine de guerre sigane avait empli le scientifique d'un courage renouvelé – et ce en dépit du fait évident que le rayonnement propre de l'howalgonium modifié était en constante augmentation et ne tarderait plus à atteindre une intensité létale. Compte tenu de cela, les blessures qu'il s'était occasionnées lors de sa chute lui apparaissaient franchement bénignes. Il s'était luxé un bras et avait plusieurs côtes cassées, ainsi que probablement d'autres lésions internes. Ce n'était là rien qui ne pût être aisément guéri à bord d'un vaisseau spatial terranien, toutefois Bériot n'osa espérer revoir jamais l'intérieur d'un navire de l'Empire Solaire.

La *KC-1* elle-même n'était pas dans les parages : le seul terrain praticable pour un atterrissage était la plaine en contrebas, et aussi loin que portât le regard du physicien, nulle nef n'était en vue.

Le savant fut arraché à ses pensées par une question

que posa Harl Dephin par l'intermédiaire des haut-parleurs buccaux du Paladin.

— Qui êtes-vous ? voulut savoir le Sigan.

En réalisant que les Foudre n'étaient pas en mesure de l'identifier, le régénéré ne put se retenir de rire.

— Je suis Jean Bériot, se présenta-t-il.

Il y eut un instant de flottement, puis un sifflement étonné sortit de la tête du robot.

— Vous avez le visage de Bériot et les yeux de Bériot, établit Dephin. Mais vous n'avez pas la bo…

Il s'interrompit, prouvant ainsi qu'il possédait bien plus de savoir-vivre et de sensibilité qu'on ne lui en prêtait généralement.

Le physicien sourit derechef. Il avait deviné ce qu'avait failli dire le major.

— Ce monde sert à ressusciter les Okefenokees, expliqua-t-il. Je me suis échappé de Kliban dans un de leurs cercueils et j'ai été soumis au même traitement régénérateur que les gnomes décédés. C'est pour cela que ma bosse a disparu.

— Nous n'avons pas le temps ! répliqua l'émo-ingénieur. Vous nous raconterez tout cela plus tard.

« Cramponnez-vous bien ! ajouta-t-il en ramassant le miraculé. Le parcours vers la plaine n'est pas exactement une promenade de santé.

— Nous devons nous dépêcher, avertit Bériot. Toute la planète a commencé à palpiter, et le rayonnement propre de la matière cristalline se renforce continuellement. Je crains pour nos vies.

Dephin ne perdit pas de temps à répondre. Le Paladin avait déjà fait demi-tour et fonçait à présent vers le bas à une vitesse époustouflante, le physicien agrippé à l'un des baudriers du pseudo-spatiandre de combat vert émeraude.

Les quelques golems de cristal qui commirent l'imprudence de tenter de barrer le passage au robot furent pulvérisés sous un impact direct ou d'un simple geste d'un des bras d'atronite rapides comme l'éclair.

Bériot embrassa du regard la plaine dont ils s'approchaient à toute allure.

— Je n'aperçois le vaisseau nulle part, constata-t-il. Où est la *KC-1* ?

Comme Dephin ne faisait pas mine de répliquer, le savant sentit poindre en lui un désagréable soupçon.

— La chaloupe aurait-elle été détruite ? s'enquit-il.

— Non ! daigna le renseigner l'autre.

— Elle ne peut pourtant pas s'être posée ailleurs que dans la plaine, insista le physicien. Pourquoi est-ce que je ne réussis pas à la voir ?

— Cette région est très étendue, expliqua l'émo-ingénieur. Nous avons crapahuté pendant soixante-douze heures pour parvenir jusqu'ici.

Bériot déglutit. Il savait à présent pourquoi la *KC-1* restait invisible : elle était beaucoup trop loin, au-delà de l'horizon !

Trois jours de marche !

Dans ces conditions, ils n'avaient pas la moindre chance d'arriver vivants au navire : l'hyperradiation les aurait tués bien avant. Et même si les autres hommes portaient des spatiandres, cela ne les sauverait pas davantage.

Dephin évita une horde de créatures de cristal qui avaient surgi devant lui. Comparativement à la vitesse du Paladin, les golems paraissaient quasiment immobiles.

Lorsque le robot atteignit le pied de la montagne, Bériot aperçut quelques points sombres se détachant sur le champ de pierres bleues. Ce devaient être les autres membres de l'expédition. Et s'il ne faisait pas erreur, un groupe de monstres minéraux se dirigeait vers l'équipage de la corvette.

— Le major Hohle et les autres sont là-bas, déclara Dephin.

Le physicien était si nerveux qu'il sentit les paumes de ses mains devenir moites. Malgré lui, il redoutait cette rencontre.

Le Paladin piétina une centaine de coléoptères de cristal qui avaient jailli d'un trou dans le sol pour se lancer à l'assaut sans aucune considération pour leur propre sécurité.

Le terrain acheva de retrouver l'horizontale, et l'émo-ingénieur augmenta la cadence.

Quelques secondes plus tard, Bériot vit l'un des hommes au loin faire des signes avec les bras. Il supposa que les Foudre avaient déjà appelé Hohle pour l'informer de l'identité du mystérieux étranger.

Quand la machine arriva à destination, le savant nota que la plupart des astronautes avaient les traits creusés. Il hésita entre les conséquences d'une intense fatigue et un début de vieillissement prématuré dû a une exposition prolongée aux radiations des cristaux. Probablement était-ce un peu des deux.

— Voici le docteur Bériot, annonça Dephin sans détours.

— Cela vous intéressera sûrement de savoir comment je me suis retrouvé sur ce monde, attaqua le physicien en chef du *Krest IV*. J'étais…

— Attendez, l'interrompit le Dr Armond Bysiphère. Laissez-moi d'abord vous poser une question. Quelle est votre opinion au sujet des étranges phénomènes qui ont commencé tout à l'heure, et notamment le rayonnement d'intensité croissante des cristaux ?

— Le matériau constitutif de cette planète possède une forte ressemblance avec de l'howalgonium. (Bériot observa le hochement de tête approbateur de son collègue, qui avait apparemment tenu le même raisonnement.) La pulsation que nous percevons semble concerner le globe dans son entier. Je ne voudrais pas jouer les oiseaux de mauvais augure, mais si nous ne filons pas d'ici à temps, l'hyperradiation nous tuera.

— C'est aussi mon avis, acquiesça l'hyperphysicien. C'est pourquoi nous ferions mieux de regagner le vaisseau au plus vite au lieu de rester là à bavarder.

Le savant régénéré descendit du Paladin pour enfiler un spatiandre de réserve sorti du conteneur d'un des robots.

— Dephin m'a dit que la *KC-1* se trouvait à trois jours

de marche d'ici, rappela-t-il. Le rayonnement sera devenu suffisamment fort pour nous tuer bien avant ce délai.

Il se tut un instant afin de réfléchir.

— Pourquoi L'Émir ne se téléporterait-il pas directement dans la corvette pour la ramener ici ? proposa-t-il. Cela devrait être dans ses cordes.

— Naturellement, renvoya le mulot-castor. Je redoute seulement qu'en sautant je me rematérialise n'importe où sauf à bord de notre navire !

Il résuma en quelques mots la mésaventure qu'il avait subie lors de sa première et unique exploration par ce moyen, apprenant ainsi au physicien que lui-même était passé par un processus de rajeunissement. La régénération de l'Ilt avait cependant duré nettement plus longtemps. Cela était peut-être dû aux capacités parapsychiques du petit, mais plus probablement à son retrait prématuré du cristal-couveuse.

— Exit le sauvetage par L'Émir ! conclut Bériot.

— Vous m'avez quand même donné une idée, Doc, intervint Hole Hohle. Il ne nous sert à rien de reprendre en bloc le chemin du retour, vu que nous serons tous morts avant trois jours. Par contre, je suggère que le membre le plus rapide de notre groupe parte en avant-garde.

— D'accord ! lança Dephin qui avait saisi à demi mot.

— Le Paladin possède une vitesse de pointe de cent soixante-deux kilomètres par heure, expliqua le commandant. Dr Bériot, vous et Armond Bysiphère pouvez peut-être nous dire si cela sera suffisant pour nous sauver.

— Nous ignorons à quel rythme les radiations s'intensifient, contesta le Plophosien. Toutefois, le robot sigan me paraît être notre seul espoir.

— Ne soyez pas trop optimiste, avertit Ivan Goratchine. Aucun d'entre nous ne sait ce qui se passe actuellement là où s'est posé le vaisseau. Il se peut que Dephin soit dans l'incapacité de remonter à bord de la *KC-1*.

— Sans oublier que les générateurs antigrav de la corvette sont hors service – tout comme ceux de nos spatiandres, ajouta Bysiphère. Nous n'avons aucune certitude que nos amis seront en mesure de décoller et d'effectuer le trajet jusqu'ici avec les seuls propulseurs corpusculaires.

Un rire jaillit de la tête d'atronite du Paladin.

— Ne vous en faites pas pour ça, Doc ! rétorqua l'émo-ingénieur. S'il le faut, je reviendrai vous chercher avec une montgolfière.

— Et maintenant, dépêchez-vous ! éructa Hole Hohle.

Le robot halutoïde s'élança au pas de course pour disparaître hors de vue quelques instants plus tard.

Le commandant reporta son attention sur la montagne. Bériot, qui avait suivi le regard du major, constata qu'entre-temps les monstres de cristal s'étaient rapidement rapprochés et entamaient une manœuvre d'encerclement.

— Il est temps que nous reprenions à notre tour la direction du vaisseau, déclara posément le chef de l'expédition. Cela nous permettra de gagner un peu de temps tout en nous éloignant de nos ennemis.

Le physicien régénéré ferma la combinaison protectrice qu'il avait reçue. Son bras cassé lui causait quelques difficultés, et chaque inspiration lui provoquait un élancement douloureux dans la poitrine. Néanmoins ce n'était pas cela qui l'inquiétait : s'il était tué par les radiations, que ce soit avec un bras intact ou blessé ne faisait aucune différence. En revanche, s'ils parvenaient à fuir, il pourrait rapidement être soigné une fois à bord du vaisseau.

La colonne se mit en marche.

Bysiphère guida son robot-porteur pour se placer à la hauteur de Bériot.

— J'ai procédé à quelques mesures avec nos instruments, lui apprit-il. Votre hypothèse concernant la similitude entre le cristal de Monol et l'howalgonium est exacte. J'ai baptisé ce matériau « néo-howalgonium ».

L'autre hocha la tête.

— Et vous avez probablement fait le rapprochement avec les hypno-cristaux du Grand Nuage de Magellan, présuma-t-il.

— C'est l'une des premières choses auxquelles j'ai pensé, convint l'hyperphysicien. De votre côté, vous avez certainement en réserve des révélations beaucoup plus intéressantes. Après tout, non seulement vous avez séjourné à l'intérieur de la montagne de cristal, mais en plus vous y avez été régénéré.

Bériot résuma ses tribulations, que son confrère écouta avec grand intérêt. Les deux hommes jetèrent de temps à autre un coup d'œil derrière eux – pour s'apercevoir à chaque fois que les robots cristallins s'étaient rapprochés de quelques mètres.

— Ils vont finir par nous rejoindre, se décida à signaler le physicien.

— Oui, répondit distraitement Bysiphère, visiblement plongé dans ses cogitations.

— Que pensez-vous des Okefenokees ? demanda l'hyperphysicien après qu'ils eurent devisé un certain temps des régénérations de L'Émir et Bériot.

— J'ai rencontré un gnome ressuscité, se souvint ce dernier. Il faisait partie des Philosophes morts au cours de la bataille contre les Bestians. Son nom était Quam Penzabyne. Il a attiré mon attention sur le fait que ce nom n'avait pour lui plus aucune valeur, car son identité était désormais caractérisée par un indice fréquentiel quintidimensionnel.

Le scientifique plophosien rajusta sa position sur la selle de sa monture-robot.

— Les Okefenokees régénérés me paraissent étroitement liés aux phénomènes qui se déroulent actuellement sur Monol.

— En effet, confirma Bériot. Penzabyne m'avait annoncé l'intensification du rayonnement, et il semblait aussi être convaincu que cela serait cause de ma mort. J'ai perdu mon sang-froid et l'ai assommé. (Il eut un sourire de regret.) C'était une erreur, j'en suis sûr. Si j'avais insisté assez longtemps, peut-être aurais-je pu obtenir de sa part quelques concessions, ou tout au moins de précieux renseignements.

Les deux savants s'abîmèrent un moment dans leurs propres réflexions. Pendant ce temps, les monstres de cristal avaient grignoté une bonne partie de la distance les séparant de leurs proies, et leur proximité commençait à devenir menaçante. Un bref regard par-dessus son épaule permit au physicien en chef de dénombrer au moins trente de ces sinistres créatures. C'était une force à laquelle le petit groupe de Terraniens ne pourrait résister longtemps sans l'aide du Paladin. Ce dont parut également s'aviser Hohle, car il incita les robots-porteurs à presser le pas.

— Les Okefenokees vivent deux existences, affirma Bysiphère en reprenant le fil de la conversation interrompue. Je suis presque certain que les gnomes du système de Scintilla ignorent ce qui les attend ici.

— Il y a pourtant forcément quelqu'un pour veiller à ce que les Penseurs soient envoyés sur ce monde, objecta Bériot.

— Les Constructeurs du Centre, évidemment ! assura l'hyperphysicien. Je suis convaincu que Monol est un point clé de M 87. Cette planète est probablement sous le contrôle direct des C.C.

— Ce qui ne suffit pas à expliquer la régénération des gnomes. Les C.C. doivent avoir une bonne raison de ressusciter les Okefenokees !

Les yeux de Bysiphère s'étrécirent tandis qu'il scrutait pensivement son collègue.

— Je suis prêt à parier que nous avons tous les deux élaboré la même théorie, dit-il avec lenteur. Simplement, nous n'osons pas l'exprimer ouvertement.

Bériot voulut prendre une profonde inspiration – intention à laquelle il renonça rapidement en sentant les élancements de douleur dans sa poitrine.

— Les Okefenokees ressuscités ne sont autres que les Constructeurs du Centre, prononça-t-il d'une voix hachée. Est-ce là ce que vous vouliez entendre ?

— C'est exactement ce que je voulais dire, murmura le Plophosien. Les données dont nous disposons ne laissent place à aucune autre conclusion. En outre, rien n'indique la présence d'un autre peuple intelligent au centre de cette galaxie.

— Et les cristaux pensants ?

— Certainement pas ! cracha Bysiphère avec mépris. Nous avons nous-même constaté, à chaque instant, que les cristaux ne remplissent que des fonctions subalternes. Ils jouent auprès des Constructeurs du Centre un rôle à peu près équivalent à celui de nos robots.

Leur dialogue fut interrompu par Hole Hohle qui était descendu à bas de sa machine après s'être arrêté.

— Tout le monde pied à terre ! lança l'Esquimau corpulent.

De l'avis de Bériot, cet ordre était absurde, mais il n'avait d'autre choix que d'accorder confiance à la grande expérience du chef de flottille. Hohle devait savoir ce qu'il faisait.

Le major attendit que tous les robots aient été soulagés de leurs cavaliers avant de rassembler les hommes autour de lui.

— Nous continuons à pied et groupés, prescrivit-il. Les machines restent ici pour tenter de bloquer ou au moins retarder nos poursuivants.

— Ce qui ne nous octroiera pas un grand sursis, releva Goratchine. Elles ne tiendront pas longtemps, elles ne sont équipées que d'armes énergétiques, inefficaces contre les cristaux.

— Si vous avez une meilleure idée, je suis preneur, rétorqua Hohle.

Les deux têtes du mutant délibérèrent un instant à voix basse – pour finalement donner leur assentiment au plan du commandant. Pendant ce temps, les robots avaient formé un cordon défensif entre les astronautes et les golems.

Le choc survint quelques secondes à peine après que la troupe se fut remise en route. Les hommes entendirent le tintement provoqué par le heurt des bras de cristal contre les blindages de terkonite.

L'Émir, qui n'était pas un spécialiste de la marche à pied, fut brocardé par Goratchine. Le sol était par endroits couvert d'une couche si épaisse de petits cailloux que les astronautes s'enfonçaient jusqu'aux genoux et n'avançaient qu'à grand-peine. Bériot aurait aimé savoir où en était le Paladin en ce moment. La liaison entre Hole Hohle et le lieutenant-spécialiste Cool Aracan, en charge des transmissions de l'Escadron Foudre, était pratiquement inopérante à cause de l'effet de brouillage engendré par les radiations croissantes.

À ce propos, la pulsation des cristaux s'était tellement intensifiée que les effets lumineux associés à chaque battement agissaient comme des flashs douloureux pour la vue des Terraniens.

Le physicien régénéré se demanda s'ils n'étaient pas déjà condamnés, si leurs organismes n'étaient pas déjà contaminés au point qu'ils mourraient tôt où tard, même s'ils parvenaient à s'échapper.

Pataugeant dans les gemmes, il se rapprocha avec difficulté d'Armond Bysiphère. Il connaissait l'assistant du Dr Waringer pour l'avoir brièvement rencontré à plusieurs reprises dans la Galaxie-patrie. C'était par contre la première fois qu'il le voyait dans M 87 : lorsque l'hyperphysicien était arrivé dans la Grande Nébuleuse, lui-même séjournait en effet déjà à l'hôpital de bord après avoir subi le lavage de cerveau des Aphanéens.

Bériot n'était instruit de la plupart des événements des dernières semaines que par ouï-dire, grâce aux bavardages de son médecin traitant. Pour cette raison, son confrère, qui avait été témoin de tous les faits marquants, était beaucoup plus que lui en mesure de rassembler les pièces du puzzle.

— En admettant que les gnomes ressuscités soient bien les Constructeurs du Centre, il nous reste encore quelques énigmes à résoudre, énonça le physicien en chef. À commencer par l'éternelle question qui se pose dans ce cas précis : à savoir qui, de la poule ou de l'œuf, était là en premier.

— Les Okefenokees de Kliban et Pompeo Posar passent probablement par une phase de maturation mentale, supposa Bysiphère. Ce n'est qu'après être devenus vieux et suffisamment raisonnables qu'ils reçoivent leur deuxième corps amélioré.

— Je comprends à présent pourquoi ces gens occupent une position aussi privilégiée dans la hiérarchie des castes, ajouta Bériot. Il est logique que les C.C. protègent jalousement le peuple dont ils sont issus. Je présume que les gnomes n'ont pas inventé eux-mêmes leurs surprenantes armes, mais les ont reçues des Constructeurs.

Hole Hohle, qui allait en tête du groupe, se laissa rattraper par les deux savants.

— Vous parlez trop, déclara-t-il. Économisez votre souffle pour le cas où nous devrions nous mettre à courir.

Il souligna ces mots d'un geste explicite en direction des robots restés en arrière.

Le physicien constata alors que plusieurs monstres de cristal étaient parvenus à rompre le barrage. Pour les machines de combat terraniennes, c'était le commencement de la fin. Maintenant que la résistance était brisée, les golems avaient la partie facile.

— Plus vite ! cria le commandant à l'intention de tout le monde avant de repartir en hâte pour reprendre la tête de la colonne.

Non loin des deux scientifiques, un des hommes lâcha un juron. Les membres de l'équipage étaient épuisés, mais Hohle ne cessait de les inciter à continuer. Probablement l'Esquimau estimait-il qu'ils avaient encore quelques chances d'être sauvés.

Bysiphère tendit une bouchée de concentré alimentaire à Bériot.

Le bénéficiaire jeta un œil sur le petit cube.

— Gardez-le, refusa-t-il. Il ne vous en reste plus beaucoup.

L'hyperphysicien émit un grognement indistinct en posant d'office la ration dans la main de son compagnon.

— Si nous mourons sur Monol, ce ne sera pas de faim ! signala-t-il après que le physicien eut commencé à manger.

Le sous-entendu était explicite.

Dans le ciel, les anneaux dorés s'étaient encore dilatés au point qu'ils donnaient l'impression de fusionner les uns dans les autres. Leur intensité lumineuse paraissait croître au même rythme que pour l'ensemble de la planète. Derrière les Terraniens, les montagnes de cristal offraient elles aussi un spectacle saisissant : elles semblaient être en flammes, tandis que leurs contours s'étaient estompés.

Bériot engloutit le cube nutritif, remarquant seulement alors à quel point il était affamé. L'agitation continuelle lui avait fait oublier les protestations de son estomac.

Brusquement, il se remit à pleuvoir. Les minuscules cailloux crépitèrent sur les hommes en s'accumulant sur leurs spatiandres. En l'espace de quelques instants, les fuyards ressemblèrent à leurs poursuivants. Le sol trépidait de plus en plus fort. Toute la planète avait l'air prise de folie.

Pour le Terranien régénéré, il était difficile de croire que ce pandémonium soit voulu par les Okefenokees. Que cherchaient-ils à obtenir en déclenchant la vibration de l'ensemble de la masse de cristal ?

— Ne nous laissons pas distancer par les autres, sinon nous les perdrons de vue, avertit Bysiphère.

Bériot avança en trébuchant. L'averse cristalline brouillait sa vision. Regardant en arrière, il distingua non loin d'eux quelques silhouettes indistinctes qui s'illuminaient en cadence avec les oscillations du sol sous ses pieds.

Le physicien en chef du *Krest IV* comprit que ce n'était plus qu'une question de minutes : les golems ne tarderaient plus à les rejoindre.

CHAPITRE XII

La plaine ressemblait à la grille d'une rôtissoire. L'amoncellement de gemmes bouillonnait sur le sol. Le ciel s'était transformé en braise liquide. Un véritable déluge de microcristaux scintillants se déversait sur le pays, gênant considérablement l'orientation d'Harl Dephin. La vue portait tout au plus à dix mètres, et l'émo-ingénieur en était pratiquement réduit à piloter au radar. La galerie panoramique d'écrans n'affichait quasiment rien d'identifiable.

Le major était conscient que, dans la situation présente, lui et les autres n'avaient plus rien à perdre. C'est pourquoi, en dépit du risque supplémentaire induit, il maintenait la course du Paladin à sa vitesse plafond. En ce moment, il longeait une « mer » de pierres bleues sur sa gauche.

Le contact avec le groupe de Hohle ayant été complètement perdu, Dephin avait fait éteindre les circuits correspondants afin d'éviter d'éventuels dommages. Presque toutes les installations du robot travaillaient en limite de surcharge. La plus grande crainte immédiate du Sigan était que, sous l'effet des radiations étrangères, la résille TRES cesse de fonctionner ou en vienne à transmettre des signaux erronés, ce qui aurait signifié leur fin à tous.

Un craquement dans l'intercom précéda la voix du capitaine-spécialiste Amos Rigeler.

— Si nous continuons à cette allure, un des servomécanismes du péroné gauche risque de lâcher, avertit l'ingénieur machiniste. La sollicitation est trop forte, Monsieur.

N'oubliez pas que le sol est recouvert d'une couche meuble de cristaux qui, à cette vitesse, opposent une résistance considérable.

L'émo-ingénieur grimaça.

— Je croyais que les servos étaient à toute épreuve…

— Ils le sont, Monsieur ! lança Rigeler. Toutefois, personne n'a imaginé que le Paladin pourrait être utilisé sur une planète comme Monol, et aucun test d'endurance n'a été assez poussé pour certifier les conditions présentes.

— Combien de temps encore avant que l'élément en cause tombe en rade ? s'enquit le major.

— Impossible à dire, avoua le technicien. Tout ce que je puis affirmer, c'est que le servomoteur tiendra plus longtemps si nous ralentissons.

Dephin serra les dents. Réduire la vitesse était hors de question : autant signer l'arrêt de mort pour l'équipage de la *KC-1*. Les craintes de Rigeler étaient sans aucun doute fondées, mais à présent ils ne pouvaient qu'espérer que le mécanisme endommagé résisterait suffisamment longtemps.

Le pilote du robot halutoïde fut distrait de ses pensées par l'apparition, devant eux, de plusieurs golems de cristal flamboyant. Le Sigan réalisa alors qu'ils ne devaient plus être loin du vaisseau. Probablement les monstres formaient-ils un rempart autour de la corvette.

— Dart, frayez-nous un chemin au milieu de nos ennemis ! ordonna-t-il à l'artilleur. Reprenez le lance-fusées. Je me charge du reste.

L'ingénieur machiniste protesta mollement en prédisant la fin imminente du Paladin, avertissement dont l'émo-ingénieur ne tint aucun compte.

Une averse de petits missiles traversa la pluie de cristal pour détoner entre les créatures de cauchemar. Les ondes de choc brisèrent les unes et repoussèrent les autres.

Dephin écarta les bras. Dans la réalité, ce furent ceux du robot qui s'étendirent mais, comme d'habitude en de tels instants, le Sigan s'identifiait complètement à la machine d'atronite. Des grincements et des raclements devinrent perceptibles lorsque le Paladin I entra en collision avec les premiers adversaires. Ces ébranlements n'affectèrent en rien les Foudre harnachés dans leurs fauteuils spéciaux.

Si Dart Hulos émit un sifflement d'excitation, ses mains continuèrent à alimenter le lance-fusées avec une parfaite maîtrise.

Depuis leur arrivée sur Monol, jamais encore les Terraniens n'avaient vu un tel rassemblement de robots de cristal. Dephin sortit de ses « bras » les grandes lames d'atronite plus dures que le diamant et tranchantes comme des rasoirs. Ces armes semèrent une effroyable confusion parmi les rangs adverses. Le Paladin les fendait si vite que les monolithes vivants n'avaient pas le temps d'esquisser la moindre défense. Le pseudo-Halutien se fraya un chemin tel un explorateur tailladant la végétation avec sa machette.

— Plus à droite, Monsieur ! cria le lieutenant-colonel Retekin. Si nous continuons tout droit, nous allons manquer le vaisseau !

En dépit de son incomparable combativité, la machine quadrumane avait été déviée par les monstres de cristal, ce que le mathélogicien avait pu établir grâce au système de repérage.

L'émo-ingénieur, qui n'avait pourtant entendu la voix de l'officier que dans son subconscient, réagit néanmoins à la vitesse de l'éclair. Le Paladin pivota pour entreprendre de s'ouvrir un passage au milieu des golems qui se jetaient sur lui.

C'était une terrifiante mêlée dans un décor cauchemardesque. Dephin ne parvenait pas à se débarrasser de l'impression que son robot allait tôt ou tard se retrouver pris au piège par les cristaux. Il avait considérablement ralenti, mais Amos Rigeler était probablement le seul à s'en réjouir. Le major, au contraire, pressentait le péril auquel ils seraient confrontés aussitôt que la machine serait complètement coincée. Sans compter que les monstres étaient assez mobiles pour escalader les débris de leurs congénères et se jeter sur leur ennemi.

Ils nous étoufferont, tout bonnement, songea l'émo-ingénieur avec effroi.

S'il était toujours en mesure de ratisser large avec ses « bras » et les lames, l'allure du géant de métal ne cessait de décroître, et dès qu'il n'avancerait plus, la supériorité adverse finirait par immobiliser ses membres.

À l'idée de mourir enseveli sous des tonnes de matière cristalline, Dephin frémit avant de chasser cette pensée. Comme tous les êtres intelligents de petite taille, il éprouvait une terreur indicible de se voir bloqué *sous* quoi que ce soit. Le fait que le blindage du Paladin était capable de résister à des pressions colossales ne changeait rien au résultat : les Foudre périraient avec leur robot.

Peut-être survivraient-ils jusqu'à épuisement de leurs réserves de vivres et d'oxygène…

Sous un tel éclairage, une fin rapide causée par le rayonnement hyperénergétique parut presque désirable au major.

— Nous ralentissons de plus en plus, Monsieur ! appela Aracan, affolé.

Il sait ce qui nous attend ! se dit Harl Dephin.

Sans répondre, il se concentra sur les cristaux assaillants. Changeant de tactique, il alterna arrêts brusques et redémarrages fulgurants pour percuter les golems avec une force accrue. Il parvint ainsi à éviter l'encerclement fatal.

— Le vaisseau ! cria soudain Hulos. J'aperçois le vaisseau !

La voix de l'artilleur menaçait de chavirer. Dephin s'accorda une fraction de seconde pour jeter un regard au-dessus des agresseurs et distingua devant lui, au travers du rideau de l'incessante pluie cristalline, l'ombre plus obscure de la corvette.

La vue de leur objectif lui insuffla une nouvelle assurance. Il se jeta sur les monstres. Les lames tourbillonnèrent si vite que ce fut comme si les créatures minérales étaient découpées par une scie circulaire.

Et pourtant, il semblait que pour chaque adversaire éliminé deux autres surgissaient.

— Cessez le feu, Dart ! ordonna le major.

— Pourquoi ? s'étonna Hulos sur un ton agressif.

— Tenez-vous à ce que nous subissions les effets de nos propres armes ? voulut savoir Dephin.

L'artilleur dut admettre le bien-fondé de la remarque. Le lance-fusées se rétracta dans le crâne du Paladin.

L'émo-ingénieur baissa la tête – c'est-à-dire celle du robot – avant de foncer en aveugle sur les golems, qui explosèrent l'un après l'autre en débris inoffensifs.

Le major respira lorsque les premiers étançons de la *KC-1* apparurent directement en face de lui. Mètre après mètre, il se fraya un chemin jusqu'au sas de débarquement avant de déverrouiller celui-ci avec le signal radio idoine. Il dut contenir les monstres de cristal tandis que la passerelle se déployait et, quand enfin il put l'emprunter, les choses s'engouffrèrent à sa suite. Il n'était évidemment pas question de leur offrir l'occasion de pénétrer à l'intérieur.

D'un bond énorme, le Paladin se laissa retomber en bas de la rampe. Sa virevolte renversa les envahisseurs qui culbutèrent les uns sur les autres, fauchant les rangs suivants.

Dephin se hâta de rejoindre la chambre de décompression et referma l'écoutille. Il était à présent en sécurité.

— Gagné ! jubila Amos Rigeler.

— Maintenant, vite à la centrale ! lança Aracan.

L'émo-ingénieur dut se faire violence pour ne pas arracher à deux mains la résille TRES. Ces dernières heures, il s'était surmené. Il réprima un soupir : les autres n'avaient pas besoin de savoir qu'il n'était pas au sommet de sa forme.

Il n'ignorait pas qu'une lourde tâche lui incombait encore : faire décoller la corvette sans neutralisateurs de pesanteur. La moindre erreur de pilotage risquait de réduire la *KC-1* à l'état d'épave.

Lorsqu'il pénétra dans le poste de commandement, il avait retrouvé son calme. Il sentit que le robot boitait de la jambe gauche – Rigeler ne s'était pas trompé. L'un des servomécanismes était endommagé et devrait être remplacé aussi tôt que possible. Mais pour le moment, il y avait plus urgent.

Les pensées du major s'attardèrent un instant sur les hommes qui l'attendaient dans la plaine aux pierres bleues. Probablement étaient-ils dans une condition bien pire que la sienne. Heureusement que Hole Hohle était un vétéran en matière de combat. Il était bien capable de réussir à garder tout son monde en vie jusqu'à l'arrivée de la corvette du *Krest*.

Dephin se campa devant le pupitre principal de contrôle de la *KC-1*. S'apercevant seulement alors que les lames d'atronite de ses bras étaient toujours sorties, il s'empressa de réparer cet oubli avant de commencer à manipuler les commandes avec une douceur que l'on n'aurait pas cru possible de la part d'un tel colosse de métal.

Les Foudre se tenaient parfaitement tranquilles, conscients que les prochaines secondes décideraient si Harl Dephin maîtrisait assez bien le Paladin pour piloter, à travers lui, une chaloupe démunie de projecteurs antigrav fonctionnels.

*
* *

Ils prennent leur temps ! songea un Armond Bysiphère plein de ressentiment en regardant les robots de cristal s'avancer avec lenteur, visiblement sûrs de leur fait.

Les Terraniens étaient maintenant complètement encerclés, raison pour laquelle Hole Hohle avait ordonné l'arrêt de la progression. Derrière eux, l'anneau des poursuivants semblait présenter une lacune, mais pour en profiter les hommes auraient dû reprendre le chemin de la montagne, ce qui n'ouvrait guère de perspectives encourageantes.

— Ils se rapprochent vraiment lentement, observa un astronaute près de l'hyperphysicien.

— En effet, approuva le commandant. Probablement ont-ils été rendus prudents par la combativité du Paladin.

Ils savent qu'ils nous tiennent, et je suppose que la station de contrôle leur a transmis la consigne de ne plus intervenir davantage. Après tout, les radiations se chargeront de nous tuer.

Bysiphère s'apprêtait à ajouter quelque chose lorsque apparut au-dessus des montagnes de cristal une intense clarté ambrée qui capta tout son intérêt. Le reste de la troupe nota également le changement, et d'aucuns se hélèrent mutuellement pour attirer l'attention des uns et des autres sur le phénomène.

Bériot rejoignit à pas lents son collègue.

— Bizarre, commenta-t-il. Jusqu'ici, la couleur prédominante sur Monol était le bleu de la Radiance du Centre, mais depuis que le rayonnement des cristaux s'est accentué, l'or gagne du terrain.

Au-dessus de la partie médiane du massif en fer à cheval se formait à présent comme une avenue cristalline s'élevant vers le ciel presque à la verticale.

Le physicien en chef poussa une exclamation de surprise.

— Incroyable ! s'écria Bysiphère. Les maîtres de cette planète manipulent l'hyperénergie au point d'altérer la pesanteur locale.

— À quoi peut bien servir cette espèce de pont ne menant nulle part ? se renseigna le major Hohle.

Nul ne put lui fournir d'explication. Bériot se souvint des flux de gemmes transporteuses de l'intérieur de la montagne, toutefois il ne pouvait croire que la voie qui paraissait s'étirer jusqu'aux anneaux dorés fût un dispositif analogue.

Les Terraniens apprirent bientôt une partie de la réponse. Depuis d'invisibles ouvertures dans le massif sortirent les Okefenokees ressuscités, qui empruntèrent la piste cristalline pour être emportés vers le zénith à grande vitesse. Tous avaient changé.

— C'est à cela que ressemblait Quam Penzabyne, signala le physicien régénéré.

— Je me demande où mène cet escalator, murmura l'hyperphysicien.

Les anciens gnomes disparurent l'un après l'autre dans les tores ambrés qui s'étiraient à travers la voûte céleste. La bande transporteuse s'évapora. Quelques secondes après, les détecteurs de structure dont étaient équipés les spatiandres de combat réagirent.

— Un ébranlement quintidimensionnel ! avertit Bysiphère.

— Il y a quelque part un transmetteur ou une gigantesque machine analogue, supposa Hole Hohle.

Le Plophosien pointa un doigt vers le haut.

— Pas *quelque part* : directement au-dessus de nous ! corrigea-t-il. À mon sens, les mystérieux anneaux d'or ne sont rien d'autre que des transmetteurs géants alimentés en énergie par la Radiance du Centre.

L'Esquimau jeta un regard en coin au savant avant de s'adresser à Bériot.

— Est-ce aussi votre avis ?

— Je n'ai pas de meilleure explication à vous proposer pour l'instant, répondit le physicien avec circonspection.

Il demeurait sous le choc des derniers événements et estimait préférable de ne pas se prononcer.

Si Bysiphère avait raison, la planète Monol n'était pour les Okefenokees qu'une étape intermédiaire. Après leur régénération, ils s'en allaient en empruntant un fantastique transmetteur.

Mais où partaient-ils ainsi ?

— L'hyperrayonnement s'intensifie encore ! s'écria soudain Bysiphère.

Bériot se retourna pour constater que la brillance de tous les cristaux n'était plus très loin de devenir insoutenable.

Hole Hohle s'approcha du physicien pour lui adresser un regard interrogateur. Le savant détourna les yeux. Il n'était pas disposé à avouer la vérité au major, mais ce n'était de toute façon pas nécessaire, car le commandant était assez futé pour déduire la réponse à partir du comportement de son vis-à-vis.

À force d'augmenter, la radiation allait les tuer sous peu.

*
* *

Une vibration parcourut la *KC-1*. Le vaisseau de soixante mètres de diamètre sembla se cabrer.

Aucun des sièges disponibles n'étant assez grand pour permettre au Paladin de s'asseoir, le géant resta debout devant le pupitre afin d'activer tous les circuits indispensables. Non qu'il eût le moindre besoin de reposer ses membres inférieurs, même avec un servomécanisme endommagé, mais il aurait été ainsi dans une position plus pratique pour se servir des commandes.

À l'intérieur du robot, tous se taisaient. Retenant instinctivement leur souffle sous l'effet de la tension, les cinq homuncules de l'Escadron Foudre surveillaient la manœuvre de leur chef. Dephin savait que les premières secondes suivant le départ décideraient du sort de la corvette et de ses occupants. S'il laissait le navire décoller sous la poussée maximale de ses propulseurs corpusculaires, les Sigans seraient aplatis au sol par l'accélération, et la nef n'aurait plus de pilote.

Aussi l'émo-ingénieur estima-t-il plus sûr de ne monter en puissance que très progressivement, puis de stabiliser la *KC-1* en altitude avant de mettre le cap vers les montagnes. Les convertisseurs rugirent, les jets de particules jaillissant des tuyères du bourrelet équatorial soulevèrent et chassèrent les amas de cristaux tout en les recouvrant d'une pellicule sombre.

Les étançons se détachèrent du sol. Le vaisseau effectua une embardée et toucha de nouveau la surface d'un côté.

Dephin se mordit la lèvre avec une telle force que le sang perla.

Il réussit à reprendre le contrôle du navire.

La faible accélération fit son œuvre. La corvette s'éleva, pas tout à fait à la verticale. Le major garda les yeux fixés sur les instruments comme si leurs indications dépendaient de sa concentration mentale.

Il ajusta vitesse et trajectoire en quelques gestes précis. Aucun danger immédiat ne menaçait. Le prochain moment critique serait l'atterrissage. Par contre il ne redoutait pas l'appareillage suivant, car il pensait maintenant connaître l'origine de la défaillance du système antigrav.

Le navire fonça vers le relief montagneux. L'émo-ingénieur activa les dispositifs de détection ainsi que tous les écrans avant de se rapprocher de la surface planétaire. Il ne pouvait en aucun cas se permettre de manquer le groupe de Hohle.

Un changement capital était intervenu sur Monol. Dephin nota que l'irradiation lumineuse, qui était depuis longtemps passée du clignotement au papillotement, semblait à présent continue – tout en poursuivant sa progression en puissance, ainsi que l'indiquaient les appareils.

Les Sigans n'avaient pas eu l'occasion d'assister à la disparition des Okefenokees ressuscités. Seuls les détecteurs de structure avaient réagi pour les informer qu'il s'était produit quelque chose d'extraordinaire. Toutefois l'émo-ingénieur n'avait guère eu le loisir de s'interroger là-dessus. Le sauvetage des Terraniens était l'urgence primordiale.

Il vit, à la surface de la planète, quelques créatures de cristal se déplacer en titubant. Elles flamboyaient, comme tout le reste, et Dephin se demanda si leur comportement n'était pas affecté par le processus en cours.

La troupe de Hohle apparut enfin. Hormis la taille, les hommes, recouverts de minicristaux, étaient presque indifférenciables des monstres par lesquels ils étaient encerclés. L'émo-ingénieur ne perdit pas de temps à tenter une liaison radio avec le commandant, et opta pour un atterrissage le plus près possible du groupe. La procédure se déroula mieux qu'il ne s'y était attendu, même si la prise de contact avec le sol fut si brutale que les Sigans sanglés dans leurs fauteuils en sentirent le contrecoup.

Escomptant bien être de retour dans quelques minutes, Dephin laissa les contrôles en veille. Il n'avait pas d'autre choix que d'effectuer une sortie, car le major et ses compagnons n'étaient pas en mesure de rompre l'encerclement par leurs propres moyens.

Jetant un dernier regard sur les écrans, le chef de l'Escadron Foudre remarqua que quelques-uns des astronautes adressaient de grands signes à la *KC-1*. Probablement cherchaient-ils à lui faire comprendre qu'ils ne pouvaient rejoindre le bord parce que le chemin leur était barré.

— Nous ressortons ! lança l'émo-ingénieur à l'intention de ses hommes.

À présent qu'ils se trouvaient en lieu sûr, cette nouvelle excursion ne les enthousiasmait guère. Toutefois, lorsque Dephin débarqua par le sas inférieur, ils n'émirent aucune protestation.

Ils virent que les monstres de cristal avaient décidé de passer à l'attaque sur les astronautes. Ce qui signifiait qu'ils avaient correctement interprété les motifs de l'atterrissage du vaisseau et agissaient en conséquence.

Le Paladin se rua en bas de la passerelle pour enfoncer les rangs adverses tel un boulet de canon. Sa manœuvre de freinage souleva un nuage de poussière cristalline et fit perdre l'équilibre à trois des hommes de Hohle.

— Suivez-moi ! cria Dephin. Je vous ouvre un passage, restez groupés !

Il reprit la direction de la corvette après avoir ressorti ses lames d'atronite pour éliminer les agresseurs à grand renfort de moulinets. Les Terraniens le suivirent en enjambant les débris des géants de cristal.

L'émo-ingénieur jeta de temps en temps un regard en arrière afin de s'assurer que personne ne se laissait distancer. Monol brillait à présent avec une telle intensité que le Sigan avait l'impression de marcher sur du feu bleu et or. Il songea avec abattement aux effets induits par ce rayonnement. Depuis quelques minutes, il se sentait nauséeux, et il ne doutait pas que cela eût un rapport avec l'hyperradiation.

Quand il eut atteint la passerelle, il s'écarta afin de permettre aux hommes de passer et pour retenir les golems qui les talonnaient.

Quelques secondes après que le dernier Terranien eut franchi l'écoutille, le Paladin la referma derrière lui. Bien que se trouvant toujours sous la menace du flux hyperénergétique, Dephin s'accorda le temps de quelques profondes inspirations.

Alors qu'il s'apprêtait à prendre le chemin de la centrale, la corvette fut parcourue par un puissant grondement. Le Sigan sourit.

Le major Hole Hohle n'avait pas perdu de temps. À cet instant, L'Esquimau était déjà assis dans le fauteuil de commandement et procédait au décollage de la *KC-1*.

Lorsque le robot halutoïde atteignit le poste central, le vaisseau fonçait déjà hors de l'atmosphère lumineuse de Monol. L'écran de force entourant la planète le laissa obligeamment passer – il n'était apparemment là que pour protéger le globe des influences extérieures. Aussitôt après cela, s'allumèrent quelques indicateurs témoignant que les générateurs antigrav étaient de nouveau opérationnels.

Harl Dephin ouvrit tous les sas du Paladin et commuta les ascenseurs sur automatique. Après quoi il déverrouilla son harnais de sécurité et ôta la résille TRES. Quittant le pont de commandement, il descendit jusqu'au sas talonnier, où l'attendaient déjà les autres Foudre. Seul l'artilleur manquait à l'appel.

— Où est Hulos ? se renseigna immédiatement le major.

— Nous pensions qu'il arriverait avec vous, Monsieur, répondit Rigeler.

L'émo-ingénieur parcourut ses hommes du regard.

— Lequel de vous détient la flasque brune ? questionna-t-il. J'aurais bien besoin d'une lampée de remontant, à présent !

Les quatre autres le dévisagèrent, ahuris.

— Nous pensions que vous l'aviez, Monsieur, déclara Aracan.

De l'intérieur du Paladin provint un son creux évoquant étrangement une éructation.

Les Foudres s'entre-dévisagèrent.

— C'est Hulos qui l'a ! annonça Dephin avec colère.

Il se dit que d'ici qu'ils aient atteint le pont supérieur pour ôter la bouteille des mains du lieutenant, celui-ci aurait largement eu le temps de la vider jusqu'à la dernière goutte. Ils pouvaient donc tout aussi bien attendre ici en bas jusqu'à ce que l'artilleur sorte du sas en titubant.

CHAPITRE XIII

— Là ! s'exclama Icho Tolot en montrant l'écran de la nef de combat halutienne.

Le vaisseau était stationnaire à quatre cents millions de kilomètres du système de Scintilla.

— La *KC-1* ! précisa Fancan Teik après avoir activé l'amplification optique. Nous devons tout de suite avertir Perry Rhodan du retour de la corvette.

*
* *

Le Stellarque parcourut les résultats de mesures et les images que lui avait remis le major Hole Hohle. En y ajoutant les rapports des deux savants Bériot et Bysiphère, l'ensemble constituait une précieuse base d'informations sur les Okefenokees et la planète Monol.

— Nous avons eu la chance que notre trajectoire ait été intégralement enregistrée par la positronique de la *KC-1*, même lorsque nous avons été happés par le Mouvement Absolu, expliqua l'Esquimau. (Comme le reste de son équipage, il avait amplement eu le temps de récupérer de ses tribulations durant le voyage de retour.) Cela nous a permis de revenir jusqu'à Scintilla relativement vite.

— Je suis heureux qu'au final les radiations ne vous aient causé aucun préjudice permanent, assura Perry Rhodan. Mais je tiens avant tout à féliciter le Dr Bériot pour sa renaissance – si je puis m'exprimer ainsi.

L'intéressé sourit en adressant un signe de tête au Premier Terranien.

— La situation sur Kliban est tendue, reprit le Stellarque. Peut-être ce matériel nous aidera-t-il. Tout d'abord, nous devons obtenir la preuve irréfutable que les Okefenokees ressuscités ne font qu'un avec les Constructeurs du Centre.

Il regarda l'un après l'autre les hommes revenus de leur expédition.

— Du fond du cœur, je vous remercie tous, ajouta-t-il. Vous pouvez à présent aller vous reposer.

En dépit de sa fatigue, Bériot douta de pouvoir trouver rapidement le sommeil. Il s'était passé beaucoup trop de choses sur lesquelles il n'avait pas encore assez réfléchi. Et en premier lieu, il devait se faire à l'idée qu'il était à l'aube d'une vie complètement nouvelle. Le petit homme contrefait qu'il avait été s'était toujours tenu en retrait. Ce temps était maintenant révolu.

Il songea à l'avenir, et un frisson le parcourut.

Ce fut d'un pas décidé qu'il sortit de la centrale pour emprunter la coursive menant au puits antigrav le plus proche, duquel il émergerait pour pénétrer dans l'un des foyers du *Krest IV*.

DEUXIÈME PARTIE

LA NUIT ENTRE LES SOLEILS

CHAPITRE PREMIER

— 23 juillet 2436, calendrier terrestre, dicta le Dr Armond Bysiphère d'une voix apparemment indifférente.

Le décodeur du bloc-notes positronique convertit les sons articulés en une suite de mots qui s'enregistrèrent tels un texte écrit dans la mémoire holocristalline du petit instrument si pratique. L'hyperphysicien sourit pensivement.

— Expérience numéro trente-quatre de la série de tests « Néobios ». Conditions normales, conditions extrêmes. Le résultat est un objet de la taille du poing et de composition inconnue qui s'est condensé lors de la phase de stabilisation et de matérialisation de l'hyperénergie. L'objet a reçu le nom de code « Jonathan ». Son aspect visuel est celui d'une masse gélatineuse et brillante, de teinte violette, de forme variable, de consistance molle et semi-translucide.

Le Plophosien passa la langue sur ses lèvres sèches tout en jetant furtivement un coup d'œil au Dr Jean Bériot dont la silhouette autrefois gibbeuse avait, depuis son hyperrégénération physiologique sur Monol, la planète de cristal, été remplacée par celle d'un homme grand et mince ayant bénéficié d'une croissance normale. Son visage aux traits harmonieux et au regard bienveillant était toutefois resté le même.

— Nous allons maintenant entamer sur Jonathan les tests de réactivité.

Il tendit les mains pour les poser sur le pupitre de contrôle du champ de confinement à l'intérieur duquel le

« sujet » flottait, immobile. Après avoir pris une profonde inspiration, Bysiphère appuya sur une série de touches. Le champ coercitif s'éteignit. Presque immédiatement, Jonathan s'éleva de près d'un mètre jusqu'à planer à hauteur des yeux de l'hyperphysicien.

Bériot se rapprocha d'un pas.

— Qu'est-ce que cela peut être ? chuchota-t-il. Qu'est réellement Jonathan ?

Le miroitement violet de la boule de gelée s'intensifia, comme si la chose avait saisi les mots du Terranien et tentait de lui répondre à sa manière.

— Êtes-vous certain d'avoir réussi à reproduire les conditions exactes de l'hyperrégénération physiologique ? demanda timidement le physicien en chef du *Krest*.

Armond Bysiphère sourit brièvement avant de redevenir sérieux.

— C'est ce qu'il nous reste à vérifier, mon cher Jean, répliqua-t-il. Je ne puis évidemment me baser que sur les données que nous sommes arrivés à recueillir, soit directement par votre témoignage et celui de L'Émir, soit à l'aide des appareils de mesure de l'expédition.

Il ralluma son bloc-notes.

— Nous commençons avec le test de réaction sur la réflexion optique des impulsions psychiques.

Un peu embarrassé, il se tourna vers le professeur Tschu Piao-Teh, le psychologue en chef du vaisseau.

— Vous pouvez y aller, professeur !

Tschu, qui s'était jusqu'ici tenu immobile dans un fauteuil modulable en tirant sur sa pipe froide, se leva, paraissant alors grandir démesurément au fur et à mesure qu'il se dépliait. La stature de deux mètres et cinq centimètres du cosmopsychologue afro-asiatique produisait toujours un effet surprenant lorsqu'il se redressait de toute sa hauteur en quittant un siège bas. Sa bouche aux lèvres minces presque perpétuellement entrouvertes arborant un éternel sourire énigmatique laissait à penser à celui qui le voyait pour la première fois que cet homme devait être un peu simplet. Cette impression ne durait jamais bien longtemps.

Piao-Teh toussota en passant machinalement la main dans sa chevelure grise clairsemée. Ses paupières s'étrécirent, ce qui, dans son visage brun de peau, rappela un peu le lent clignement d'yeux d'un grand chat.

— Pourquoi tant de mots inutiles ? prononça-t-il sur un ton dédaigneux. Vous ne seriez même pas capables de reconnaître un hypnoprojecteur.

Dans la posture légèrement voûtée propre à tous les individus sensiblement plus grands que la moyenne, il se dirigea vers une table encombrée d'un fatras d'instruments d'où il extirpa un objet ressemblant à une grosse lampe de poche équipée d'un clavier. Puis il revint près de Jonathan. Allumant l'appareil, il braqua le cône éclairant droit sur la boule gélatineuse suspendue dans les airs.

Lorsque les premières impulsions lumineuses atteignirent la chose, celle-ci commença à vibrer. Sa forme se modifia, se mua en un fuseau. Tschu marmonna un grommellement indistinct – il paraissait mécontent de ce premier résultat. Ses doigts fins pianotèrent sur les touches de l'hypnoprojecteur. Le faisceau de lumière papillota à une vitesse croissante.

Le fuseau se mit soudain à tourner sur lui-même, entamant simultanément un lent mouvement descendant syncopé, comme si la masse pellucide dansait au rythme d'une mélodie optique. La chorégraphie s'accéléra tandis que les contours de la silhouette oblongue s'estompaient. La luminescence mauve de Jonathan migra hors de son « corps » pour former une aura spectrale autour de la créature d'hyperénergie matérialisée.

Le Dr Jean Bériot poussa un cri perçant avant de se prendre les tempes à deux mains et de s'effondrer au sol. Armond Bysiphère, stupéfait, contempla fixement le physicien en chef l'espace de quelques battements de cœur, puis empoigna à son tour son crâne à pleines mains.

Le professeur Piao-Teh arborait un sourire crispé. Ses doigts voltigèrent sur le clavier de l'hypnoprojecteur pendant qu'un pli soucieux se creusait sur son haut front. L'image de la chose tournoyante se refléta dans ses yeux noirs. La lueur violette émise par l'objet envahit le laboratoire, noyant machines et instruments ; les murs s'effacèrent – mais ce qui apparut derrière n'était pas ce qui était censé s'y trouver. Un espace infini agité de pulsations s'ouvrit au regard de Tschu.

Le cosmopsychologue dut se faire violence pour ne pas succomber à la magie à la fois mystérieuse et repoussante de cette vastitude frémissante. Son esprit capta l'appel ensorcelant des dimensions inconnues, sa résistance faiblit peu à peu.

Il parvint enfin à desserrer ses doigts crispés. Le projecteur tomba et s'éteignit. Instantanément, les frontières jusqu'ici invisibles du continuum étranger se rapprochèrent pour fondre telles des vagues de ténèbres sur Piao-Teh, Bériot et Bysiphère.

*
* *

Tschu Piao-Teh se réveilla en sentant quelque chose de froid glisser sur son front. Quand il ouvrit les yeux, ce fut pour contempler un ravissant minois encadré par une abondance de cheveux chatoyants.

Un pistolet à injection chuinta. Un médicament se répandit dans le circuit sanguin de l'Afro-Asiatique, nettoyant son esprit des ombres obscures du souvenir. Seuls les faits purs et durs persistèrent.

— Salut, Eileen… ! chuchota le psychologue en grimaçant un faible sourire.

Eileen Dacran lui essuya derechef son front moite de transpiration.

— Vous ne devriez pas vous commettre avec des gens comme Bysiphère, Monsieur, le gronda-t-elle. Quelle sorte d'expérience a donc une nouvelle fois tenté cet hyperphysicien halluciné ?

Le professeur se redressa. Sa belle et intelligente assistante, elle-même détentrice d'un doctorat en cosmopsychologie, le soutint. Lorsqu'elle sentit le long corps se contracter brusquement comme sous l'effet d'une crampe, elle suivit le regard de son supérieur.

Une forme plate émettant un scintillement métallique, discoïdale et de la taille d'une paume humaine, flottait au-dessus d'une couche de poussière noire et granuleuse qui recouvrait la table de laboratoire auparavant chargée d'instruments. Quelque chose, dans son éclat, évoquait le regard mortel du basilic des légendes terraniennes. Eileen Dacran frissonna involontairement.

— Qu'est-ce que c'est ? dit-elle dans un murmure.

Tschu Piao-Teh secoua la tête pour chasser son engourdissement. Son geste plein de fermeté témoignait de la résolution d'un esprit animé par une volonté farouche et déterminé à arriver à ses fins.

— Jonathan ! expliqua-t-il calmement. Cette créature s'appelle Jonathan. Le bon Armond est évidemment allé pêcher ce nom dans une nomenclature religieuse…

Il s'interrompit brusquement, pivotant sans la moindre considération pour son assistante qui le tenait encore par l'avant-bras. Déséquilibrée, Eileen Dacran parvint de justesse à rester sur ses jambes.

Tschu était déjà agenouillé près de la silhouette inanimée de l'hyperphysicien. Le comportement du grand psychologue était apparemment passé sans transition de la torpeur à l'assurance du scientifique réaliste et décidé qu'il était.

— Évanoui ! diagnostiqua-t-il après un rapide examen de Bysiphère. Sinon, tout semble normal. Injectez-lui un remontant, s'il vous plaît. Il vaut mieux que nous nous limitions à cela pour l'instant.

Puis il se tourna vers Jean Bériot, qui avait l'air tout aussi inconscient – pour s'apercevoir avec surprise que les yeux du physicien, à l'inverse de son collègue, étaient grand ouverts et que ses pupilles suivaient ses mouvements. Tschu réprima une imprécation et entreprit de masser les muscles de l'Euro-Terranien.

— Détendu, murmura-t-il. Aucun durcissement tétanique. Pouls faible et irrégulier. (Une expression énigmatique brilla dans son regard alors qu'il jetait un rapide coup d'œil en direction de Jonathan.) Eileen, si vous en avez terminé avec Bysiphère, administrez à celui-ci la dose d'alpha-koïdizine la plus forte qu'un humain puisse supporter.

Il afficha un sourire grave.

— Si vous m'entendez, faites « oui » avec les yeux ! invita-t-il Jean Bériot.

Les pupilles de l'intéressé plongèrent vers le bas avant de remonter.

Le cosmopsychologue respira, soulagé.

— Ne vous en faites pas, mon cher, dit-il en tapotant les joues du physicien. Dois-je alerter les services médicaux ?

Les prunelles effectuèrent deux allers-retours de gauche à droite.

— C'est donc non, chuchota Piao-Teh.

Il observa son assistante occupée à récupérer le produit demandé, via l'installation pneumatique automatique.

— Pourvu que personne ne nous pose de questions, marmonna-t-il. La médibanque pourrait s'étonner que j'aie requis successivement deux articles aussi complètement différents.

Eileen Dacran appuya fermement l'embouchure du pistolet à injection sur le cou de Bériot. L'alpha-koïdizine passa, avec un sifflement audible, dans la circulation sanguine du physicien.

— Un homme intelligent ne devrait jamais rester couché sans un bon prétexte, expliqua-t-elle en souriant après s'être relevée.

Tschu Piao-Teh arbora un rictus moqueur.

— On voit que ces derniers temps vous avez pas mal fréquenté ce Libre-Exploiteur ! Il commence à déteindre sur vous…

La jeune femme s'esclaffa.

— Dans le fond, Roi Danton est un homme merveilleux, juste un peu coincé quelque part. (Ce fut d'une voix songeuse qu'elle ajouta :) J'aimerais vraiment faire la connaissance de ses parents…

Le professeur étrécit les paupières.

— Du moins le comportement du fils fournit-il de précieuses indications quant au psychisme du père. Je n'aurais jamais pensé que…

Il s'interrompit subitement, comme s'il venait de réaliser qu'il s'apprêtait à trahir un secret.

Le Dr Eileen Dacran gratifia son chef d'un regard scrutateur. Un puissant lien les unissait. Cette relation n'était toutefois pas de nature amoureuse ; il s'agissait simplement d'une amitié purement intellectuelle.

— Vous semblez en savoir davantage sur les origines de Roi que vous n'êtes disposé à dire, Monsieur… ?

Le psychologue haussa les épaules.

— Il est des choses qu'on comprend instinctivement, mais pour que la connaissance ait de la valeur, vous devez la découvrir vous-même.

Pivotant brusquement, il retourna près de Jean Bériot. Le physicien en chef de la nef amirale terranienne avait gémi. Il agitait à présent la tête d'un côté et de l'autre avec, dans ses grands yeux, le reflet d'une profonde horreur.

Tschu saisit l'homme par les épaules et le secoua doucement.

— Qu'y a-t-il, Jean ? Pouvez-vous parler ? Si oui, alors exprimez-vous !

La bouche de l'autre s'ouvrit ; ses lèvres tremblèrent et sa langue parut vouloir former des mots. Cependant, sa gorge et ses cordes vocales semblaient ne pas obéir au savant, qui réussit tout juste à émettre un croassement.

Le professeur poussa un cri brutal. L'autre raidit, son regard se voila. Ses pupilles oscillèrent de-ci, de-là, jusqu'à ce que Piao-Teh parvînt enfin à capter son attention.

— Oubliez ça, Jean ! Oubliez ce que vous avez ressenti dans les dimensions ouvertes par Jonathan ! Concentrez-vous sur ma voix, rien que sur ma voix ! Écoutez-moi bien. Vous comprenez tout ce que je dis, et vous m'obéissez en tout point… !

Des perles de sueur se formèrent sur le front du psychologue. Une telle hypnose rapide basée sur un choc occasionné au patient – choc pouvant être provoqué par un cri violent, une grande claque ou un puissant stimulus optique – était facile à déclencher, mais extrêmement difficile à maîtriser. Avant qu'une somme suffisante de connaissances étayées ait été accumulée au fil du temps, nombreux et lourds avaient été les dégâts psychiques infligés par des ignorants à leurs victimes, dommages que seul un psychologue aguerri était en mesure – et encore, pas toujours – de traiter pour débarrasser complètement le malade des séquelles de cette forme d'hypnose.

Néanmoins, Jean Bériot se calma extraordinairement vite. La force de suggestion de Tschu libéra la mémoire du physicien de ses souvenirs douloureux avant de ramener son esprit à une activité normale, dans un premier temps par l'obéissance inconditionnelle, puis à l'aide d'une technique d'autosuggestion relativement libre.

Dans l'intervalle, le Dr Armond Bysiphère était sorti de son évanouissement. Ce fut avec le sang-froid d'un homme voué corps et âme à la science qu'il considéra un instant le produit métamorphosé de son expérience, avant de prendre la chose en forme de disque entre les mains. Elle ne lui opposa aucune résistance, révélant au contraire une propriété qui arracha une exclamation de surprise à l'hyperphysicien.

Le Dr Bériot, qui s'était relevé avec l'aide des deux psychologues, examina Jonathan, un sourire amer sur les lèvres.

— Il faut le détruire ! lâcha-t-il soudain.

La peur se lisait dans ses yeux.

L'autre secoua la tête.

— Comment pourrait-on détruire une créature aussi prodigieuse ? rétorqua-t-il, offusqué.

— Créature… ? s'étonna Eileen.

Le Plophosien hocha la tête avant de lancer le condensat d'hyperénergie en l'air et de faire une grimace quand l'objet s'immobilisa peu avant d'atteindre le plafond – pour ne pas retomber.

— S'il vous plaît, n'interprétez pas mes paroles de travers, Mademoiselle Dacran. Naturellement, Jonathan n'est pas une créature au sens de la vie biologique et active de notre univers. Peut-être n'est-il même pas vivant du tout. Néanmoins, il représente un phénomène intéressant dont l'étude pourrait bien m'apprendre plus de choses sur la structure et l'essence de l'hypercontinuum que je ne n'oserais en espérer avec les méthodes de recherche traditionnelles.

Il se passa une main sur les yeux comme pour chasser les derniers vestiges de l'insondable expérience qu'il avait vécue lors du test avec la sphère violacée.

— Au départ, c'était une boule gélatineuse d'énergie matérialisée, et maintenant il offre l'aspect extérieur du métal. Et pourtant, il ne pèse strictement rien. (Il regarda pensivement le sol.) Il me rappelle un rapport de Perish Mokart sur la projection de l'hypercréature Nexx. – C'est vrai, vous n'êtes pas au courant.

— Je me souviens vous avoir entendu parler d'une action lancée contre une station incubatrice, releva Jean Bériot à mi-voix. Cette base se trouvait, je crois, dans le para-espace.

— C'est exact. Et peut-être un jour Jonathan me mènera-t-il moi aussi dans le para-espace.

Le Dr Armond Bysiphère se secoua, et son pied heurta l'hypnoprojecteur de Tschu. Il se pencha pour considérer la lentille éclatée.

— La prochaine tentative devra nous trouver fin prêts, Madame et Messieurs ! Nous devons équiper le laboratoire de tous les instruments de détection, de mesure et d'enregistrement possibles et imaginables, afin de pouvoir ensuite analyser les processus survenus.

— Sans moi, annonça Piao-Teh. Les effets produits sur l'esprit humain m'apparaissent trop inquiétants. De plus… (il jeta un coup d'œil sur son chronographe) nous ferions mieux de nous atteler sur-le-champ à la tâche que nous a confiée le Stellarque, à savoir trouver une explication logique à l'incident du « gnome malfaisant » qui a bien failli mettre un point final à nos aventures voici quelques mois.

Une expression effarée transparut sur les traits d'Eileen. Elle se mit une main sur la bouche.

— Mon Dieu, j'avais oublié ! C'est pour cela que Monsieur Danton m'avait envoyée ici – pour que je vous le rappelle ! Roi disait que le Pacha allait finir par s'impatienter.

— À juste titre, nota Tschu.

— Un instant ! intervint le Dr Bériot, qui s'était à présent assez bien remis de son choc. Laissez-moi le temps d'ordonner à un robot d'entretien de venir nettoyer ce qui reste de vos précieux appareils, Armond.

Il désigna la table de laboratoire.

Bysiphère afficha une mine furibonde en voyant que ses instruments de grande valeur n'étaient plus que poussière granuleuse. Après quoi il esquissa un geste menaçant à l'adresse de Jonathan, ce qui arracha un sourire amusé à Mademoiselle Dacran.

— J'aurai bientôt deux mots à dire à notre ami ! promit-il.

*
* *

Leibel Archolee rabattit sa toge irisée. La lueur fluorescente de l'étrange vêtement engendrait alentour des effets multicolores.

Le professeur Jan Snider ne laissa pas échapper un seul des gestes de l'Okefenokee. Il était fasciné par les immenses globes oculaires et par l'énorme crâne que n'ornait pas le moindre cheveu. Mais ce qui le troublait plus que tout était la totale opposition entre l'expression de crétinisme du visage et l'indubitable haut niveau intellectuel du gnome.

— Vous autres Terraniens êtes dépourvus du calme

serein dont la véritable intelligence tire sa nature profonde, expliqua Leibel.

Le translateur que Snider portait sur sa poitrine traduisit en intergalacte les mots de l'Okefenokee.

— Pourquoi, poursuivit le Penseur, vous focalisez-vous sur les possibilités de retour chez vous au lieu d'accorder des ressources suffisantes à l'épanouissement de la compréhension ?

L'humain sourit. Lui, philosophe appartenant à l'humanité terranienne, comprenait parfaitement son homologue de M 87. D'un autre côté, il ne partageait pas du tout les vues de Leibel Archolee.

— Nous avons essayé l'un et l'autre, rétorqua-t-il. Parvenir à un arrangement avec vos Constructeurs du Centre tout autant que regagner aussi vite que possible notre Galaxie-patrie, car là-bas nos peuples luttent contre un puissant ennemi.

L'Okefenokee distordit son faciès à la peau brune et aux innombrables plis et replis en ce qui était l'équivalent d'un sourire ironique avant d'agiter la tête en direction de la gigantesque sphère de terkonite qui se dressait à quelques kilomètres de là – et à plus de deux mille mètres de hauteur – dans le ciel nuageux de Kliban.

— *Un* vaisseau – et trois autres nefs appartenant à vos alliés ! Comment escomptez-vous faire la différence dans une guerre à laquelle – comme vous me l'avez vous-même expliqué – participent des milliers de navires terraniens ?

Le professeur Snider marchait à pas lents en compagnie du gnome qui le guidait entre les ruines qui, par endroits, n'avaient pas encore fini de refroidir. Ici s'était déroulé un combat sans merci entre les Bestians de M 87 et les humains venus de la Voie Lactée. Ces derniers, aux côtés des Okefenokees et assistés par les deux unités halutiennes ainsi que le cube des Bioposis, avaient remporté la victoire.

— Ce n'est pas une question de nombre d'appareils, précisa Snider. Bien que sans force numérique nous ne puissions faire grand-chose. Non, ce qui est beaucoup plus important est que dans ces vaisseaux il y a des êtres humains – et dans les crânes de ces humains, il y a des cerveaux. Et, inopinément, il s'avère qu'à l'intérieur de ce navire en particulier… (il allongea le bras en direction du *Krest IV*) se trouvent les cerveaux les plus géniaux de notre peuple. Du moins est-ce ce qui se dit…

Leibel tourna sa tête chauve en un mouvement saccadé avant de lever les yeux vers son compagnon de promenade.

— Je comprends. Votre race se situe à une étape de son évolution à laquelle elle est encore empêtrée dans des schémas de pensée élitaires. Nous-mêmes sommes passés par ce stade voici bien longtemps, jusqu'à ce que nous réalisions nous être engagés dans une voie sans issue. De nos jours, chacun est encouragé de manière identique à puiser au maximum dans ses capacités mentales.

Jan Snider ricana intérieurement.

— N'avez-vous jamais puisé dans un vase vide, Leibel ? s'esclaffa-t-il.

L'autre arbora une mine surprise.

— Voulez-vous dire que votre race comporte des individus n'ayant qu'un esprit limité ?

S'arrêtant devant une flaque de matière vitrifiée au milieu du désert de ruines, le Terranien jeta un regard en arrière pour découvrir la silhouette massive de Melbar Kasom. L'Étrusien marchait à pas lourds et réguliers en direction du *Krest*, tenant entre les mains quelque chose qu'il portait à la bouche à intervalles tout aussi réguliers. Il s'était de toute évidence procuré un petit extra de nourriture.

— Naturellement, ma comparaison avec les « vases vides » n'est pas à prendre au pied de la lettre, explicita-t-il à l'intention de l'Okefenokee. La plupart des représentants de l'humanité disposent de capacités intellectuelles conséquentes. Les différences proviennent essentiellement de la façon dont elles sont utilisées par les uns et les autres.

— Voilà qui dépasse mon entendement, avoua le gnome avec franchise.

Jan Snider soupira.

— Voyez-vous, mon cher Leibel, il est extrêmement difficile d'expliquer de telles notions à des êtres comme vous. Vous tous, vous vivez et travaillez avec des objectifs constructifs ; qu'il s'agisse de progrès scientifique, d'enrichissement des connaissances ou d'autre chose encore, peu importe. C'est pourquoi, par exemple, vous n'éprouvez pas le besoin de mentir. Nombreux parmi mes frères de race sont ceux qui ne pourraient se résoudre à admettre aussi simplement que vous leur incapacité à appréhender un concept. Au lieu d'en profiter pour élargir leur culture, ils utiliseraient leur intelligence afin de dissimuler leur ignorance. C'est une de nos particularités. Nous, les humains, avons une propension certaine à mobiliser notre créativité en premier lieu en vue d'obtenir des avantages personnels, de masquer certains faits en les habillant d'argumentations logiques et de nobles motivations. Et en matière d'hypocrisie, certains Terraniens sont de véritables maîtres…

Le Penseur secoua sa grosse tête.

— Vous exagérez, Jan. J'ai eu l'occasion de lier connaissance avec plusieurs humains de votre vaisseau. J'ai parlé avec eux et j'ai déterminé leur profil psychologique. Et mes conclusions vont à l'encontre de ce que vous venez d'affirmer.

Le professeur s'esclaffa.

— Vous oubliez justement que nombre des occupants du *Krest* appartiennent à l'élite de l'humanité, et que la plupart de ces derniers mettent réellement leurs capacités intellectuelles au service des entreprises positives.

Il fronça les sourcils, mécontent, lorsqu'entre lui et l'Okefenokee se matérialisa la silhouette bien reconnaissable de L'Émir.

— Hello ! lança jovialement le mulot-castor. Une chance que vous ayez réfléchi aussi intensément, maître-penseur Jan. Ça m'a permis de vous localiser assez vite. Le Pacha désire vous voir.

— Qui est-ce ? s'enquit Leibel Archolee en détaillant de haut en bas le nouvel arrivant. Une créature intelligente, sans aucun doute – et en plus un téléporteur naturel.

L'Ilt lâcha un sifflement indigné. Il était apparemment persuadé que tous les Okefenokees devaient avoir entendu parler de lui et le reconnaîtraient immédiatement.

Jan Snider se retint de justesse d'éclater de rire.

— Je vous présente notre célèbre lieutenant L'Émir, expliqua-t-il. Il n'y a pas si longtemps, il était tout décati. Mais c'est bel et bien fini, le voici plus vert qu'avant !

La mine de Leibel exprima l'incompréhension la plus totale. Cela n'avait rien d'étonnant, étant donné que les gnomes n'avaient pas été informés de l'expédition vers Monol, et encore moins des régénérations du mulot-castor et de Bériot. Perry Rhodan avait ordonné le silence absolu tant aux participants de la mission qu'à toutes les autres personnes dans le secret.

— Mais c'est que tu es bon poète ! railla l'Ilt avec un humour corrosif. Si un jour j'ai besoin de vers pour aller pêcher sur le lac de Goshun, je ne manquerai pas de t'appeler.

— Ce L'Émir semble ne pas utiliser son esprit uniquement à des fins positives, murmura le Penseur.

— L'Émir est quelqu'un de bien, le démentit Snider en gratifiant la créature pelue d'une caresse entre les deux oreilles. Simplement, il lui arrive parfois d'oublier qu'il existe toutes sortes de Terraniens. Pas vrai, petit ?

L'incisive du mulot-castor rajeuni apparut dans toute sa splendeur, miroitant d'un délicat blanc de lait auquel les Terraniens n'étaient pas accoutumés – ce qui n'avait rien de surprenant si on considérait que, sur le plan biologique, l'Ilt n'était en temps réel âgé que de quelques jours.

— Tu parles d'or, confirma L'Émir. Les humains sont des êtres très particuliers. Mais nous n'avons pas de temps à perdre, Jan ! Perry attend. (Il sourit derechef.) Notre président quinticentenaire !

Le philosophe sourit à son tour à l'évocation de la fastueuse – bien que tardive – fête donnée à l'occasion du cinq centième anniversaire du Stellarque. Aussi loin qu'il s'en souvînt, c'était la première fois qu'une ambiance aussi joyeuse avait régné à bord du *Krest*.

— Tu as raison, ne le faisons pas attendre davantage, approuva-t-il. Ce fut pour moi un plaisir de bavarder avec vous, Leibel. J'espère que nous aurons prochainement une opportunité de poursuivre cette conversation.

— C'est moi qui suis votre débiteur, Jan. Toutefois, quelle que soit l'estime que je vous porte, il est probable que nous ne nous reverrons pas. Tels des nomades, vous voyagez sans trêve. Que la lumière de votre soleil natal vous éclaire bientôt !

L'Okefenokee s'éloigna à pas rapides avant de tourner au coin d'une ruine pour se dématérialiser hors de vue.

— Un homme intelligent et un esprit irréprochable, murmura le professeur Jan Snider.

Ce fut à bord du *Krest IV* qu'il prononça ces mots. Le mulot-castor l'y avait déjà téléporté sans autre forme de procès.

CHAPITRE II

C'était l'une des innombrables réunions en comité restreint qui se tenaient depuis leur arrivée involontaire dans la galaxie M 87.

Perry Rhodan, Atlan, Roi Danton, les mutants et les autres membres du cercle des initiés étaient assis dans des postures diverses, mais généralement détendues, dans les confortables fauteuils-contours de la salle de conférences luxueusement équipée. Les robots-serveurs distribuaient café, thé et rafraîchissements glacés. Des places de quelques-unes des personnes présentes montait la fumée de cigarettes, rapidement avalée par le système de conditionnement d'air.

Les conversations se turent au moment où les silhouettes massives d'Icho Tolot et Fancan Teik franchirent le panneau d'accès. Le Stellarque se leva pour accueillir les Halutiens.

Les deux arrivants s'installèrent dans les sièges spécialement conçus à leur intention – aucun mobilier normal n'aurait résisté à leurs vingt quintaux. Tous les assistants firent pivoter leurs fauteuils de sorte que tous les regards soient tournés vers le Premier Terranien et les deux géants quadrumanes.

— Nous savons tous, commença Rhodan sans détours, que la découverte de la planète Monol par le commando d'intervention du major Hohle ne restera pas ignorée des Constructeurs du Centre. Le monde de cristal est probablement unique dans M 87, et nous sommes incapables d'évaluer à sa juste mesure son importance pour les C.C.

À ce propos, l'usage de cette abréviation en « C.C. »… (il adressa un coup d'œil moqueur à son fils Mike, alias Roi Danton) me paraît extrêmement pratique.

Danton se redressa à moitié, un sourire satisfait sur les lèvres.

— Grand Seigneur, vous fûtes pour moi un exemple à suivre, expliqua-t-il cérémonieusement. Je me réfère en cela à la géniale réduction faite par Votre Grâce des Maîtres Insulaires en « M.I. »…

Une déferlante de rires parcourut l'assemblée, vite calmée cependant. Le Stellarque s'éclaircit la gorge avant de passer la parole à Icho Tolot et de se rasseoir.

Le géant halutien n'eut pas besoin de se lever : même assis, il dominait l'assistance de plus haut qu'un humain debout.

— Très respecté Rhodanos et chers amis ! (Tolot s'efforçait de ne parler qu'à mi-voix, ne meurtrissant ainsi que modérément les tympans des Terraniens.) Les calculs de mon ami Teiktos, ainsi que les miens, aboutissent à la conclusion que les Constructeurs du Centre considèrent certainement toutes les créatures au courant de l'existence de leur monde de cristal comme des adversaires mortels. Leur secret est trop fondamental pour qu'ils se permettent de le partager avec quiconque.

Il étendit ses bras manipulateurs en un geste de supplique.

— Mettez-vous à leur place ! Les souverains de M 87 nous tiennent pour des alliés de leurs ennemis héréditaires, les Bestians. Il ne peuvent que présumer que nous avons l'intention de communiquer les coordonnées galactiques de Monol à ces mêmes Bestians aussitôt que nous aurons repris contact avec eux ! Le seul moyen pour eux d'éviter cela est de faire en sorte que nous ne puissions plus trahir la position de la planète de cristal. Par conséquent, ils vont lancer leurs escadres à notre poursuite avec pour objectif de nous éliminer – si elles ne sont pas déjà en route…

Le silence se prolongeant, Jan Snider en déduisit que

le Halutien n'avait rien de plus à ajouter. Il se leva donc afin de risquer une objection.

— En fonction de tout ce que nous avons appris, nous en avons déduit avec une forte probabilité que les Constructeurs du Centre sont issus des Okefenokees physiquement contrefaits qui sont physiologiquement régénérés sur Monol après leur mort. Croyez-vous vraiment qu'ils nous attaqueraient tant que nous nous trouvons sur Kliban – en d'autres termes, dans le système natal de leurs « géniteurs » ?

— C'est une éventualité que nous devons faire entrer en ligne de compte, en tout cas, le contredit le Lord-Amiral Atlan. Dans l'éventualité où les C.C. seraient persuadés de la réalité de notre pseudo-alliance avec les Mooghs, la seule alternative à la perte de leur planète de cristal consiste à nous liquider au plus vite – même au risque d'anéantir leur monde originel, Okefenokees inclus.

— Menacer les Constructeurs d'une alliance entre nous et les Bestians a été une lourde erreur, intervint John Marshall. Plus grave encore, nous ne nous sommes toujours pas publiquement démarqués des Mooghs.

L'Arkonide eut un sourire froid. L'ancien amiral arkonide et chef actuel de l'Organisation des Mondes Unis continuait à raisonner selon la logique de ses ancêtres, lesquels avaient été de véritables maîtres ès intrigues et complots.

— Vous allez être surpris, Marshall, quand vous entendrez ce que je vais proposer maintenant, avança-t-il cyniquement. Comme vous le savez tous, les gnomes détiennent un Bestian vivant. Lors de la bataille, il avait été capturé par le Paladin et, après un rapide interrogatoire par nos soins – dont nous n'avons d'ailleurs rien tiré d'intéressant –, il a été remis entre les mains des Penseurs. Je vous suggère à présent de libérer cet Olukh sous le prétexte que nous aurions été trahis par les Okefenokees…

Le chef de la Milice des Mutants eut besoin de plusieurs secondes pour saisir toute la signification de ces mots. Puis le rouge de la colère lui monta au visage.

— Ce serait une vilenie ! éructa-t-il. Les Okefenokees sont des gens honnêtes qui ont mérité notre respect et notre estime ! Sans compter que je réprouve totalement la diffamation. D'ailleurs, si nous voulons récupérer Olukh, nous ne pourrons le faire qu'en employant la force. Envisageriez-vous de verser le sang de créatures innocentes, Monsieur le Lord-Amiral ?

Atlan haussa les épaules. Les reproches du télépathe paraissaient lui avoir ricoché dessus sans l'atteindre. Ce qui ne l'empêcha pas de serrer les lèvres lorsque l'assistance entière répondit à la diatribe de Marshall par un murmure approbateur.

À cet instant, le panneau d'accès se rouvrit et le Dr Armond Bysiphère entra dans la salle de conférences, accompagné du professeur Piao-Teh et du Dr Bériot. L'attention des participants se détourna de l'Arkonide pour se reporter sur les nouveaux arrivants.

— Je croyais déjà que vous ne viendriez plus, lança narquoisement Perry Rhodan en les saluant.

— Je vous prie de m'excuser, Monsieur. Une expérience en cours nous a retardés.

Les sourcils froncés, le Stellarque montra les places libres restantes aux trois savants, sans se renseigner davantage sur les activités de l'hyperphysicien.

— Vous me permettrez d'interrompre momentanément notre débat, déclara-t-il, mais je pense qu'il serait bon que vous preniez immédiatement connaissance de ce qu'ont découvert les Dr Bysiphère et Bériot avec la collaboration du professeur Piao-Teh.

Le scientifique plophosien venait juste de s'asseoir. Suite à l'invite de Rhodan, il se releva sur-le-champ.

— Après que le major Hohle eut rendu son rapport concernant notre mission sur Monol, et à la lumière de ces nouveaux acquis, Monsieur le Stellarque nous a chargés d'analyser et reconstituer l'incident avec le… euh… gnome malfaisant. Cette créature, sans le moindre doute un Okefenokee « défunt », en empoisonnant la totalité de l'eau potable et des vivres aquifères du bord, nous avait menés à deux doigts d'un désastre – qui a d'ailleurs coûté la vie à plusieurs membres de l'équipage[1].

Il s'empourpra légèrement en s'apercevant que Jonathan était sur le point de se glisser hors de la poche jambière de sa combinaison, dans laquelle il avait placé la chose. Repoussant d'un geste précipité le disque au miroitement métallique, il referma promptement le rabat magnétique.

— Continuez ! lui enjoignit un Perry Rhodan impatient.

Le Dr Bysiphère toussa.

— De toute évidence, et cela devrait nous rassurer tous, ni les Okefenokees ni les Constructeurs du Centre ne sont infaillibles, loin de là. La flotte de cercueils qui a si soudainement émergé à proximité du *Krest* peu après notre arrivée dans M 87 avait vraisemblablement déjà effectué plusieurs transitions erronées, sinon jamais elle n'aurait pu croiser notre course.

« Les transmetteurs auto-localisateurs des sarcophages ont détecté le choc de la réémersion du vaisseau et l'ont pris pour un signal en provenance de la planète Monol. Ils se sont alors dirigés vers nous.

« Mus par une soif de connaissances bien compréhensible, nous avons capturé un des caissons en vue de l'étudier. À ce moment-là, un changement *post mortem* devait déjà avoir affecté le gnome se trouvant à l'intérieur. Nous savons tous que les produits de décomposition des cadavres sont fréquemment très toxiques. De fait, un facteur indéterminé, peut-être justement en rapport avec les toxines en question, avait dû bloquer le processus de putréfaction originel afin de préserver le code génétique de l'Okefenokee, indispensable à sa régénération.

« Après que nous eûmes libéré la créature de son conteneur, elle est revenue à la vie. Nous espérons élucider plus tard ce mystérieux phénomène. Nous avons tenu le gnome pour malfaisant parce qu'il a contaminé nos

1. Cf. *Poison pour une planète*, Perry Rhodan n° 152. *(N.d.T.)*

réserves de nourriture et d'eau. En fait, il semble que cela se soit déroulé indépendamment de sa volonté. Pendant qu'il se téléportait d'un bout à l'autre de l'ultracroiseur en cherchant à fuir, son organisme éliminait activement les substances toxiques dont il était imprégné.

— Je continue à penser que cet individu nous a délibérément porté atteinte, le contredit le Lord-Amiral Atlan. Il devait se douter du destin qui l'attendait et s'est vengé sur les responsables, c'est-à-dire nous.

Se redressant de toute sa hauteur, le professeur Tschu Piao-Teh toisa l'Arkonide d'un œil dans lequel brillait une lueur désapprobatrice.

— Un geste de vengeance ? rétorqua-t-il à mi-voix. L'association entre un Okefenokee et le désir de vengeance me paraît invraisemblable, Lord-Amiral ! Seuls les Terraniens se vengent – ainsi que les Arkonides.

Il se rassit avant d'observer les réactions des autres participants. À en juger par leurs expressions, la gamme s'étendait du léger embarras jusqu'aux regards franchement réprobateurs à l'adresse d'Atlan.

L'homme aux yeux d'albinos ne parut pas affecté par l'effet qu'avait produit son assertion. Lorsqu'il reprit ses explications interrompues par l'arrivée des savants, seule une trace de sourire arrogant étirait les commissures de ses lèvres.

— Contrairement à ce qui m'a été reproché, je ne projette aucune action néfaste envers les Okefenokees, précisa-t-il avec fermeté. Il s'agit, à l'opposé, de préserver ceux-ci de tout préjudice tandis que nous procurerons aux Dumfries des preuves incontestables qu'entre nous et les gnomes n'existe aucune alliance. Le Druisant Kibosh Baïwoff, qui ne manquera pas de s'y intéresser, devra être convaincu que nous n'avons pas communiqué les coordonnées de Monol aux Okefenokees.

« En outre, j'incline de plus en plus à abandonner notre prisonnier, le Supra-Ingénieur Agen Thrumb, sur Kliban avec les preuves en question. Il n'a nulle envie de retrouver son supérieur, mais cela devrait nous laisser indifférents. La manière dont son propre peuple le traitera ne nous concerne pas. Ce qui compte est qu'il attestera de la façon dont Monol a été découverte, et comment le Dr Bériot s'y est rendu. Cela lui sera d'autant plus facile que Baïwoff est parfaitement instruit de sa responsabilité quant à la confusion mentale d'alors de notre physicien en chef.

John Marshall se redressa en levant la main. Le murmure de voix se tut.

— Une question, Lord-Amiral. Si je vous suis bien, vous cherchez à vous protéger des deux côtés. Êtes-vous réellement certain que ce double jeu n'est pas au bout du compte susceptible de se retourner contre nous ?

Le sourire dédaigneux de l'interpellé s'effaça. L'Arkonide parut soudain infiniment las. Son regard larmoyant prouva à quel point il était tourmenté.

— Mon cher John, chuchota-t-il si bas que les autres durent tendre l'oreille pour parvenir à saisir ses paroles, j'aimerais entendre quelqu'un nous soumettre une meilleure proposition – une idée dont la mise en œuvre ne risque pas de nous nuire ni de nous donner de crise de conscience. Comprenez bien que non seulement nous *voulons* rentrer chez nous… (il eut un sourire mélancolique) mais que nous le *devons*. Ce n'est pas uniquement l'Humanité qui est menacée par les attaques des Bi-Conditionnés, c'est toute la Galaxie. Comme notre président Perry nous l'a souligné voici déjà un certain temps, nous ne pouvons laisser traîner derrière nous aucun danger potentiel.

Il sortit un mouchoir pour tamponner les larmes qui lui coulaient sur les joues.

— Le Bestian doit nous procurer une opportunité d'affaiblir ses congénères d'une manière décisive. C'est le seul moyen de prouver aux C.C. que nos intentions sont bien de chercher un accord loyal avec eux, et en aucun cas de leur nuire.

Épuisé, il se laissa choir dans son fauteuil-contour.

— Je demande un vote, murmura-t-il. Après quoi nous pourrons discuter des détails.

Marshall, chef de la Milice des Mutants et télépathe émérite, ferma les paupières. Un instant durant, il parut écouter quelque chose d'audible de lui seul tandis que ses traits se détendaient graduellement. Quand finalement il rouvrit les yeux, il annonça :

— Je n'ai aucune meilleure contre-proposition à opposer à la suggestion d'Atlan. C'est pourquoi je prends fait et cause pour son plan.

*
**

— Vous ne cessez de m'étonner, Eileen ! déclara Roi Danton sur un ton maniéré en levant son verre de cristal ouvragé. Au charme féminin sans lequel la vie serait triste et dénuée de sens !

Eileen Dacran lui décocha un clin d'œil moqueur par-dessus le rebord de son propre verre, qu'elle reposa d'un geste ostensible après avoir bu une petite gorgée de vin rouge de qualité supérieure.

— Pour moi – je parle en tant que psychologue – vous êtes et restez un phénomène, Roi. Comment vous appelez-vous, en réalité ?

La question avait été posée à toute vitesse et sans avertissement.

Danton ouvrit la bouche comme pour répondre, avant de la refermer. Son regard surpris plongea dans celui, insondable, de la cosmopsychologue.

— Vous avez bien failli m'avoir, Damoiselle Eileen, sourit-il en secouant la tête d'un geste réprobateur. (Un petit nuage de poudre se détacha de sa perruque blanche pour tomber sur le plateau de la table de plastoverre aux marbrures dorées.) Vous devriez pourtant comprendre qu'un homme a parfaitement le droit d'avoir ses petits secrets !

L'assistante de Tschu Piao-Teh se leva pour se diriger en ondulant des hanches vers l'installation de sonorisation. Après qu'elle eut tapé une sélection sur le clavier, la pièce s'emplit de la musique d'un menuet doux et enjoué. Appuyée le dos contre le panneau de commande, la jeune femme considéra par le hublot le désert de ruines entourant l'aire d'atterrissage du *Krest*.

— À quoi pensez-vous ? murmura le Libre-Marchand en quittant à son tour son siège.

Eileen Dacran ferma les yeux.

— À l'époque formidable à laquelle nous vivons, Roi. Songez que nous pouvons écouter un antique menuet terrien tout en contemplant la surface dévastée d'une planète distante de plus de trente millions d'années-lumière du monde sur lequel cette musique a été composée…

Roi Danton était juste devant elle. Sa respiration devint subitement oppressée. Cédant à une soudaine impulsion, il prit Eileen dans ses bras et l'embrassa. Les lèvres entrouvertes de la jeune femme vinrent à la rencontre des siennes. De longues secondes durant, la réalité n'exista plus.

Brusquement, la psychologue se dégagea de son étreinte. Haletante, elle repoussa Danton.

— Qu'est-ce qui vous prend, jeune homme ? Comment osez-vous profiter ainsi de la disposition d'esprit d'une femme ?

Le fils de Perry Rhodan se figea avant de tamponner distraitement, avec son mouchoir de soie, quelques traces de rouge sur ses lèvres.

— Je ne voulais pas vous froisser, gracieuse Damoiselle, murmura-t-il, confus, en français.

Elle éclata d'un rire cristallin. Empoignant le Libre-Marchand par les épaules, elle se dressa sur la pointe des pieds et le gratifia d'un nouveau baiser sur la bouche. Roi ne se fit pas prier pour repartir à l'assaut. Cette fois, lorsqu'ils se séparèrent, ce fut avec beaucoup moins de brutalité.

Eileen Dacran contempla son compagnon, le regard embrumé.

— Nous sommes fous, Roi ! Qu'espérez-vous vraiment ainsi ?

Retrouvant sa condescendance ironique, Roi Danton posa une main contre son cœur avant d'effectuer une profonde révérence.

— Un enrichissement extrêmement opportun dans votre vie affective… déclara-t-il, toujours en français.

La seconde d'après, il chancelait sous l'impact de la gifle que la jeune femme venait de lui administrer. Sous la couche de fard commencèrent à se dessiner les marques de cinq doigts.

— Merci infiniment… chuchota-t-il après avoir repris ses esprits.

— Ce fut pour moi un plaisir, répondit-elle dans la même langue.

Sans transition, elle recouvra tout son sérieux.

— Je suppose qu'il s'agit là de la version terranienne du « Désir d'Évasion » halutien, Monsieur Danton. C'est ainsi que nous devons le voir, et pas autrement. Nous sommes dans une situation qui ne laisse aucune place aux idylles romantiques.

Roi hocha la tête avec mesure. Galant, il ramena Eileen jusqu'à son fauteuil et se réinstalla en face d'elle. Il lui proposa un nouveau verre, puis remplit de même le sien.

— Votre point de vue est dur pour un homme, Eileen, prononça-t-il à mi-voix. Je dois cependant reconnaître que vous réfléchissez et agissez avec un réalisme certain. (Il leva son verre.) À l'avenir, Eileen !

Ils burent en silence.

— J'aimerais savoir ce que vous pensez de moi, reprit le Libre-Marchand après un certain temps. C'est à la femme que je m'adresse, pas à la psychologue…

— Suis-je obligée de vous répondre ? renvoya-t-elle.

Roi secoua la tête.

— Non, sauf si vous le souhaitez. D'ailleurs, je peux aisément l'imaginer. Vous me tenez pour un jeune homme immature uniquement soucieux de prouver encore et toujours sa propre valeur. (Il soupira.) Probablement avez-vous raison. Il est dur de vivre dans l'ombre d'un père… euh… influent.

Eileen étrécit les yeux avant de souffler :

— Pour tout fils vivant dans l'ombre de son père vient un moment où il est soudain confronté à la pleine lumière du soleil. L'âge exige son tribut de chacun.

Le rire du Libre-Navigant fut empreint d'amertume.

— Tous les humains ne sont pas mortels, la corrigea-t-il.

Effrayé, il se plaqua une main sur la bouche. *J'ai failli me trahir !* pensa-t-il.

— Dois-je deviner qui est votre père, Roi ? suggéra la jeune femme.

Michael Reginald Rhodan leva les deux mains vers elle comme pour la repousser.

— Non, s'il vous plaît ! Non, ne dites rien, Eileen !

Elle haussa les épaules.

— Qu'est-ce que ça peut faire, après tout ? Peu m'importe de savoir qui est votre père. Je…

Elle s'interrompit en notant l'étincelle moqueuse dans le regard de Danton.

Mais avant que le Libre-Marchand ait commencé à parler, le hurlement strident des sirènes d'alerte arracha les pensées des deux jeunes gens à leur éphémère oasis de paix pour les replonger dans la dure réalité.

Roi Danton avait bondi dès le premier ululement. Les traits figés, sans prononcer un mot, il se précipita hors de la cabine d'Eileen.

La psychologue n'y prêta pas attention. Danton avait cessé d'être à sa disposition à la seconde où les alarmes avaient amorcé leur clameur, et elle le savait aussi bien que lui. Ôtant prestement sa combinaison de détente, elle se rendit jusqu'à son placard dont elle retira son spatiandre de combat léger, boucla son ceinturon d'armement, enfila les sur-bottes et sortit dans la coursive.

*
* *

Perry Rhodan, debout près du pupitre principal de la centrale de commandement légèrement animée, écoutait les ordres lancés par le colonel Merlin Akran et les informations échangées entre les différentes sections de l'ultracroiseur.

Quand Atlan s'approcha de lui, il ne tourna pas la tête – il avait reconnu son ami à son pas.

— Tolot a détecté la flotte des Dumfries il y a deux minutes, expliqua-t-il sans la moindre trace d'excitation. (Un sourire matois apparut sur sa figure.) L'analyse des émissions énergétiques, de la trajectoire et de la vitesse permettent déjà de conclure que cette escadre était en place depuis plusieurs jours dans un système voisin de celui de Scintilla – en attente. Après l'affaire de Monol, elle a évidemment reçu l'ordre de passer à l'offensive.

Le Lord-Amiral, campé immobile près de lui, ne hocha la tête qu'après que le Stellarque eut fini de parler.

— J'ai fait amener Agen Thrumb dans ton bureau, Perry. Il serait bon que nous nous chargions à deux de l'assurer de notre soutien et de lui expliquer la situation.

Le colonel Merlin Akran, commandant du vaisseau amiral, acheva l'une de ses communications et pivota avec son fauteuil-contour.

— Nous pouvons nous débrouiller sans vous pour le moment, Monsieur, signala-t-il à Rhodan.

Après quoi, sans ajouter de commentaire, il pivota derechef pour reprendre ses occupations sur sa console.

Le Premier Terranien, surpris, resta plusieurs secondes à regarder une veine battre sur le cou de taureau de l'Epsalien avant de sourire, amusé.

— Allons-y, mon ami ! signifia-t-il à l'Arkonide.

Trente secondes plus tard, ils étaient dans le bureau du Stellarque, face au Supra-Ingénieur captif.

Agen Thrumb avait perdu une grande partie de sa superbe. Il était visiblement effrayé, et les deux astronautes bâtis comme des armoires à glace qui le surveillaient en tenant leurs radiants-choc braqués sur lui en permanence n'étaient pas pour le rassurer.

Le Lord-Amiral les envoya dehors.

Thrumb fit un pas vers Rhodan, les yeux papillotants. Les vingt pierres bleues incrustées sur son torse, qui ne brillaient qu'à peine, reflétaient ses sentiments.

— Je vous supplie de m'accorder asile, Monsieur ! implora-t-il. Vous ne pouvez pas m'abandonner ici, exposé à la vindicte du Druisant !

— On ne vous a pas demandé votre avis ! l'apostropha coléreusement Atlan.

D'un geste, Perry Rhodan intima à l'Arkonide de se calmer.

— Écoutez-moi bien, Druis ! En dépit de toutes les différences qui existent entre nous, vous et moi raisonnons approximativement de la même manière. En conséquence, vous devriez saisir très vite pourquoi je veux vous débarquer sur Kliban.

— Non ! s'écria Thrumb. Vous m'envoyez à la mort ! Baïwoff me considère comme un traître ! Ne comprenez-vous pas cela ?

— Au contraire ; j'en suis pleinement conscient, rétorqua le Stellarque en adressant à Atlan un regard l'avertissant de ne pas intervenir.

Ce fut en insistant fortement qu'il mit le Supra-Ingénieur au courant de la mission de Hole Hohle, de la découverte de Monol, le monde de cristal, et de la perturbation qu'y avait causée le Dr Bériot.

Au fur et à mesure qu'il apprenait ces nouvelles, la crainte d'Agen Thrumb crût pour se muer en horreur. Il conjura à nouveau Rhodan de lui offrir sa protection à bord du *Krest* et de ne pas le livrer à la vindicte de Kibosh Baïwoff.

— Si nous, les Terraniens, étions seuls concernés, j'exaucerais votre désir, lui fut-il répondu. Mais l'enjeu nous dépasse, et de beaucoup ; il y va en effet de la survie même des peuples de la Grande Nébuleuse. D'après nos évaluations, la destruction des Mooghs et de leur système de Molak est loin d'avoir l'ampleur que nous lui avions initialement accordée. Il existe d'autres mondes de Bestians, considérablement plus puissants. Nous les trouverons. C'est pourquoi nous ne pouvons prendre en compte le sort d'un unique individu. Vous disposez de suffisamment d'éléments pour convaincre Kibosh Baïwoff de nos véritables intentions et de l'innocence de Bériot. Vous savez que les psychologues aphanéens de Dwellion sont responsables de sa folie. Expliquez calmement au Druisant que nous attribuons une grande importance à ce que nos négociations ultérieures se fassent par votre intermédiaire. Je pense que cela devrait aider à vous éviter le pire.

— Ne te fatigue pas, mon ami, chuchota l'Arkonide. Tu ne réussiras pas à le faire changer d'idée.

Le Stellarque pinça les lèvres. Il devait admettre que la terreur d'Agen Thrumb le rendait imperméable à toute logique.

— À présent, suivez-moi ! intima-t-il à la créature halutimorphe.

Lançant un cri perçant, le Supra-Ingénieur tenta de fuir en passant entre les deux hommes. Perry reçut un coup à la tempe qui lui fit voir trente-six chandelles. Titubant en arrière, il aperçut le Druis qui soulevait Atlan et le projetait contre l'écran de l'intercom.

En appelant à ses dernières ressources, Rhodan se jeta dans les jambes de Thrumb, qui perdit l'équilibre et trébucha. Les deux gardes se ruèrent alors à l'intérieur de la pièce et se précipitèrent sur le forcené. Le Premier Terranien dut les sommer énergiquement d'arrêter afin de les empêcher de rouer de coups Agen Thrumb.

Contemplant les traits contusionnés du Supra-Ingénieur, le Stellarque dodelina de la tête.

— Vous avez manqué de discernement, Druis. Comment avez-vous pu imaginer réussir à vous échapper en plein cœur de mon navire amiral ?

Il fit un signe à l'adresse des deux factionnaires, qui

empoignèrent la créature halutimorphe chacun d'un côté pour l'entraîner dehors sans ménagement.

Après quoi il aida le Lord-Amiral à se remettre sur ses pieds. Par bonheur, l'écran avait résisté sinon Atlan, en sus de se retrouver groggy, aurait également eu à souffrir de diverses coupures.

— Voilà ce que c'est que de vouloir se comporter avec humanité ! maugréa l'Arkonide, un rictus de douleur sur le visage. Nous n'avions qu'à le chasser du vaisseau et lui balancer les preuves après coup. Cela aurait parfaitement suffi.

Perry Rhodan eut un sourire goguenard.

— Cela aurait été suffisant – pour cette fois, mon cher. Je te prie de ne pas oublier que nous aurons encore besoin de Thrumb, et à ce moment-là le souvenir qu'il aura de la manière dont nous l'aurons traité pourrait s'avérer déterminant quant à sa bonne volonté.

Atlan grimaça un sourire silencieux – avant de plaquer en gémissant une main sur sa nuque.

— C'est bon, Perry ! siffla-t-il, les dents serrées. Cela fait des siècles que je sais que tu t'es mis en tête de te faire des amis avec tous tes ennemis.

Le Premier Terranien le guida jusqu'à la porte en lui tenant le bras. Il voulait suivre personnellement l'expulsion d'Agen Thrumb.

— Pas tous, mon cher, pas tous ! contredit-il l'Arkonide. Il existe des gens avec lesquels ce genre d'efforts serait peine perdue.

CHAPITRE III

Agen Thrumb avait été emmené à bord d'un glisseur et déposé assez loin du *Krest* pour qu'il ne fût pas en mesure d'être de retour avant l'appareillage.

Dans l'intervalle, les machines du vaisseau avaient été mises sous tension. Aux postes de combat, les équipes de service étaient parées à l'affrontement proche. Les deux navires sphériques noirs des Halutiens tournaient autour de Kliban pendant que le *BOX-13111*, la nef composite des Bioposis placée en faction sur la lisière du système de Scintilla, observait l'approche des unités cylindro-coniques.

— Quelle est la situation ? s'enquit Rhodan auprès du commandant.

Le colonel Akran secoua son crâne massif en un geste dubitatif.

— Les Dumfries enveloppent méthodiquement le système. Si nous attendons encore une heure ou davantage, nous risquons d'avoir quelques problèmes, Monsieur.

Atlan réprima difficilement un éclat de rire.

— Un de ces jours, vos euphémismes nous conduiront tout droit en Enfer, Akran !

L'Epsalien éclata d'un rire retentissant. L'Arkonide se boucha les oreilles en grimaçant.

— Mettez une sourdine, espèce de monstre ! hurla-t-il. Ma tête est prête à exploser !

Merlin Akran se calma immédiatement.

Portant son microcom de poignet à hauteur de ses lèvres, le Lord-Amiral appela Harl Dephin.

Le spécialiste sigan de l'O.M.U. se manifesta sur-le-champ.

— Tout est prêt pour l'opération *Happening* ? demanda très vite l'Arkonide.

— Tout est prêt, Monsieur ! chuinta la voix du major dans le récepteur.

— Feu vert, Dephin ! ordonna Atlan.

Perry Rhodan fronça les sourcils.

— Ai-je bien entendu ? Opération *Happening* ? Quel œuf diabolique as-tu encore mis à couver sous ce nom de code ambigu ?

— L'œuf de Colomb, renvoya sarcastiquement son ami. Viens, nous allons observer le travail du Paladin depuis un coin discussion.

Pendant qu'ils se hâtaient tous deux vers l'un des emplacements insonorisés dans lesquels on pouvait mener une conversation ou suivre des opérations sans être dérangé par le brouhaha de la centrale de commandement, le Lord-Amiral informa le Stellarque de la nature de l'opération *Happening*.

— Tu étais toi-même partisan que nous inventions un prétexte quelconque pour libérer le Bestian Olukh, mon cher. Eh bien, Harl Dephin s'est occupé de tout, et nous allons immédiatement voir l'Escadron Foudre en action.

Il poussa Rhodan dans un fauteuil avant d'allumer la vidéotransmission. À en juger par l'image qui apparut, la caméra émettrice devait se trouver dans le crâne d'atronite du robot.

Le Paladin était déjà sorti du *Krest* pour foncer vers la casemate blindée qui se dressait à l'autre extrémité de l'aire d'atterrissage, et à l'intérieur de laquelle avait été incarcéré le Moogh capturé au cours de la bataille sur Kliban. Les deux Okefenokees qui montaient la garde autour de la prison d'Olukh en compagnie d'une escouade terranienne prirent la fuite en voyant débouler le monstre halutoïde. Apparemment, le souvenir des ravages commis par la machine dans les rangs des Bestians était encore vivace dans leur mémoire.

Dephin ne s'en préoccupa pas. Au lieu de quoi, il ouvrit le feu sur les soldats terraniens. Trois hommes s'écroulèrent.

— Es-tu devenu fou ? cria le Stellarque. Cela va trop loin ! Rappelle-les immédiatement !

L'Arkonide sourit.

— Pourquoi t'agites-tu ainsi ? T'imagines-tu vraiment que j'ordonnerais la mise à mort de nos propres gens ? Il faut juste que cela paraisse suffisamment réaliste aux yeux des gnomes.

Le Premier Terranien comprit – et secoua aussitôt la tête.

— Tu t'es empêtré dans tes propres mensonges, Atlan. Si les Okefenokees sont censés croire que nous les tenons pour des traîtres, pourquoi cette comédie ? Ceci contredit cela !

Le Lord-Amiral gratifia son ami d'un regard où se lisait l'incompréhension. Puis il s'éclaira avant de se voiler.

— C'est vrai, tu as raison… murmura-t-il, consterné. J'ai voulu trop bien faire.

Rhodan afficha un sourire narquois.

— C'est ce que je crains, en effet. Si cela pouvait te guérir ne serait-ce que partiellement de ta manie de vouloir planifier tout et n'importe quoi… Les Okefenokees ne sont pas gens à se laisser manipuler comme des pions sur un échiquier. Je ne puis qu'espérer qu'ils prendront la chose avec humour.

L'Arkonide se racla la gorge, mais ne répondit rien. Les nerfs tendus, il observa sur le grand écran la façon dont le Paladin abattait les parois blindées de la geôle. Des plaques d'acier de trois centimètres d'épaisseur furent froissées et déchiquetées comme du papier d'aluminium avant d'être jetées de côté. Le robot, continuellement enveloppé par les décharges énergétiques des barrières protectrices, se déplaçait au sein d'un orage de mort. Toutefois, à l'abri de son propre bouclier SH, il poursuivit sa progression, indemne. Extérieurement, il ressemblait comme deux gouttes d'eau à un Bi-Conditionné ou à un Halutien surdimensionné. Rien ne permettait de penser qu'à l'intérieur de la machine de combat, bien à l'abri chacun à son poste sur les divers ponts, le major Dephin et les cinq Sigans de son Escadron Foudre donnaient à eux seuls une pseudo-vie à ce monstre. Le plus gros de la besogne revenait cependant à Harl Dephin, l'émo-ingénieur, qui pilotait les principales fonctions motrices du robot directement à l'aide de ses courants encéphaliques captés, amplifiés et retransmis par la résille réceptrice dont il était coiffé. La fierté ressentie par l'homuncule quant à cette performance n'était pas imméritée, car seule une extraordinaire volonté conjuguée à un talent inné lui permettaient de maîtriser et coordonner ses ondes mentales durant chaque seconde d'activité. À ce jour, le major n'avait encore jamais failli.

Rhodan retint instinctivement sa respiration lorsque le Bestian capturé apparut sur l'écran. Olukh était un monstre de quatre mètres de haut, couvert de plaques cornées hexagonales de teinte brun noirâtre et dont la tête hémisphérique s'ornait de trois yeux d'un rouge de braise. Hormis sa taille et son épiderme, il avait vraiment tout d'un Halutien.

En apercevant le Paladin, il ouvrit une gueule béante et recula en hurlant.

— Ah ! fit Atlan. Il reconnaît le robot.

— Qu'il croit toujours être un cousin de race, compléta Perry.

— Viens, Fifi ! Susucre ! résonna la voix d'Harl Dephin amplifiée par les haut-parleurs.

Décidément, le Sigan ne ratait jamais une occasion de faire l'intéressant !

Le Stellarque secoua la tête en souriant.

Naturellement, la réaction d'Olukh ne fut pas celle d'un yorkshire terranien. Il continua de reculer jusqu'à se trouver adossé à la paroi du fond de sa cellule, où il persévéra à bramer comme un dément tout en gesticulant de ses quatre bras.

— Cessez de jouer ! ordonna le Lord-Amiral au major. Notre temps est limité !

Lentement, comme à regret, le Paladin ouvrit la main dans laquelle il tenait un pain de sucre, lequel tomba au sol pour s'y émietter. Perry Rhodan décida de sermonner Harl Dephin à ce sujet : c'était un inadmissible gaspillage de produits alimentaires.

Les quatre bras du robot se tendirent à la vitesse de l'éclair. Le Moogh n'eut pas le loisir de les éviter, et se retrouva fermement empoigné avant d'être soulevé de terre. Après quoi, le Paladin pivota sur place tel un véhicule chenillé. Sur l'écran, les parois détruites de la prison apparurent à l'arrière-plan du Bestian, bientôt remplacées par le terrain plat de l'aire d'atterrissage. La sphère du *Krest* sembla se dilater jusqu'à finalement occulter la totalité du champ visuel.

— Et voilà ! annonça Atlan en se levant.

Constatant que le Stellarque ne bougeait pas de son siège, il le regarda avec étonnement.

— Ne veux-tu pas souhaiter la bienvenue à Olukh, mon ami ?

— Chaque chose en son temps, répliqua sèchement Rhodan. Je veux d'abord avoir la certitude que les sentinelles « tuées » sont à bord et en bonne santé.

Furieux, l'Arkonide se rassit brusquement avant d'établir le contact avec le commandement des opérations au sol.

— Espèce de barbare sentimental ! grommela-t-il. Alors que dans l'espace extérieur la sphère des assiégeants est en train de se refermer sur nous, tu t'intéresses en priorité à trois hommes !

— Charité bien ordonnée ne commence pas toujours par soi-même ! rétorqua froidement le Stellarque.

Atlan sentit ses veines bleues palpiter sur ses tempes. Lui, l'ancien amiral arkonide, vétéran de la guerre des Méthaniens, avait appris à la dure que toute prévenance à l'égard d'éléments isolés pouvait, sur le plan tactique, avoir des conséquences fatales. Toutefois, au cours des siècles pendant lesquels il avait planifié et lutté aux côtés de Perry Rhodan, il n'avait toujours pas réussi à admettre que cela n'avait rien d'inéluctable.

Le commandement des opérations au sol signala que les gardes n'étaient pas encore revenus. Le Lord-Amiral pâlit.

Le Premier Terranien coupa l'intercom sans cesser de gamberger désespérément. Activant son microcom de poignet, il ordonna à L'Émir de se téléporter de toute urgence hors du *Krest* avec Ras Tschubaï pour ramener à bord les disparus.

Cinq minutes plus tard, le mulot-castor annonça :

— Mission accomplie !

*
* *

Perry Rhodan et Atlan stoppèrent non loin du Paladin entre les mains duquel, le dos tourné, se débattait vainement un Olukh fermement contenu par la poigne d'acier du robot. Une écume rougeâtre bavait de sa gueule, s'envolant en flocons à chaque respiration.

— Restez tranquille, Olukh, et il ne vous arrivera rien ! cria le Stellarque à l'adresse du Bestian. Ce que nous avons fait, c'est vous *libérer*, comprenez-vous ?

Au lieu de se calmer, le Moogh, qui était parvenu à dégager une jambe, lança celle-ci de toutes ses forces en direction du Premier Terranien. Si ce dernier avait été touché, il aurait été tué sur le coup. Par chance, L'Émir était là : d'une poussée télékinésique, le mulot-castor propulsa Rhodan hors de la trajectoire mortelle, dans un fauteuil-contour vacant. Il entreprit ensuite, toujours à l'aide de ses pouvoirs paranormaux, de tordre la jambe du Bestian jusqu'à ce qu'Olukh implore grâce. Cette supplique fut destinée au Paladin, le monstre n'ayant pas même remarqué l'Ilt, minuscule en comparaison de lui.

L'Émir, irrité de ce manque de sens de l'observation, se téléporta trois mètres plus haut pour flotter par télékinésie devant la figure du Moogh avant de contraindre les trois pédoncules oculaires du prisonnier à s'étirer jusqu'à la limite de leur capacité pour se réunir juste en face de lui, de sorte que l'autre ne pouvait plus ne pas le voir.

— Regarde-moi bien, brute épaisse ! s'écria-t-il. Je suis L'Émir, le meilleur qui fût jamais. Si je dois te faire un nœud avec…

— Cela suffit, petit ! ordonna Perry Rhodan avant de reprendre à l'intention du captif : – Olukh, je tiens à ce que les choses soient claires. Si nous vous avons libéré des Okefenokees alors que nous vous avions remis entre leurs mains, c'est uniquement parce que les gnomes nous ont trahis aux Constructeurs du Centre. À présent, nous partons briser le blocus que la flotte des Dumfries a formé autour du système de Scintilla. Tenez-vous tranquille, je vous le répète, sinon L'Émir vous montrera de quoi il est capable.

Sur quoi le Stellarque pivota abruptement pour regagner l'estrade du pupitre de commandement. Le robot d'Harl Dephin emmena le Bestian afin de l'incarcérer dans une cellule de haute sécurité jusqu'à ce que le temps soit venu pour un interrogatoire poussé.

Tournant la tête, le colonel Akran considéra Rhodan d'un œil interrogateur. L'intéressé lui adressa un signe sans équivoque, sur quoi l'Epsalien donna l'ordre d'appareillage.

Les blocs-propulsion de l'ultracroiseur hurlèrent tels un monstre préhistorique. Une gigantesque vague de poussière balaya la surface de l'aire d'atterrissage, atteignit le champ de ruines au-delà, achevant par son intensité la dévastation en causant l'effondrement des derniers vestiges restés debout. La lumière du soleil jaune Scintilla baissa, comme mise en veilleuse. Seule une tache ronde et floue perçait encore le voile pulvérulent.

Le *Krest IV* s'arracha du sol avec une lenteur majestueuse. Les puissants projecteurs antigrav compensèrent la force d'attraction de Kliban et, après que la poussée des propulseurs corpusculaires eut ébranlé les centaines de millions de tonnes du géant interstellaire, catalysèrent l'énergie cinétique, amplifiant le vecteur d'accélération. La gigantesque sphère s'éleva vers le ciel à vitesse croissante, traversa la couche nuageuse peu abondante et plongea quelques secondes plus tard dans la noirceur de l'espace cosmique.

Perry Rhodan observa les échos des deux vaisseaux des Halutiens, qui escortaient l'ultracroiseur en se tenant de part et d'autre, légèrement en avant, et accélérant à la même cadence.

— Un appel du *BOX-13111* ! résonna une voix dans le casque audio du Stellarque. Premier contact avec l'ennemi – des navires éclaireurs. Les appareils adverses ont été chassés avec l'artillerie à impulsions ordinaire.

— Très bien ! approuva le Premier Terranien. Qu'ils continuent à ignorer la véritable puissance de feu de la nef composite.

— Qu'en est-il du gros de la flotte ? s'immisça Atlan.

— Aucune activité pour le moment. Mais de nouvelles escadres ne cessent d'arriver. Le système de Scintilla est d'ores et déjà complètement encerclé. Les Dumfries ont formé une coquille sphérique : impossible de passer sans contact avec l'ennemi.

L'Arkonide lâcha une imprécation. Perry Rhodan ôta son casque en voyant s'approcher le professeur Tschu Piao-Teh. Le cosmopsychologue attendit que le Stellarque lui ait décrit la situation.

— Nous avons deux possibilités, Tschu. La première consiste à ériger nos boucliers protecteurs et à enfoncer le front adverse sans répondre au feu, ce qui n'est naturellement pas exempt de danger. L'autre moyen est de nous placer en formation rapprochée et de nous frayer un chemin. Que me conseillez-vous ?

Le grand Afro-Asiatique ne se départit pas de son sourire inexpressif.

— Je ne suis pas un tacticien, Monsieur…

Rhodan s'esclaffa brièvement.

— Vous êtes pourtant un excellent stratège – sur le

plan psychologique. Pourquoi n'essaieriez-vous pas de pratiquer un peu dans un autre domaine ? Alors… ?

Le psychologue ralluma consciencieusement sa bouffarde qui s'était une fois de plus éteinte. Cette habitude était pour lui davantage une aide à la concentration mentale qu'un besoin de tabac – c'était pourquoi il oubliait presque systématiquement de tirer sur sa pipe en dehors des moments de cogitation. Ce cérémonial achevé, il resta un instant immobile, les yeux dirigés sur le Stellarque mais paraissant regarder au travers. Puis il répondit en parlant bas :

— Je réprouve tout recours à la force physique, Monsieur. Vous vous souvenez sûrement des rapports au sujet du Gardien de la Lumière et de sa mission andromédane. Vous vous rappelez peut-être aussi ces jeunes cadets de l'espace qui s'étaient dénommés « Fils de la Lumière » et vainquirent un usurpateur arkonide par la simple puissance de la raison[1]…

— Et alors ? maugréa Atlan, irrité. Les beaux discours ne nous mènent nulle part !

Piao-Teh ne se départit pas de son impassibilité. Soufflant un nuage de fumée provocateur en direction de l'Arkonide, il répliqua :

— Je partage entièrement votre avis, Lord-Amiral. Simplement, mes raisonnements suivent d'autres méandres que les vôtres. Pour moi, tout soldat dumfrie est autant le fils de ses parents qu'un Terranien. Lui aussi est né dans la douleur, a été élevé et protégé. Sur lui aussi ses géniteurs ont fondé de grands espoirs. Ils se sont inquiétés chaque fois qu'il a été malade – et leur vie en serait à jamais ébranlée s'ils apprenaient que leur fils a terminé son existence déchiqueté en lambeaux sanguinolents dans l'explosion d'un vaisseau spatial.

1. Les aventures des « Fils de la Lumière » ont été publiées sous formes de romans planétaires : *Vom Weltraum besessen*, *Kreuzfahrt durch die Galaxis* et *Projekt Kosmopolis*, (n°s 55, 57, 59) tous écrits par H.G. Ewers – non traduits en français. *(N.d.T.)*

« C'est une chose à laquelle nous devons penser chaque fois que nous sommes amenés à prendre une décision susceptible de causer la mort de nombreuses créatures intelligentes.

Face à l'expression calme de Tschu, Atlan répondit sans détours.

— Vous seriez capable de pousser le plus avisé des soldats à douter du droit d'exercer son métier ! Que proposez-vous, professeur Piao-Teh ?

Ôtant sa pipe de sa bouche, le cosmopsychologue laissa retomber ses épaules avec résignation.

— Malheureusement, nos réflexions achoppent sur le même obstacle, Lord-Amiral. Dès lors que nous sommes confrontés à une situation critique, je ne vois hélas pas d'autre alternative que de répliquer par le feu. Toutefois… (il éleva la voix) nos batteries doivent en premier lieu servir à tenir l'adversaire à distance, donc en évitant dans la mesure du possible de causer des pertes dans ses rangs.

Perry Rhodan sourit en jetant un regard sur Atlan.

— C'est d'accord ! consentit l'Arkonide.

Le Stellarque adressa un signe de tête au psychologue.

— Merci beaucoup, professeur. J'aimerais avoir toujours à ma disposition des conseillers de votre trempe. Soyez assuré que nous ménagerons les Dumfries autant que nous le pourrons – tant que cela ne se fera pas au détriment de notre propre sécurité.

Après que Tschu Piao-Teh s'en fut allé, Perry considéra pensivement son ami.

— Ne serais-tu pas contrarié parce que ton beau plan de montrer à Olukh la destruction de nombreuses unités dumfries a été réduit à néant, mon cher ?

— Oublie ça, veux-tu ? renvoya Atlan. (Ce fut avec une connotation sarcastique qu'il ajouta :) Confronté à des gens comme Tschu, je crains fort de devenir sur mes vieux jours un pacifiste convaincu.

— Quel bénéfice ce serait pour l'Univers ! répliqua Rhodan du tac au tac.

*
* *

Lorsque le *Krest* et les sphères noires des Halutiens atteignirent la limite du système de Scintilla, ils furent rejoints par le *BOX-13111*. Sur l'ordre de Rhodan, les quatre vaisseaux se rapprochèrent au point que leurs écrans protecteurs se touchaient presque.

Le Stellarque eut à répondre aux nombreuses questions posées par le commandant bioposi. Cependant, étant donné que les mesures ne correspondant pas absolument à des processus de logique stratégique demeuraient en dehors de l'entendement de la symbiose biopositronique, il ne resta au Premier Terranien d'autre choix que de rappeler à son interlocuteur qu'il s'était volontairement placé sous son autorité.

Après que son ordre eut enfin été confirmé, et alors qu'il essuyait en soupirant la transpiration de son front, Atlan lui fit ironiquement remarquer :

— Quand l'occasion s'en présentera, envoie donc notre psychologue en chef sur le *BOX*, Perry, afin qu'il « travaille » le commandant !

— Ce n'est pas une mauvaise idée, agréa Rhodan. J'y penserai.

Une demi-heure plus tard, la formation des quatre vaisseaux arriva à portée de l'escadre des Dumfries. La sphère enveloppante des assiégeants s'était entre-temps mise en mouvement. De tous côtés, les unités humano-batraciennes entreprirent d'arroser d'un feu nourri les coordonnées du point de percée visé par les fuyards. Leurs commandants n'avaient pas à redouter que leurs proies changent brusquement de cap à la dernière seconde : à une vitesse d'environ quatre-vingts pour cent de celle de la lumière, c'était impossible.

Un dense entrelacs de perles de sueur se forma sur le front du Stellarque quand il donna l'ordre de commencer à tirer. Les servants étaient informés de ses consignes. Qu'ils se laissent entraîner à agir différemment dans le feu de l'action était une autre affaire. Après tout, on leur rabâchait depuis le début de leur entraînement dans les académies spatiales que face à la violence, la seule réponse possible était la violence.

Les premières charges expédiées par les canons transformateurs détonèrent entre les mailles du réseau des escadres dumfries. Ce fut avec une vive anxiété que Perry Rhodan contempla les premiers et brefs éclats de lumière presque immédiatement suivis par la dilatation explosive des soleils atomiques bleu-blanc.

Des détachements offensifs ennemis se dissocièrent du dispositif enveloppant, surgissant d'« en haut » et d'« en bas » afin de prendre en tenaille la formation serrée du quatuor. Action qui se heurta à la barrière impénétrable des déflagrations de gigatonnes d'énergie nucléaire engendrée par les canonniers du *Krest* et de la nef bioposie. Ce tir de barrage, qui se déplaçait en même temps que les fugitifs, fut cependant ciblé de manière à laisser aux Dumfries le temps de réagir et d'adopter une trajectoire d'évitement.

Ce « tir dispersif » eut par ricochet un effet non négligeable sur la zone prévue pour le passage, droit devant. Les puissants navires des soldats galactiques de M 87 s'écartèrent du chemin de l'anneau de mort, et un trou de plusieurs centaines de kilomètres de diamètre se forma dans la coquille jusqu'alors impénétrable.

— Nous allons réussir ! s'exclama Rhodan, soulagé. Nos officiers d'artillerie accomplissent vraiment un travail de précision. Cette fois, notre victoire ne sera pas sanglante, Atlan !

— Ne te réjouis pas trop vite, Perry, le contredit l'Arkonide, le visage pincé.

Il ajusta la mire électronique sur l'espace obscur au-delà de l'anneau en expansion.

Le Stellarque retint sa respiration. Partiellement masqués par la dispersion radiative des titanesques explosions, de pâles échos se dessinèrent. Une petite formation d'humano-batraciens s'était positionnée au centre de la brèche pratiquée par le tir de barrage des quatre vaisseaux.

Le Premier Terranien ressentit soudain une bouffée de colère impuissante contre l'officier dumfrie qui avait donné cet ordre insensé à ses subordonnés.

— Pouvons-nous les contraindre à s'écarter d'une manière ou d'une autre, colonel ? se renseigna-t-il auprès du commandant.

— Non, Monsieur ! renvoya laconiquement Merlin Akran.

Rhodan se brancha sur le canal de l'officier en chef de la centrale de tir.

— Bordées concentrées entre les unités qui nous barrent le chemin ! ordonna-t-il. Efforcez-vous, dans la mesure du possible, de surcharger leurs écrans protecteurs. À part cela, aucun impact direct !

Atlan transmit la même consigne au commandant Bioposi et aux Halutiens.

Pourtant, les deux hommes pressentaient déjà l'échec partiel de leurs tentatives visant à une victoire sans effusion de sang.

Quelques secondes plus tard, le *Krest IV* trembla sous le pilonnage croisé des grands vaisseaux de combat des Dumfries. Le bouclier SH vert empêcha certes les faisceaux mortels d'atteindre la coque, mais les décharges d'énergie enveloppantes rendaient pratiquement impossible toute localisation exacte et par conséquent les tirs terraniens ne pouvaient que se révéler imprécis.

Rhodan caressa un instant l'idée de cesser complètement le feu. Mais la partie s'achevait déjà. Même le second verrou d'urgence des soldats de M 87 n'avait pu les arrêter. Trois nuages de gaz ionisé en expansion rapide témoignaient du destin des valeureux équipages d'autant de navires. Soit, cernés par l'enfer de l'anneau de barrage ils n'avaient pu se garder des salves terraniennes, soit ils avaient été indirectement victimes de celles de leurs propres troupes qui, en menant la vie dure aux artilleurs des nefs fugitives, avaient converti les tirs précis de ceux-ci en balayage mortel.

— Désolé, murmura le Stellarque avec un sourire contrit, en s'adressant au professeur Piao-Teh qui s'installait sur le strapontin juste à côté de lui. Nous n'avons rien à nous reprocher.

Le cosmopsychologue le considéra gravement.

— Directement, non, Monsieur. Pourtant, rien de tout cela ne se justifiait. Les Dumfries se sont sacrifiés parce qu'ils étaient persuadés que nous nous apprêtions à remettre au plus vite les coordonnées de Monol aux Bestians. (Il haussa les épaules.) On est toujours plus intelligent après coup qu'avant. Et tout ce que l'on peut souhaiter pour accepter les conséquences, c'est que les mêmes erreurs ne se reproduiront pas.

— Je sais, s'immisça Atlan. C'est l'éternel problème : quelqu'un bluffe afin d'éviter le combat, et parfois il y réussit. Mais en d'autres occasions la mise en scène perd tout son sens, car l'adversaire marche à fond et se convainc que seule une lutte sans merci peut le sauver.

Le psychologue hocha la tête.

— Tout à fait, Monsieur. J'espère que vous n'avez pas l'intention de vous lancer dans de nouvelles manigances mobilisant les Mooghs. Ces erreurs de l'ingénierie génétique doivent être combattues sans pitié, car ce n'est qu'ainsi que nous parviendrons à guérir les intelligences de cette galaxie de leur peur héréditaire des Bestians, cause première de la méfiance et de l'hostilité qu'ils ont jusqu'à maintenant manifestées envers nous.

— Vaisseau paré à la plongée dans l'entr'espace ! retentit la voix grondante de Merlin Akran. Coordonnées de réémersion attendues de toute urgence !

Atlan bondit.

— Nous allons bientôt savoir si la libération d'Olukh aura été un coup gagnant pour nous. Désolé, professeur Piao-Teh. (Il esquissa un geste de regret.) Je suis pour le moment contraint de continuer à jouer avec des cartes biseautées – tout au moins vis-à-vis de notre « allié » bestian.

— Que vous le croyiez ou non, Monsieur, répliqua Tschu, je suis désireux de vous y aider.

L'Arkonide le dévisagea, stupéfait. Ses yeux rouges d'albinos brillèrent d'une étrange façon. Et brusquement, il éclata de rire en saisissant le bras du psychologue.

— Venez, l'ami ! Si pour une fois nous sommes tous deux du même avis, ensemble nous ne pouvons que réussir !

*
* *

Tandis que les deux hommes se déplaçaient d'une coursive à l'autre, se laissant emmener par les bandes transporteuses et se confiant aux invisibles champs de force des puits antigrav, Atlan s'informa par télécom auprès d'Harl Dephin. Le spécialiste sigan de l'O.M.U. signala qu'Olukh s'était quelque peu calmé.

— Dites-moi, Lord-Amiral, déclara Tschu après un certain temps en dissimulant mal son sourire. Vous avez reçu voici plus de dix mille ans une formation de cosmopsychologue…

— Galactopsychologue ! corrigea l'Arkonide. À cette époque, notre mentalité était – comparativement aux Terraniens d'aujourd'hui – fortement marquée par l'idéologie de notre Grand Empire. Notre imagination ne s'étendait tout simplement pas au-delà des frontières de notre Galaxie-patrie, que nous appelions l'Île Solitaire.

Le professeur Piao-Teh toussota.

— Entendez-vous par là que la dénomination de « galactopsychologue » est périmée ?

— Exactement !

— Ah ! Dans ce cas, peut-être pourrez-vous m'expliquer pourquoi, aujourd'hui encore, de nombreux catalogues et dictionnaires utilisent toujours la notion de « galactopsychologie » ?

Atlan s'esclaffa brièvement.

— Vous n'ignorez certainement pas que la plupart des gens emploient sans réfléchir les mêmes termes, de génération en génération. (Il jeta un regard méfiant au cosmopsychologue.) Pourquoi me demandez-vous cela ?

— Vous allez le savoir tout de suite. Mais d'abord, voulez-vous me décrire encore une fois la différence entre les deux notions, Lord-Amiral ?

L'Arkonide haussa les épaules.

— C'est pourtant évident : la galactopsychologie ne concerne que la Voie Lactée.

— Mais uniquement d'après son étymologie, Monsieur !

— Effectivement. On peut aussi soutenir qu'elle concerne les galaxies en général, et donc d'autres univers-îles que le nôtre. Toutefois, même dans ce cas, elle ne prend pas en compte les innombrables phénomènes intergalactiques, qui sont d'une considérable importance, comme nous l'avons appris ces dernières décennies. Et quand je dis « intergalactique », je parle non seulement des effets psychologiques des voyages d'une nébuleuse à l'autre, mais également des conséquences de ces déplacements sur les populations de part et d'autre.

« Alors que selon moi, le terme de "cosmopsychologie" n'omet rien car s'appliquant au cosmos, qui englobe tout l'Univers. C'est pourquoi je tiens ce mot pour la seule désignation correcte. Et ce raisonnement s'exerce tout autant sur des concepts tels que la cosmobiologie, la cosmomédecine, la cosmonautique, ou autres sciences dont le domaine d'application s'étend au-delà des frontières limitées d'une unique planète.

Il secoua la tête.

— Mon cher Tschu, je vous connais trop bien pour ne pas soupçonner que vous n'avez provoqué cette discussion que comme un tremplin vers un autre sujet. Alors… ?

— Vous m'avez percé à jour, Lord-Amiral, sourit Piao-Teh. Je voulais seulement vous faire prendre conscience de la manière dont l'humain s'accroche à des schémas depuis longtemps dépassés, et combien souvent l'esprit se refuse à s'écarter des sentiers battus. La mentalité des hommes est à cet égard comparable à un corps qui, propulsé dans une direction déterminée par une impulsion cinétique, est incapable de dévier de sa trajectoire initiale en raison même de l'inertie due à sa masse. Seule une nouvelle poussée exercée de l'extérieur peut y arriver.

— Je vois à présent où vous voulez en venir, Tschu, affirma l'Arkonide. (Il soupira.) C'est de toute évidence votre sujet de prédilection.

— Absolument pas ! le contredit le professeur avec énergie. Simplement, je suis en permanence confronté au même problème – et les problèmes ne sont là que pour être résolus. C'est un point qui en principe aurait dû être solutionné depuis longtemps, vu que les impulsions extérieures sont à la fois nombreuses et puissantes. Je n'étais pas sur Pigell lorsque les intelligences des fameux « nuages-esprits » attirèrent l'attention du Stellarque sur le développement spirituel anormal de l'humanité[1], mais j'ai assez lu d'articles sur ce sujet pour être en mesure d'affirmer que ces intelligences avaient parfaitement raison.

« C'est uniquement parce que l'humanité, lors du premier stade de son évolution, ne possédait pas une capacité de raisonnement suffisante pour être capable de survivre sans faire appel à la violence physique qu'aujourd'hui encore elle a tendance à appliquer d'entrée de jeu cette même violence physique à la résolution de ses problèmes.

— Je dois reconnaître que sur ce plan nous n'avons guère évolué, concéda Atlan. Pourtant, seuls les esprits vraiment supérieurs parviennent à éviter la violence *psychique*.

Le professeur esquissa un sourire ironique.

— Et seul est vraiment supérieur celui qui renonce consciemment à l'emploi de la force psychique. Au final, nous devons nous efforcer de régler pacifiquement tous

1. Cf. *Les transmuteurs de Tanos*, Perry Rhodan n° 123. *(N.d.T.)*

les différents en faisant appel aux capacités de nos esprits. C'est évidemment considérablement plus fatigant que de tuer ses adversaires, mais ce n'est qu'ainsi qu'un jour nous pourrons affirmer à juste titre être des créatures raisonnables, sapientes et efficaces.

Dans l'intervalle, ils étaient arrivés devant la porte de la cellule d'Olukh.

Le Lord-Amiral se passa pensivement une main sur le menton.

— Quand je vous entends parler ainsi, je ne suis pas loin de croire que vous soyez un envoyé du Gardien de la Lumière.

— Disons que sur le plan de l'esprit, je suis un sympathisant.

Atlan réprima une lamentation.

— Encore ce mot, « esprit » ! À ce rythme, je vais finir par me sentir petit et laid par rapport à vous…

Tschu Piao-Teh lâcha un éclat de rire avant d'ouvrir le panneau blindé.

— Celui-là est petit et laid, déclara-t-il en désignant le Bestian. Toutes ses valeurs intérieures sont négatives. Son quotient intellectuel est peut-être supérieur aux nôtres, mais quelle importance cela a-t-il ? Toute capacité n'a de valeur qu'en fonction de la manière dont elle est utilisée.

Il s'était exprimé en arkonide afin d'être certain que le Moogh ne comprît pas, car près d'Olukh était posé un translateur réglé sur les langues véhiculaires de M 87 et de la Voie Lactée, ainsi que sur la version altérée de vieux-halutien qui constituait l'idiome spécifique des Bestians.

Le monstre, quant à lui, était assis dans un fauteuil spécial. Près de lui se tenait le Paladin, qui ne quittait pas des yeux son prisonnier.

Atlan et Tschu s'installèrent dans deux sièges normaux, à bonne distance du captif.

— Vous n'avez plus besoin de m'expliquer, déclara Olukh, dont les paroles furent traduites en intergalacte par l'appareil. J'ai vu comment vous avez brisé l'encerclement des Dumfries.

— J'en suis heureux, répondit le Lord-Amiral. Voyez-vous, Olukh, lorsque vos huit vaisseaux ont surgi dans le domaine des Okefenokees, nous nous sommes retrouvés en mauvaise posture. Notre commandant en chef et ses compagnons ont été faits prisonniers par les gnomes parce que ceux-ci étaient persuadés que nous avions volontairement attiré vos navires dans le système de Scintilla.

Le Bestian éclata d'un rire tonitruant. L'Arkonide le regarda, surpris. Seul Piao-Teh sourit comme s'il ne s'était pas attendu à autre chose.

— Je sais ! répliqua le Moogh. Vous avez été obligés de vous liguer contre nous pour vous sauver. C'est sans importance. Oui, à présent cela n'a plus aucun intérêt.

— Argtz avait « oublié » une balise réémettrice à bord du *Krest*, précisa Atlan. C'est uniquement pour cette raison que nous nous sommes retrouvés en mauvaise posture.

— Je vais vous dire quelle était votre véritable intention, affirma le cosmopsychologue. Ce n'est pas avec huit vaisseaux que vous auriez pu entreprendre une attaque en règle du système de Scintilla. En réalité, vous n'avez fait que suivre le signal émis par notre mouchard afin de renouer contact avec nous.

— Comment le savez-vous ? questionna le Bestian, abasourdi.

Tschu s'esclaffa avant de poser un index contre sa tempe.

— C'était donc ça… ! souffla l'Arkonide.

— En effet, confirma Olukh. Nous avons attaqué Kliban parce que leur défense au sol nous empêchait d'entrer en liaison avec vous. Malheureusement, après que les combats eurent commencé, mes troupes ont perdu toute retenue. Elles ont atterri sans en avoir reçu l'ordre formel. (Il rit de nouveau.) Elles n'ont eu que ce qu'elles méritaient.

Face à la froideur et à l'insensibilité du Moogh, le Lord-Amiral Atlan sentit un frisson le parcourir. Lui-même avait plus d'une fois agi de manière intransigeante, suivant strictement la tactique prévue sans grande considération pour les pertes en vies humaines. Mais jamais il ne lui serait venu à l'idée de bafouer ses propres soldats après leur mort.

Le Bestian se pencha en avant. Ses trois yeux brûlaient d'une flamme pernicieuse.

— Un véritable raid sur Kliban aurait anéanti la planète en deux temps trois mouvements. En douteriez-vous ?

— Non, plus maintenant, répondit Atlan sur un ton contenu. Je suis seulement étonné que, selon toute évidence, vous ne vous ressentiez pas du tout de la perte de Molak.

— Allons donc ! rétorqua Olukh, méprisant. Ces Mooghs-là ont surestimé leur importance et vous ont en même temps trompés. Leurs sites de production n'étaient qu'une pierre minuscule dans l'édifice de nos préparatifs de guerre. La disparition de Molak ne change pas grand-chose. J'ai d'ailleurs été informé de tout ce qui s'est passé dans ce système. Personne ne vous en veut de vous être libérés de la captivité en employant la force et de ne pas les avoir aidés à se défendre contre les Dumfries.

L'Arkonide réalisa qu'Olukh était apparemment un émissaire de son peuple d'une qualité beaucoup plus élevée que ce qu'il avait cru jusqu'ici. Un Bestian ordinaire n'aurait réagi qu'avec haine et en proférant des menaces, en se plaignant de la destruction de sa flotte ou des nuisances causées à ses congénères. Celui-là, par contre, conscient de l'importance de sa mission, s'était probablement laissé capturer volontairement.

— Vous deviez donc rétablir le contact avec nous, résuma Piao-Teh. Bien, voilà qui est fait. Vous avez eu le temps d'apprendre quels étaient les rangs et fonctions d'Atlan et Perry Rhodan. Le moment est donc venu qu'à votre tour vous nous révéliez la place que vous tenez parmi les vôtres, ainsi que les détails de votre présence auprès de nous.

Le Moogh ouvrit son énorme gueule en un semblant de sourire.

— Je porte le titre de Pewel, ce qui signifie que je constitue le lien entre nos pouvoirs législatif et exécutif.

— Donc vous seriez en quelque sorte le conseil de planification du pouvoir exécutif ? se fit préciser le professeur.

— Oui, on pourrait le dire ainsi, concéda Olukh après une courte hésitation. Vous êtes très rusé, et je crains que vous ne cherchiez qu'à me tirer les vers du nez sans contrepartie.

Le psychologue s'esclaffa avant d'ôter sa pipe de sa bouche en constatant qu'elle s'était à nouveau éteinte, et de la rallumer.

— Selon mon point de vue, étant donné que l'initiative de la reprise de contact vous revient, c'est d'abord à vous d'offrir quelque chose pour que cette association ait un sens. Pour faire court, nous avons besoin de renseignements concrets sur au moins une de vos planètes les plus importantes.

— Ne soyez pas aussi direct ! chuchota Atlan. Cherchez-vous à le braquer ?

Piao-Teh secoua la tête.

— Alors, Olukh ?

Le Bestian était visiblement hésitant. Il fallait néanmoins s'y attendre, car des créatures intelligentes dotées de traits de caractères aussi négatifs que la brutalité, l'absence de scrupule et l'égoïsme pathologique ne peuvent réagir différemment qu'en soupçonnant autrui des mêmes turpitudes.

— Je vous avais prévenu, Tschu ! murmura le Lord-Amiral, contrarié. Où est passée votre arme « spirituelle » ?

Le cosmopsychologue gratifia son compagnon du sourire énigmatique de ses ancêtres chinois. C'était aussi le sourire entendu de l'une des plus anciennes civilisations terriennes, qui avait au cours de son épanouissement entretenu la souplesse d'esprit comme aucune autre ne l'avait fait avant elle, ni après elle. L'Arkonide remarqua à cet instant que si on le fixait d'une certaine manière, le profil de l'Asiatique offrait une indubitable ressemblance avec celui du Gardien de la Lumière.

— Olukh ! appela sèchement Tschu.

Le Bestian sursauta. Les trois yeux à l'éclat rougeâtre qu'il braqua sur le psychologue exprimaient peur et colère, mais le sourire de l'humain n'en fut pas affecté.

— Les Mooghs sont morts ! Vous êtes le dernier survivant de votre escadre, car il est certain que le vaisseau qui a réussi à s'enfuir du système des Okefenokees a été détruit par la flotte des Dumfries. Comment alors comptez-vous nous prouver que nous avons quelque chose à gagner en gardant le contact avec votre peuple ? Vous êtes présentement l'émissaire aux mains vides d'un pouvoir dont nous ignorons tout.

Se levant, Piao-Teh se rapprocha hardiment du monstre halutimorphe et plongea son regard dans les prunelles d'Olukh.

— Vous mentez pour sauver votre peau ! cracha-t-il sur un ton sans réplique avant de pivoter pour s'éloigner à nouveau.

— Non ! s'écria le Bestian dans son dos. Attendez !

— Que dois-je attendre ? D'autres mensonges ?

— Je… Je vais vous donner les coordonnées galactiques de notre système central. Là-bas, vous pourrez vous convaincre de la puissance de mon peuple. Mais je vous avertis ! Dans ce système, vous et vos vaisseaux ne serez rien de plus que d'insignifiants grains de poussière. Au cas où vous projetteriez de nous trahir, gardez-vous de vous en approcher. Ce serait votre perte.

Le professeur hocha la tête avec lenteur.

— Voilà qui sonne déjà mieux, Olukh. Maintenant, à vous de vous assurer que nous, les Terraniens, ne venons pas les mains vides.

« Lord-Amiral, je propose que de notre côté nous présentions à notre « allié » toutes les pièces concernant la découverte du monde de cristal !

Atlan se leva lourdement.

— L'esprit est effectivement une arme très efficace, murmura-t-il en arkonide. Je vous laisse carte blanche quant aux mesures à prendre. Vous agirez au mieux, j'en suis convaincu.

— Merci, Monsieur ! répondit Tschu avec modestie.

CHAPITRE IV

Après que l'appareil se fut éteint, le professeur Piao-Teh ne ralluma pas immédiatement la lumière. La salle d'holoprojection resta un moment encore dans l'obscurité.

Un souffle haletant était audible, provenant de l'endroit où devait se trouver le Pewel Olukh.

Près de Tschu, quelqu'un poussa un juron.

— Qu'y a-t-il, Armond ? s'enquit le psychologue dans un chuchotement.

— C'est Jonathan ! lui parvint un murmure depuis les ténèbres. Il était encore dans ma poche il y a un instant – et le voilà parti !

Un hurlement perçant résonna soudain, grimpant en fréquence jusqu'à la limite des capacités auditives humaines avant de se briser en une dissonance aiguë.

— Stop ! Arrêtez-vous ! retentit la voix amplifiée du Paladin. Olukh, je vous avertis !

Tschu appuya sur une touche du petit boîtier de télécommande qu'il tenait en main, et brusquement l'amphithéâtre s'illumina. La silhouette titanesque du Bestian labourait les rangées de sièges de cuir et d'acier, laissant derrière elle un sillage de destruction. Le monstre s'écroula juste avant d'atteindre la grille de projection.

Lorsque Piao-Teh, le Dr Bysiphère et Atlan arrivèrent près du Moogh, le Paladin s'était déjà immobilisé à côté du corps inanimé.

— Que s'est-il passé ? demanda l'Arkonide. Non, ne

sortez pas ! apostropha-t-il Harl Dephin dont la minuscule tête émergeait du sas talonnier droit du robot géant.

Le Sigan s'éclipsa sur-le-champ. L'ouverture se referma.

Tirant Armond Bysiphère par le bras, le psychologue murmura :

— Est-ce que Jonathan est réapparu ?

L'hyperphysicien secoua la tête. La seconde d'après, il affichait une mine surprise en plongeant une main dans sa vaste poche jambière.

— Il... il est revenu ! bredouilla-t-il, déconcerté.

Le Pewel reprit connaissance peu après. Il roula de côté avant de se redresser lourdement. Puis il ouvrit les yeux et se retourna avec lenteur pour considérer l'holoprojecteur.

— C'était un document impressionnant, déclara-t-il comme s'il ne s'était rien passé. Je suppose que vous avez découvert par hasard la planète la plus importante des Constructeurs du Centre. Les rapports de nos agents insistent depuis longtemps sur l'existence d'un monde mystérieux qui aurait abrité des hypercristaux vivants. Mais toutes nos recherches sont restées vaines.

Atlan et Tschu échangèrent un regard significatif. Visiblement, Olukh n'avait aucun souvenir de l'événement des dernières minutes.

Lisant la question dans les yeux de l'Arkonide, le cosmopsychologue secoua imperceptiblement la tête. Il estimait inutile d'attirer l'attention du Bestian sur son étrange comportement. D'autant qu'il avait un soupçon bien précis quant à la cause de l'incident. Un hochement de tête à l'adresse du Dr Bysiphère incita ce dernier à garder bouche close.

Le Lord-Amiral toussa.

— Vous voyez, Olukh, que nous ne venons pas les mains vides. Il est à présent temps qu'à votre tour vous nous fournissiez des renseignements.

Le Pewel donna immédiatement son approbation. Il

semblait avoir définitivement abandonné ses ultimes réticences.

— Disposez-vous de cartes de navigation de la Grande Nébuleuse ?

— Nous sommes en possession des anciennes cartes stellaires des Skovars, révéla l'Arkonide.

— Bien. Si vous n'aviez pas de documents conformes à notre système de références, mes coordonnées ne vous auraient été d'aucune utilité. Mais puisque vous connaissez notre nomenclature galactique…

Sans transition, il énonça un certain nombre de références. Elles étaient abondantes et compliquées, toutefois Atlan parut les avoir bien enregistrées grâce à sa mémoire eidétique, car il hocha la tête, satisfait.

— Il s'agit là des coordonnées d'un nuage obscur et dense à l'intérieur duquel se cache le système central de mon peuple. Vous aurez néanmoins besoin de bien d'autres données supplémentaires pour localiser nos mondes. Cependant je ne puis vous les communiquer sans avoir sous les yeux une projection stellaire tridimensionnelle.

— Rendons-nous à la section d'astrogation, proposa le Lord-Amiral. Nous y trouverons tout ce qu'il nous faut.

Olukh approuva. Lorsqu'il se tourna pour suivre son hôte, il remarqua les rangées de sièges détruits et demanda avec étonnement ce qui avait causé ces dégâts.

— Un robot de service victime d'un dysfonctionnement, répondit précipitamment Armond Bysiphère.

— Je n'ai pourtant rien remarqué quand nous sommes entrés tout à l'heure…

— Ce n'est visible que si la salle est bien éclairée, Pewel, précisa Tschu Piao-Teh.

Le Bestian parut se satisfaire de ces explications, tandis que dans son dos le psychologue adressait un sourire goguenard à l'hyperphysicien. Ce dernier, trempé de sueur, maintenait fermement sa main gauche sur le rabat de la poche à l'intérieur de laquelle il cachait Jonathan.

Lorsqu'ils pénétrèrent dans la section d'astrogation du

Krest, le Stellarque les y attendait déjà, Atlan l'ayant averti par télécom.

À peine le Moogh fut-il entré que les navigateurs firent cercle autour de lui pour le bombarder de questions.

— Veuillez vous écarter, Messieurs ! résonna la voix amplifiée du major Dephin depuis les haut-parleurs du Paladin. Enfin quoi, Olukh n'est pas un chaton apprivoisé !

— Personnellement, je le trouve plus sympathique qu'un Sigan mégalomane ! rétorqua un officier scientifique.

Des hurlements de rire accueillirent cette répartie. Du robot d'atronite n'émanèrent que quelques marmonnements assourdis.

Le Bestian suivit cet échange verbal sans y accorder le moindre intérêt. Probablement n'avait-il pas même compris la signification des différentes répliques. D'une créature aussi dépourvue de sensibilité, il ne fallait évidemment pas s'attendre à la découvrir dotée du sens de l'humour.

L'un des astrogateurs glissa la carte principale des Skovars dans la fente du lecteur-décodeur associé à l'holoprojecteur. Vue à l'œil nu, la carte n'était rien de plus qu'un rectangle constitué d'un empilement de fines couches de métal, de plastique et d'autres matériaux. L'électronique du lecteur devait d'abord traduire les invisibles arrangements nanocristallins en impulsions électromagnétiques, lesquelles seraient ensuite converties en symboles positroniques pour être transposées en signaux énergétiques compréhensibles par le système de projection. Celui-ci engendrait, à partir de là, un jeu d'hologrammes dont les interférences apparaissaient dans le spectre visible, offrant aux regards des spectateurs une image lumineuse tridimensionnelle du secteur spatial mémorisé dans la carte.

L'ensemble du processus requit environ deux secondes, puis la projection se forma au-dessus de la grille à mailles fines. L'image, sphérique, était une reproduction miniature de M 87. Sur un écran rectangulaire séparé s'affichaient les coordonnées et autres caractéristiques des zones localisées au moyen du réticule 3D associé à un boîtier de télécommande.

Olukh fit preuves d'excellentes qualités d'astrogation – ce qui n'avait rien d'étonnant étant donné qu'il bénéficiait, tout comme les Halutiens et les Bi-Conditionnés, d'un planicerveau. Ce qui y avait été mémorisé ne pouvait être oublié, sauf par un effort conscient de l'individu, par exemple quand il estimait certaines informations inintéressantes.

La croisée des trois lignes perpendiculaires du réticule se positionna sur une tache noire, dont la distance au centre galactique s'afficha sur le moniteur associé : 38 717 années-lumière.

— Le labeur d'adaptation des cartes stellaires des Skovars à notre système de mesure n'aura pas été du temps perdu, chuchota le Dr Bysiphère à son voisin, le professeur Tschu Piao-Teh.

Le cosmopsychologue opina du chef, puis il se pencha brusquement en avant. L'holoprojection venait de zoomer sur le nuage sombre, dont les caractéristiques étaient juste inscrites sur l'écran : son diamètre moyen était de huit cent douze années-lumière, et selon les informations enregistrées, qui n'étaient qu'une estimation faute d'exploration, quatre-vingt-deux étoiles se cachaient à l'intérieur. D'autres données apparurent.

— Cette nébulosité obscure, connue sous le nom de Léthara, est également surnommée « le Nuage de la Mort », lut l'Afro-Asiatique. Tous les vaisseaux spatiaux y ayant pénétré sont portés disparus. Ce secteur est classé comme interdit à la navigation. Les mesures effectuées sur la périphérie ont permis de conclure que Léthara diffère sous de nombreux aspects des amas ordinaires non radiants de particules interstellaires. Normalement, la clarté émise par les quatre-vingt-deux astres intérieurs devrait procurer une certaine luminosité à l'ensemble du nuage. Comme tel n'est pas le cas, on en a déduit que la brume de gaz constitutifs possédait des propriétés énergétiques absorbantes compliquant considérablement tout déplacement, peut-être même au point de rendre ceux-ci complètement impossibles en son sein. La densité des particules de poussière, ainsi que les particules elles-mêmes, font de l'intérieur de Léthara une zone spatiale aux propriétés singulières.

Du murmure qui parcourut le groupe des navigateurs ressortirent çà et là avec netteté les mots « mortel » et « tromperie ».

Le Lord-Amiral Atlan se fraya un passage au milieu des scientifiques pour lire lui-même les données. Puis il se tourna vers le Bestian.

— Je présume que le translateur qu'on vous a fourni vous a traduit les renseignements dont nous disposons sur Léthara. (Sa voix avait une intonation coléreuse.) Persistez-vous à prétendre que le système central de votre peuple se trouverait dans ce Nuage de la Mort ?

Olukh leva le poing en un geste agressif. Le Paladin, toujours vigilant, s'interposa entre l'Arkonide et le Moogh.

— Qu'il nous décrive l'itinéraire exact vers sa planète ! lança le professeur Tschu Piao-Teh. Je ne mets pas en doute sa parole.

— Compris ! renvoya Atlan.

Boudeur, le Bestian manipula à nouveau la télécommande.

— Le système central se situe ici… expliqua-t-il tandis que le point focal du réticule s'écartait du centre de la nébulosité obscure pour se positionner environ cent années-lumière plus loin. À deux cent quatre-vingt-sept années-lumière de la bordure du nuage. (Ses paroles étaient traduites en intergalacte à l'intention de l'assistance.) Au demeurant, les indications des Skovars sont conformes… (sa gueule s'entrouvrit en un rire muet) à l'exception des détails. Seuls les initiés sont capables de trouver le chemin. Je vous communique à présent les données d'approche exactes. Veuillez prêter une attention toute particulière aux mesures de luminosité des étoiles-repères.

Demandant aux participants le silence le plus complet, le Lord-Amiral activa le dispositif d'enregistrement vocal de la positronique de navigation. Aussitôt après, Olukh débita un flot de références spatiales et stellaires bourrées de détails si infimes que même l'humain le plus attentif n'aurait pu remarquer au premier abord.

Quand il en eut terminé, il s'écarta de l'image tridimensionnelle, signifiant ainsi à l'Arkonide qu'il n'en avait plus besoin. Un technicien éteignit l'holoprojecteur.

— Ces données devraient vous permettre de venir à bout du trajet, ajouta le Bestian. Toutefois il vous faut encore des indications complémentaires quant aux propriétés énergétiques des particules de poussière de l'intérieur du nuage. Elles ont…

Il s'interrompit brusquement. Cependant, peu de ses auditeurs y attachèrent d'importance. Piao-Teh lui-même crut tout d'abord que le Pewel marquait une pause afin de réfléchir à la formulation de ses renseignements – avant de se souvenir tout d'un coup qu'un être intelligent doté d'un planicerveau n'avait nul besoin de préparer ses explications.

— Faites place ! cria-t-il. Écartez-vous d'Olukh !

Bousculant sans ménagement tous ceux qui se trouvaient sur son chemin, il se fraya à coup de coudes un passage jusqu'au Bestian.

Le Pewel se tenait immobile, les bras pendants, ouvrant et fermant en silence son énorme gueule. Les trois yeux du monstre s'étaient écarquillés comme sous l'effet d'une horreur muette.

— Qu'est-ce qui vous arrive, Olukh ? voulut savoir le psychologue.

Il ne reçut aucune réponse.

Jetant nerveusement un coup d'œil à la ronde, il intercepta le regard du Dr Bysiphère. L'hyperphysicien parut comprendre ce que redoutait Tschu et secoua la tête. Il ne s'agissait donc pas de l'œuvre de Jonathan.

— Alertez les Halutiens, Monsieur ! cria Piao-Teh à l'adresse du Lord-Amiral. Olukh a un problème physiologique. Peut-être a-t-il besoin d'assistance médicale – et nos amis sont les seuls à bien connaître son métabolisme.

L'air à la fois pensif et effaré, Atlan démarra par la prise d'une profonde inspiration, après quoi il leva lentement vers sa bouche son poignet porteur du bracelet télécom.

Avant qu'il ait pu joindre Icho Tolot, le Bestian s'écroula par terre comme un arbre abattu.

Le cosmopsychologue se félicita d'avoir fait évacuer les alentours immédiats du Pewel, faute de quoi il n'aurait pas manqué de tuer un homme ou deux dans sa chute.

Olukh émit un cri perçant avant de commencer à rouler et à se tordre sur lui-même tandis que ses pieds martelaient sur le sol un horrible staccato. Ses yeux perdaient par intervalle de leur éclat, et de sa gueule sortaient des sons évoquant les plaintes d'agonie d'un géant préhistorique.

L'Arkonide, qui avait momentanément laissé retomber sa main, la leva de nouveau.

Tschu Piao-Teh lui adressa un geste de dénégation résigné.

— Inutile, Monsieur. Il est mourant. Voyez comme il se délabre de seconde en seconde !

— Enfin... ! s'exclama Armond Bysiphère, bouleversé. Impossible qu'il ait été empoisonné ! Les Bestians sont tout autant immunisés que les Halutiens contre les poisons !

— Il ne s'agit pas de poison, expliqua Atlan d'une voix sans timbre. L'effet ressemble plutôt à celui d'un inhibiteur métabolique okefenokee. Nous n'en apprendrons pas davantage sur les conditions environnementales de Léthara...

— Symptomatique ! murmura Tschu.

Il s'était agenouillé près d'Olukh dès que celui-ci avait cessé de remuer. Comme hypnotisé, il observa le processus de vieillissement accéléré du corps titanesque. Les yeux du Bestian, qui s'étaient définitivement éteints, se rétractèrent dans leurs orbites. Les plaques cornées de l'épiderme devinrent cassantes, puis se désagrégèrent en dévoilant une cavité pleine de poussière qui, à peine une minute plus tôt, appartenait à un organisme vivant presque invincible…

*
* *

Pendant que deux robots inspectaient le tas pulvérulent qui était tout ce qui restait du Pewel nommé Olukh, le Dr Bysiphère s'approcha du professeur Piao-Teh presque à le toucher.

— Êtes-vous sûr que Jonathan n'est pour rien là-dedans ? chuchota-t-il à l'oreille du psychologue. Parce que c'est presque certainement lui qui est à l'origine de l'accès de fureur du Bestian dans la salle de projection.

— Je n'aurai de certitude qu'une fois la cause du décès fermement établie, renvoya Tschu. Néanmoins, tous les symptômes correspondent aux effets d'un inhibiteur métabolique tel que les Okefenokees en ont utilisé sur Kliban pour se défendre.

L'hyperphysicien soupira.

— Jonathan me met de plus en plus mal à l'aise. J'en suis venu à me demander comment m'en débarrasser. Que me conseillez-vous, Tschu ?

L'éternel sourire énigmatique du cosmopsychologue s'élargit imperceptiblement.

— Armond, je ne sais pas si ce qui vous poursuit ainsi est une sacrée poisse ou une veine de pendu. D'abord cette incroyable histoire avec votre arzazyl de Chiumé qui, d'une créature non intelligente semblable à un têtard, s'est métamorphosée en une sorte de mini-pingouin doté d'une tête visuellement identique à la vôtre – et maintenant un condensat d'hyperénergie matérialisée qui entreprend des « excursions » en effrayant les Bestians…

— Ne me rappelez pas César ! le supplia Bysiphère. L'arzazyl était vraiment un charmant petit être – et si intelligent après sa transformation !

— Peut-être justement était-il un peu trop intelligent, rétorqua Tschu Piao-Teh non sans ironie. C'est pourquoi il n'a pas été pris en compte dans les rapports officiels. Certaines personnes ont une prévention contre les créatures susceptibles d'être plus malignes qu'elles. J'ai fréquemment eu affaire à des cas de ce genre, même à bord du *Krest*.

— Je sais, reconnut l'hyperphysicien. Mais je garde l'espoir que César réapparaisse un jour. Après tout, il est capable de se déplacer au sein du para-espace.

— Dans ce cas, répondit Tschu en reportant son attention vers l'objet que les deux robots venaient de sortir avec précaution de la combinaison bleue d'Olukh et emballaient dans une bulle de protection, peut-être son esprit a-t-il migré dans le corps de Jonathan…

Abandonnant la conversation, il se dirigea vers les machines – et vers Perry Rhodan, qui avait entrepris d'examiner le petit artefact évoquant plus ou moins une fausse clé électronique.

— Il s'agit d'une version miniaturisée d'un briseur de métabolisme, établit le Stellarque d'une voix atone. Selon toute apparence, les gnomes ont glissé cet appareil dans le vêtement du Bestian en profitant d'un instant d'inattention.

— Il s'en serait certainement aperçu ! protesta Atlan.

Le Premier Terranien tourna la tête pour considérer son ami d'un regard songeur.

— Alors il vivrait encore. Visiblement, tu sous-estimes toujours les capacités et les talents des Okefenokees.

Réprimant un frisson, il se dirigea vers l'intercom et appela :

— Rhodan au commandant ! Colonel Akran, faites examiner d'urgence les combinaisons de combat et équipements de tous les hommes ayant débarqué sur Kliban. Je vous fais parvenir l'image de l'appareil à rechercher. Néanmoins, pas de panique, s'il vous plaît ! Je ne crois pas qu'il y ait danger, il s'agit seulement d'une précaution.

L'Arkonide grimaça.

— Tu veux dire qu'il se pourrait que… ?

Il n'acheva pas sa phrase, mais chacune des personnes présentes perçut le sous-entendu tel une épée de Damoclès suspendue au-dessus d'elle.

Les commissures des lèvres de Rhodan s'étirèrent en une ombre de sourire moqueur.

— Aurais-tu peur ? Il faut avouer qu'il serait intéressant d'apprendre comment le porteur d'un activateur cellulaire réagit face à la radiation accélératrice de vieillissement physiologique émise par un inhibiteur métabolique. Probablement les deux effets s'annuleraient-ils.

Le Lord-Amiral, exténué, se laissa tomber dans le fauteuil le plus proche avant de fermer les yeux comme pour s'isoler de l'environnement.

Le Stellarque se tourna vers les astrogateurs.

— Veuillez effectuer une évaluation sur les difficultés qui nous attendent à l'intérieur de la nébulosité obscure de Léthara, messieurs. Je compte sur votre rapport pour dans une heure.

Leur adressant un imperceptible salut, il se dirigea vers la sortie. Cependant, parvenu à hauteur de Piao-Teh et Bysiphère, il s'arrêta.

— Je vous donne rendez-vous dans la petite salle de conférences dans une heure. (Il étrécit les paupières.) Pourquoi tenez-vous constamment votre poche jambière ainsi fermée, docteur Bysiphère ? Y planqueriez-vous des souris blanches ?

Il s'esclaffa avant de se remettre en route.

L'hyperphysicien était devenu tout pâle.

— I-il a vvv… vu quelque ch-chose ? bégaya-t-il.

Le cosmopsychologue le détailla d'un regard critique.

— Vous, mon cher Armond, vous avez besoin de toute urgence d'une séance dans ma « salle de repos ». Je vous recommande de m'y accompagner immédiatement. Vous ne pouvez vous présenter au Pacha dans cet état !

Le Plophosien opina avant de tamponner machinalement la transpiration sur son front moite. Ce fut tête basse qu'il suivit le professeur jusqu'à son cabinet médical.

Après avoir refermé la porte derrière eux, Tschu alla vers un petit placard mural et en revint en tenant un verre rempli à ras bord.

— Tout d'abord, buvez ceci, Armond, ordonna-t-il avec douceur. Cul sec, je vous prie.

Armond Bysiphère s'exécuta – puis, reprenant sa respiration, il croassa :

— C'était du rhum pur, Tschu !

L'autre hocha la tête en souriant.

— De l'authentique rhum de la Jamaïque, mon cher. Ceux qui ont bourré les soutes du *BOX-13111* avant de l'expédier dans M 87 ont pensé à tout. Et maintenant, comment vous sentez-vous ?

— Mieux ! (La voix du scientifique sonnait déjà avec plus de fermeté.) Puis-je avoir un autre verre ?

Le psychologue secoua la tête.

— Après la séance. Donnez-moi Jonathan, s'il vous plaît !

La main de Bysiphère plongea dans la poche – pour en ressortir vide.

— Parti ! fut tout ce que l'hyperphysicien parvint à articuler.

Tschu fronça les sourcils.

— Tous vos « petits hommes verts » semblent être dotés d'un irrépressible instinct de vagabondage. (Il secoua une nouvelle fois la tête.) Installez-vous dans le fauteuil de traitement, Armond. (Il tira un tabouret et s'assit à côté de son patient.) Détendez-vous ! C'est bien… À présent, nous allons penser à quelque chose d'agréable…

Piao-Teh activa le projecteur de non-rêve. Au-dessus du fauteuil s'alluma un cercle lumineux d'approximativement trois mètres de diamètre. Quoique sa lumière fût incolore et ne projetât aucun faisceau, le Dr Bysiphère se trouva soudain environné d'une clarté rougeâtre.

Le psychologue rabattit vers l'arrière le dossier du siège.

— Que préméditez-vous de me faire, Tschu ? se renseigna craintivement l'hyperphysicien. (Il se redressa.)

Pas question de laisser Jonathan hanter le vaisseau pendant que je… !

— Sottises ! l'interrompit le professeur. Et le traitement que j'ai l'intention de vous appliquer n'est rien de plus qu'une stimulation localisée de votre matière grise. Vous allez vivre un rêve éveillé, Armond, un rêve éveillé qui dévoilera les peurs enfouies dans votre inconscient en les incorporant à une séquence onirique. Comme vous y assisterez consciemment, vous serez en mesure de « filtrer » le contenu de votre subconscient et d'éliminer ce qui vous apparaîtra comme un fardeau. D'accord ?

— Exprimé ainsi, cela semble très simple, murmura Bysiphère.

— Mais *c'est* très simple, mon cher !

Tschu Piao-Teh se leva en se frottant les mains d'un air satisfait puis, sifflotant en sourdine, il retourna jusqu'à l'« armoire à pharmacie » pour se servir un doigt de rhum.

Le vibreur de l'entrée retentit soudain.

Le professeur s'empressa de vider son verre avant de le faire disparaître. Après quoi il déverrouilla le panneau.

Le Dr Eileen Dacran déboula à l'intérieur, les traits décomposés.

— Monsieur ! Dans le solarium…

— Chut ! lui intima Tschu, un doigt sur les lèvres. (D'un mouvement de la tête, il désigna son patient.) Il ne faut pas déranger Armond pour le moment. Venez par ici.

Dirigeant son assistante vers une pièce adjacente, il tira la porte derrière lui.

— Que se passe-t-il, jeune fille ?

Eileen déglutit convulsivement.

— Il y a un fantôme dans le solarium, Monsieur ! Quelque chose qui au départ ressemblait à un ballon d'enfant aplati, mais n'a cessé depuis de changer de forme et d'aspect. Il est apparu comme une ombre dans les toilettes des dames, puis comme un vieillard voûté dans le sauna, et même une fois on aurait dit un arbuste en mouvement. Je crois bien qu'il s'agit du « copain » spécial de Bysiphère.

Le psychologue en chef pâlit.

— Jonathan s'est effectivement volatilisé tantôt. Il est à craindre qu'à la longue il ne s'en tienne pas à ses apparitions spectrales inoffensives. Allons voir ça ensemble !

*
* *

Qu'un « fantôme » se manifestât dans le solarium ne sautait pas aux yeux. Ici et là, de petits groupes d'hommes et de femmes profitaient de leur temps libre pour bavarder et rire ensemble. Plusieurs soldats en uniforme étaient visiblement affairés à rechercher le trublion sur toute l'étendue du parc, mais la plupart des gens se divertissaient comme à l'accoutumée en jouant aux cartes ou à des jeux de société, installés dans les charmilles de la terrasse du restaurant, ou encore s'ébattant dans la piscine.

Tschu Piao-Teh s'arrêta à l'entrée afin d'inspecter visuellement les lieux. Il considérait comme absurde de courir en tous sens sans but défini, cela n'aboutissait qu'à disperser l'attention.

— Hello, professeur ! lança soudain une voix masculine dans son dos.

Lorsque le cosmopsychologue se retourna, il découvrit John Marshall.

Les deux hommes échangèrent une poignée de mains.

— Êtes-vous au courant des étranges phénomènes qui se sont produits ici ? s'enquit le chef de la Milice des Mutants.

— Mon assistante m'a averti. (Tschu pivota plusieurs fois sur lui-même en cherchant du regard la personne en question, qui avait brusquement disparu, avant d'éclater de rire.) J'en étais sûr ! Là où se trouve Eileen, Roi Danton n'est forcément pas loin !

Souriant, Marshall tourna la tête dans la direction du fils de Rhodan et de la jeune femme qui marchaient côte à côte le long d'un sentier traversant un jardin de rocaille. Puis il reprit son sérieux.

— Le Pacha a désigné une équipe de recherche. Cela le préoccupe. Avez-vous une idée de ce dont il pourrait s'agir ?

Le psychologue hésita, se demandant s'il devait avouer la vérité, pour conclure que cela ne servirait pas à grand-chose dans l'immédiat. En outre, mieux valait que le Dr Bysiphère s'en charge lui-même.

— Pas encore, expliqua-t-il. Toutefois, je ne pense pas qu'il y ait lieu de nous inquiéter sérieusement. Peut-être quelques jeunes cadets se sont-ils offert un divertissement à leur manière. Ces gamins développent parfois une stupéfiante inventivité dès lors qu'il s'agit de réalisations techniques.

Le télépathe ouvrait la bouche pour répondre à Tschu quand un cri de rage éclata dans les rangs d'un groupe d'officiers à proximité. Les hommes avaient bondi avant de regarder frénétiquement en tous sens.

— Leur échiquier a disparu ! murmura Marshall en se mettant en marche.

Piao-Teh lui emboîta le pas. S'il n'arrivait pas à s'imaginer ce qu'une chose comme Jonathan comptait faire d'un jeu d'échecs, il se sentit néanmoins rassuré en notant que les facéties du condensat d'hyperénergie se maintenaient encore en deçà des frontières de l'espièglerie.

— Il était là – et puis pouf, plus rien ! déclara un lieutenant agité.

Son partenaire confirma d'un hochement de tête, les spectateurs également.

— En dehors de cela, avez-vous remarqué quoi que ce soit d'extraordinaire ? se renseigna le professeur.

— Eh bien, si vous ne trouvez pas ça assez extraordinaire, qu'est-ce qu'il vous faut ? rétorqua le lieutenant en s'allumant une cigarette avec des mains tremblantes.

Un autre officier s'esclaffa.

— Un spectre hante le *Krest*, le spec…

Il s'interrompit, pris de frayeur : entre les hommes

avait surgi une silhouette d'un blanc lumineux dont les contours évoquaient les fantômes de bandes dessinées.

Tschu allongea sans hésiter un bras en direction de la forme floue. Sa main y pénétra – et s'effaça.

Pour réapparaître soudainement au-dessus de la table sur laquelle s'était trouvé l'échiquier évaporé !

John Marshall tenta de saisir la main prétendument séparée du cosmopsychologue, sans y parvenir.

Le propriétaire de la main émit un rire franc avant de ressortir son bras – intact – de l'ectoplasme miroitant.

— Ne vous fatiguez pas, Monsieur, informa-t-il le mutant. Ce n'est qu'une projection.

— C'était ! corrigea brièvement le télépathe. Elle a disparu aussitôt après que vous avez retiré l'original.

— Que signifie cette agitation ? s'enquit une voix connue tandis que Rhodan traversait l'attroupement des officiers. (Il se figea, médusé, en apercevant le phénomène spectral.) Que… !

Le professeur Piao-Teh jugea que le temps des explications était venu. Il demanda au Stellarque et à Marshall de lui accorder un entretien en privé avant de s'éloigner avec eux jusqu'à un endroit où nulle oreille indiscrète n'était en mesure d'entendre ce qu'il avait à dire.

Après qu'il eut achevé sa narration de l'expérience menée par Bysiphère et ayant abouti à la matérialisation de Jonathan, les trois hommes échangèrent des regards embarrassés durant un bon moment.

— C'est presque inimaginable ! déclara finalement Perry Rhodan. Comment allons-nous opérer pour reprendre le contrôle de cette chose ? Elle possède visiblement une certaine intelligence, n'est-ce pas ?

Tschu haussa les épaules.

— Il me semble, en effet, que Jonathan est à la recherche d'un moyen de communiquer avec nous. Il expérimente, si je puis m'exprimer ainsi. Cela dénote à coup sûr une intelligence quelconque – ce qui ne signifie pas que nous ayons affaire à une entité vivante : en l'absence de programmation spécifique, un robot positronique serait capable d'adopter un comportement équivalent. Je propose donc que nous le laissions continuer.

— Vous ne parlez pas sérieusement, j'espère ? s'exclama le Stellarque.

— Je suis on ne peut plus sérieux, répliqua le psychologue. Naturellement, nous pourrions de notre côté procéder à des essais avec diverses armes afin de découvrir ce qui serait susceptible d'être efficace contre une hypercréature matérialisée. Mais nous risquerions en même temps d'inciter Jonathan à se défendre – et nous ne savons quasiment rien de ses capacités dans ce domaine.

— Je suis donc contraint d'accepter qu'une créature aux pouvoirs inconnus vagabonde sans contrôle à l'intérieur du *Krest* ! Hum ! Cela ne me plaît pas du tout, professeur Piao-Teh. Je ne vois pourtant pas d'autre solution que de suivre votre conseil.

« John, cette aberration ne diffuse-t-elle vraiment aucune impulsion psychique ?

— Rien qu'un télépathe terranien puisse capter, Monsieur, répondit Marshall.

Rhodan soupira. Puis sa mine s'éclaira. Il leva la main et l'agita en l'air.

— Ohé, Monsieur Danton ! Venez par ici, je vous prie !

Souriant furtivement, il souffla à Tschu :

— J'ai une occupation pour lui, professeur.

Souriant de même, Tschu Piao-Teh suivit du regard l'approche du Libre-Marchand qui traversait la pelouse d'un pas silencieux. En dépit de la température estivale régnant dans le solarium, Roi Danton restait affublé de sa longue perruque blanche et poudrée ainsi que de son tricorne à cocarde rouge et or. Et pourtant, étrangement, il ne transpirait pas. Son face-à-main pendillait au bout d'une chaînette dorée.

Le cosmopsychologue se demandait où était restée son assistante, qu'il avait aperçue pour la dernière fois quelques instants plus tôt seulement en compagnie du gandin – lorsqu'Eileen Dacran émergea brusquement de derrière la courbe accentuée d'un pont japonais.

Et derrière elle surgit Roi Danton.

Tschu nota du coin de l'œil que Rhodan et Marshall venaient de faire la même découverte, et qu'ils s'apprêtaient à dégainer leurs armes.

— Non, Monsieur ! chuchota-t-il précipitamment.

— Pas question que je laisse échapper cette occasion ! renvoya le Stellarque bouillant de rage.

Le professeur lui adressa un sourire narquois.

— Alors il ne vous reste qu'à abattre les deux Danton… Comment allez-vous vous y prendre pour savoir lequel est le bon et lequel est Jonathan ?

La pomme d'Adam de Perry Rhodan tressauta nerveusement de haut en bas. Puis, comme à regret, sa main glissa de la crosse de son radiant avant de retomber mollement. Marshall lâcha également son arme.

Pendant ce temps, le premier Danton était parvenu à leur hauteur.

— Messieurs ! salua-t-il en s'inclinant, la main droite posée sur le pommeau de son épée de cérémonie conformément à l'usage en vigueur sept siècles plus tôt. Le soleil chauffe, monsieur le professeur ! ajouta-t-il en français tout en regardant le cosmopsychologue d'un air interrogateur.

— Oui, répliqua l'interpellé dans la même langue. Mieux vaut se couvrir la tête.

— Donc, c'est l'autre, murmura le Stellarque.

Il reçut une réponse l'instant d'après. Elle ne fit toutefois que l'embrouiller un peu plus.

— Arrêtez-le ! résonna une voix masculine depuis le ponceau.

Le deuxième Danton venait de s'écarter d'Eileen pour s'élancer au pas de course en retenant tant bien que mal son tricorne avec une main.

Danton 1 pivota en tirant son épée, dont la lame étincela sous les rayon du soleil artificiel.

— Planètes et bolides ! s'exclama John Marshall. Ils vont s'entretuer !

Danton 2 avait lui aussi dégainé sa rapière. Tschu agrippa le télépathe par le ceinturon.

— Laissez les choses suivre leur cours ! exigea-t-il. Essayez plutôt de saisir les influx psychiques de l'un des deux !

— Impossible, expliqua le mutant. Danton – le vrai – dispose d'un barrage mental maintenu érigé en permanence grâce à un hyperchamp artificiellement implanté, et le faux Danton n'est pas pourvu d'un cerveau organique émettant des pensées détectables.

Avant que quiconque ait pu entreprendre quoi que ce soit, Danton 2 était là. Sa lame fendit l'air.

Et Piao-Teh sut au même moment lequel était Jonathan !

Danton 1 n'eut pas le loisir de repousser l'assaut : il manipulait l'épée avec la maladresse de celui qui n'avait encore jamais tenu en main une telle arme.

La lame de son adversaire lui transperça le haut du bras droit – et Danton 1 se volatilisa dans le néant.

Roi Danton – l'authentique – demeura là, ahuri, à contempler sa rapière, ou plutôt ce qu'il en subsistait : les deux tiers de sa longueur avaient disparu, comme l'échiquier un peu plus tôt.

Le cosmopsychologue arborait toujours son sourire mystérieux.

— Il ne vous reste plus qu'à vous faire confectionner une nouvelle épée, Monsieur Danton. (Il adressa un clin d'œil à Eileen.) Et maintenant, Mademoiselle Dacran, nous devons aller nous occuper d'un certain patient se trouvant sous le transprojecteur. Je ne tiens pas à le voir confronté à un fantôme aussitôt après son « réveil ».

CHAPITRE V

Perry Rhodan annonça, sur le circuit intercom général du *Krest*, sa décision de s'approcher du système central des Bestians en dépit de tous les dangers potentiels.

Atlan, le visage sombre, se tint à côté de lui tout le temps que dura son allocution. Celle-ci achevée, il déclara :

— Tu te laisses une fois de plus entraîner par ton enthousiasme, Perry. Pourquoi ne te contentes-tu pas de communiquer aux Constructeurs du Centre les coordonnées du monde des Mooghs ? C'est à eux de prendre les risques. Après tout, l'élimination de ce centre névralgique va dans le sens de leurs intérêts.

Pour toute réponse, le Stellarque afficha un léger sourire avant de suivre le travail du commandant. Le colonel Merlin Akran transmettait ses ordres avec tant de calme et de pondération qu'on aurait cru qu'il initiait un vol de routine. Les confirmations des Halutiens et de la nef bioposie arrivèrent, et bientôt la petite formation prit lentement son essor pendant que les blocs-propulsion fonctionnaient à plein régime afin d'atteindre au plus vite la vitesse minimale autorisant une plongée linéaire en toute sécurité.

Ce ne fut qu'après que les quatre vaisseaux eurent simultanément disparu dans l'entr'espace que Perry Rhodan se retourna vers son ami.

— Tu connais aussi bien que moi la manière dont raisonnent les C.C., ou plus exactement leurs subordonnés, les Supra-Ingénieurs. Crois-tu sérieusement qu'ils enverraient ne serait-ce qu'une seule unité dans le Nuage de la Mort ? Ils sont autant que toi familiers avec les embrouilles et conspirations, mon cher. Par conséquent, ils classeraient notre information comme une tentative d'expédier au casse-pipe une grande partie de leur flotte de combat. Non, mon cher, nous avons nous-même beaucoup trop fricoté avec les mensonges et intrigues pour qu'on puisse encore se fier à notre seule parole. Nous en sommes réduits, pour le moment, à opérer seuls afin d'apporter les preuves qui nous réhabiliteront. Telle est la situation, Atlan.

Le Lord-Amiral pinça les lèvres. Son regard erra sur la galerie panoramique présentement sombre avant de s'arrêter sur l'écran de proue où s'affichait l'étoile-cible de la première étape linéaire.

— Je n'ai malheureusement pas grand-chose à opposer à tes arguments, Perry, avoua-t-il non sans amertume. Si au moins Olukh vivait encore ! En l'état actuel des choses, nous ne savons quasiment rien de ce nuage obscur en dehors de l'itinéraire exact à suivre. Que peuvent bien vouloir dire les cartes des Skovars avec ces commentaires sur des propriétés singulières de la matière à l'intérieur de la nébulosité ?

— Nous le découvrirons bien assez tôt, répliqua froidement Rhodan.

Atlan haussa les épaules, après quoi il se retira.

Le *Krest IV* fonçait au cœur de la zone de libration. La première plongée allait bientôt s'achever…

Deux jours entiers s'écoulèrent néanmoins avant que l'ultracroiseur, suite à une énième résurgence, ne se trouve plus qu'à quelques semaines-lumière de l'orée de l'immense nuage sombre.

Vu d'une aussi faible distance, Léthara emplissait complètement la partie avant de la galerie panoramique, dont l'autre moitié était occupée par un océan d'étoiles flamboyantes. Dans ce secteur, situé à seulement trente-huit mille années-lumière du centre de la gigantesque galaxie elliptique, les soleils n'étaient éloignés les uns des autres que de quelques dizaines de jours-lumière, et l'espace les séparant possédait une densité moyenne de matière telle qu'on n'en trouvait dans la Voie Lactée qu'au sein des nuages hydrogénés. La fantastique puissance cumulée des rayonnements stellaires ionisait les gaz, générant partout des écharpes de lumière.

— Je me demande si cette nébulosité obscure fourmille elle aussi de toutes sortes de monstres, émit John Marshall à mi-voix.

Perry Rhodan fronça les sourcils en gratifiant le télépathe d'un regard interrogateur.

Le mutant haussa les épaules.

— Ne prenez pas ce que je dis au pied de la lettre, Monsieur. Toutefois, si étrange que cela paraisse, il semble que les secrets des galaxies se cachent presque toujours au cœur de nuages ténébreux comme celui-ci…

— C'est à Hadès que vous pensez, John ?

— Pas uniquement à cet endroit, non, bien que je m'étonne aujourd'hui encore de la netteté avec laquelle je me souviens de ce secteur d'Andromède. Là-bas, la densité des amas était conforme à la norme, et pourtant le *Krest III* s'y est trouvé plus d'une fois au bord de la catastrophe. Dont, naturellement, l'épisode avec l'intelligence collective de Bengale. Si vous n'aviez pas eu le cristal d'illusion d'*Émeraude VII*, probablement serions-nous depuis lors membres de la communauté symbiotique de la flore intelligente[1].

Le Stellarque soupira.

— Alors peut-être aurions-nous moins de soucis qu'aujourd'hui, John. Oui, c'est vrai ; il est réellement surprenant de constater à quel point les circonstances se ressemblent et se répètent : le nuage obscur de Hadès, le nuage sombre d'Uklan où se cachait un système central des Maîtres Insulaires[2], et à présent Léthara, un nuage obscur une fois de plus ! Au cas où le destin s'aviserait de

1. Cf. *L'être d'Émeraude*, Perry Rhodan n° 114. Toutefois les faits concernant *Émeraude VII* et le cristal d'illusion ont été omis dans la traduction française. *(N.d.T.)*

2. Cf. *Multidon la maudite*, Perry Rhodan n° 135. *(N.d.T.)*

jouer les metteurs en scène, il pourrait s'efforcer de faire preuve d'un peu plus d'imagination !

Il rit.

Ce fut au tour de John Marshall de froncer les sourcils.

— Qu'en est-il au sujet de ce fameux cristal d'illusion, Monsieur ? Je sais que les premiers résultats d'analyse laissaient présager l'acquisition d'une quantité de connaissances nouvelles.

— Hum ! lâcha Rhodan. Vous faites bien de me le rappeler. J'ai manqué de temps pour m'en occuper personnellement, et de toute évidence un quelconque coordinateur de planification a interrompu la suite des examens parce que le cristal lui paraissait trop dangereux ou sous quelque autre prétexte fumeux. Je veillerai à ce que les recherches reprennent aussitôt après notre retour.

Le colonel Akran s'était levé de son siège pour rejoindre les deux hommes.

— Nous sommes stationnaires, Monsieur, annonça-t-il. Les mesures sont en cours. Si vous voulez mon avis, je préfèrerais traverser un soleil en vol linéaire que piloter mon vaisseau à l'intérieur de cet enfer de noirceur !

— Moi aussi, riposta le Premier Terranien. Hélas, cette nébulosité n'est pas un soleil, colonel.

L'Epsalien s'esclaffa.

— Si vous n'y voyez pas d'objection, Monsieur, j'aimerais envoyer quelques *Mosquitos* pour procéder à une reconnaissance sur la périphérie du nuage. Ils pourraient y effectuer divers prélèvements puis tester les possibilités de communication et de détection.

— Excellente idée ! approuva le Stellarque. Je vais d'ailleurs y participer moi-même. Faites préparer trois chasseurs, colonel !

Après que Merlin Akran eut disparu, Atlan secoua la tête, réprobateur.

— Quel âge te faudra-t-il atteindre avant que tu commences à manifester la sagesse que confèrent les années ?

— Probablement quelques dizaines de millénaires, répliqua sèchement Rhodan.

« John, vous nous accompagnerez. Et avertissez Ras Tschubaï qu'il sera lui aussi de l'expédition. Je tiens à être certain qu'en cas d'extrême urgence nous pourrons disposer d'un émetteur et d'un transmetteur vivants !

Le télépathe confirma l'ordre avant de se diriger vers l'intercom pour informer son collègue téléporteur.

Atlan respira.

— À court terme, je suis rassuré en constatant que tu t'efforces d'intégrer tous les risques, Perry. Toutefois, il serait peut-être bon que tu emmènes également le Dr Bysiphère – ainsi que le professeur Piao-Teh…

Le Stellarque fronça les sourcils.

— Bysiphère, d'accord. Un hyperphysicien sera peut-être en mesure de nous aider à en apprendre un peu plus sur la composition de la nébulosité. Mais Tschu ? À quoi pourrait servir un psychologue dans une simple expédition de reconnaissance ?

— Il possède cette dose de sagesse dont, à mon grand regret, tu manques fréquemment ! renvoya l'Arkonide du tac au tac.

***

Tschu Piao-Teh avait réussi à se voir confier les commandes du *Mosquito* dans lequel prendrait également place Armond Bysiphère. Il avait mis en valeur la formation de pilote qu'il avait suivie ainsi qu'un certain nombre d'heures de pratique, et Perry avait fini par accorder son consentement, même si l'idée ne l'enthousiasmait pas plus que cela.

Le cosmopsychologue avait une bonne raison d'agir ainsi. Cette raison se dénommait Jonathan. Naturellement, il s'était soigneusement abstenu d'en instruire le Stellarque.

— Vous vous rendez compte de ce que vous me faites faire là ? gémit Bysiphère en se faufilant dans le siège du copilote du chasseur spatial à la forme effilée. Et si Jonathan recommençait ses facéties ?

— Ça m'étonnerait, répondit Tschu tout en procédant consciencieusement à la check-list.

Les feux de position du *Mosquito* clignotèrent alternativement en rouge et en vert. De la poupe de l'appareil monta le grondement du réacteur à fusion hydrogène-hélium qui fonctionnait à vide.

— Et pourquoi cela ? insista l'hyperphysicien.

Le professeur lâcha un soupir impatient.

— Check-list terminée ! annonça-t-il dans le micro du télécom. *KM-3* paré à l'envol ! (Après avoir coupé la communication, il tourna la tête vers son passager pour expliquer à voix basse :) Parce que Jonathan vous aime bien, Armond. Il se gardera de vous faire du mal – ce qui se produirait inévitablement s'il s'avisait de commettre une de ses gamineries en plein espace, pas vrai ?

Le Dr Armond Bysiphère ne semblait pas totalement convaincu. Il palpa sa poche jambière qu'il avait par sécurité fermée non seulement avec le rabat magnétique, mais en plus verrouillée à l'aide d'une serrure métallique amovible à code.

À l'issue de sa « représentation » dans le solarium, Jonathan était revenu vers l'hyperphysicien et avait depuis ce temps-là conservé sa forme discoïdale. Il paraissait avoir épuisé sa curiosité. Mais qui pouvait se vanter de connaître la mentalité d'une créature d'hyperénergie matérialisée ?

Tschu Piao-Teh scruta les deux autres chasseurs qui reposaient, en compagnie du *KM-3*, sur les rails de la catapulte énergétique. À travers le plastoblindage du cockpit du *Mosquito* de gauche, il pouvait apercevoir la tête de Perry Rhodan, et derrière celui-ci le profil de John Marshall. Dans l'appareil de droite étaient installés le lieutenant George Terminov, qui pilotait, et Ras Tschubaï. En théorie, avec une telle distribution des rôles, il était presque impossible d'échouer.

Les hommes refermèrent leurs casques pressurisés aussitôt qu'eut retenti le signal du départ. Tous sans exception avaient revêtu les lourds spatiandres de combat, bien que nul ne s'attendît sérieusement à en avoir besoin. Néanmoins, au cas où une sortie se révèlerait nécessaire, les combinaisons lourdes les protègeraient même dans les conditions les plus extrêmes, les maintenant en vie jusqu'à l'arrivée des secours envoyés par le *Krest*.

Le professeur s'était forgé sa propre opinion quant à la lourdeur et au manque de maniabilité de ces nouveaux modèles apportés dans M 87 par le *BOX-13111*. En principe, ils constituaient une amélioration du type précédent. Dans la réalité, le seul progrès notable était la puissance supérieure du générateur de l'unité dorsale, de conception et de fabrication sigane. Le cosmopsychologue estimait que concernant les évolutions techniques, on se reposait beaucoup trop sur les spécialistes qui, s'ils possédaient effectivement un haut niveau de connaissances dans leur domaine de prédilection, souffraient par ailleurs d'un manque criant d'imagination qui les empêchait d'introduire des innovations révolutionnaires.

Le fil des idées de Tschu revint à la réalité immédiate au moment où le chasseur s'ébranla. Il réagit aux ordres donnés par le Stellarque avec presque autant d'automatisme qu'un robot. Les trois appareils s'élancèrent dans l'espace cosmique, et le contact visuel s'interrompit quasiment dans la seconde.

— Plongée linéaire dans cent quatre-vingts secondes ! résonna la voix de Rhodan à travers le microcom de casque. Résurgence après dix minutes d'accélération maximale. Premier repérage à deux minutes-lumière de la bordure du nuage. Terminé !

Piao-Teh confirma. Dans les faits, ces dernières consignes étaient purement symboliques, vu que le programme de vol était pour l'instant automatique et commandé depuis la centrale du *Krest*. Il était toutefois rassurant d'entendre d'autres voix humaines que la sienne propre et celle de son copilote.

Le passage dans l'entr'espace et la manœuvre de sortie s'effectuèrent elles aussi sans que les pilotes eussent à lever le petit doigt.

Ce qui n'empêcha pas l'estomac de Tschu de se contracter au moment où le gigantesque Nuage de la Mort apparut juste devant le nez du chasseur spatial sitôt après la réémersion.

— Déploiement selon le plan, appela de nouveau le Stellarque. Cap sur les coordonnées de rassemblement. Contact radio dans deux minutes. Terminé !

— C'est parti, Armond ! lança le professeur avec excitation.

— Qu'est-ce qu'on va s'éclater ! murmura le Dr Bysiphère.

Mais le ton de sa voix laissait clairement entendre qu'il attendait les prochaines heures avec des sentiments très mitigés.

Le cosmopsychologue sourit pensivement. Le pilotage du *Mosquito* était d'une telle simplicité qu'il pouvait se permettre de consacrer presque toute son attention à l'observation de l'environnement extérieur.

Étant donné que le chasseur accélérait à pleine puissance, les deux minutes-lumière le séparant des premières franges de la nébulosité furent parcourues en un peu plus de quatre-vingt-dix secondes, temps de bord relativiste – soit à peu près deux minutes et demie en temps standard.

Tschu s'étonna un peu que le nuage sombre n'engloutisse pas immédiatement l'appareil. Si l'écran à surcharge de haute énergie s'activa à l'avant lorsque le petit vaisseau pénétra les premières écharpes de poussière à une vélocité proche de celle de la lumière, la visibilité portait encore à plusieurs centaines de kilomètres.

Celle-ci diminua cependant assez vite tandis que la lueur du bouclier SH se renforçait en proportion, et bientôt apparurent les premiers éclairs de décharge dont le rayonnement photonique traversa la barrière protectrice des champs d'interférence quintidimensionnels.

— Rhodan au pilote ! résonna le microcom de casque. Rapport de situation demandé ! Soyez succinct !

— Cap et vitesse conformes au plan de vol ! annonça

Piao-Teh. Légères perturbations sur l'écran SH, mais rien d'inquiétant.

Le rire rauque de George Terminov retentit.

— À vous entendre vous exprimer ainsi, c'est comme si je me mettais soudain à parler en usant du jargon des psychologues…

— Oh, ça peut s'arranger rapidement, lieutenant ! renvoya le professeur du tac au tac. Après notre retour, vous n'aurez qu'à vous inscrire à une formation spéciale !

— Pas de bavardages inutiles ! avertit le Stellarque. Appelez immédiatement si votre bouclier SH montre les premiers signes de faiblesse !

— Bien, Monsieur ! murmura Tschu.

— Jonathan a disparu ! s'exclama Armond Bysiphère.

Le psychologue ricana.

— Vous aviez certainement mal fermé votre verrou, Armond.

— Au contraire ! Il est toujours en place ! protesta la voix de l'hyperphysicien en montant vers l'aigu, comme s'il était prêt à éclater en sanglots d'une seconde à l'autre.

— Que vous imaginiez-vous ? répliqua posément l'Afro-Asiatique. N'oubliez pas que Jonathan a prouvé à plusieurs reprises sa capacité à se jouer des obstacles matériels. Ce n'est pas une serrure qui l'arrêtera.

— Si je m'étais douté… gémit le Plophosien.

— Il reviendra, comme d'habitude, tenta de le consoler le pilote. Oh ! Notre écran commence à flancher !

Tschu Piao-Teh poussa le générateur à haute énergie sur sa puissance maximale, puis il signala par hypercom les premiers phénomènes de déperdition.

Mais Perry Rhodan ne répondit pas.

*
* *

— Et maintenant ? questionna Bysiphère.

— Nous poursuivons comme prévu, confirma le cosmopsychologue. De votre côté, essayez de localiser les échos des autres machines – avec l'hyperdétection, naturellement.

Il ferma les yeux, aveuglé, lorsqu'une décharge d'un bleu éblouissant couvrit la lueur verte de l'écran SH. Une forte secousse ébranla le *Mosquito*, et le pilote n'eut pas trop de ses deux mains pour empêcher le chasseur de dévier du cap convenu. À partir de cet instant, les contre-coups énergétiques se succédèrent pratiquement sans discontinuer. La température extérieure de la coque grimpa jusqu'à quatre mille kelvins.

— Encore trente secondes, murmura Tschu en s'acharnant sur les commandes. À ce rythme, je ne suis pas sûr que nous tiendrons aussi longtemps.

— Détection impossible ! annonça l'hyperphysicien, avant d'ajouter quelques secondes plus tard : Le taux de réflexion des faisceaux de particules a dépassé la limite de sécurité !

Piao-Teh coupa immédiatement le bloc-propulsion : il suffisait d'un unique retour un peu important des jets corpusculaires pour endommager les tuyères – ou même disloquer complètement le *Mosquito*.

Cependant, tout de suite après l'annulation de la poussée, le chasseur entama un mouvement de roulis, l'effet stabilisateur de la propulsion faisant désormais défaut. Et le pilote ne réussit pas à compenser les déviations avec le seul secours des tuyères directionnelles.

Le professeur songeait déjà à rebrousser chemin quand le haut-parleur de l'hypercom crachota. Brouillée et déformée par d'innombrables bruits parasites, la voix de Rhodan parvint aux oreilles des deux hommes.

— L'appareil de Terminov a subi des avaries de moteur. Il n'est pas loin du lieu de rassemblement prévu, mais il y a le feu à bord et Ras Tschubaï ne peut effectuer de téléportation sans point de repère. Nous devons le retrouver et nous en approcher à portée de localisation. Confirmation attendue. Terminé !

Le psychologue activa l'hyperémetteur.

— Message reçu. Ici Piao-Teh. Tout va bien à bord du

KM-3. Nous avons été contraints de couper temporairement la propulsion pour éviter un retour de flamme. Entamons la recherche de notre ami. Terminé !

— C'est ce qu'aurait dû faire Terminov, commenta le Stellarque.

— Désolé, Monsieur… (La voix du lieutenant était faible et atténuée par le fading.) Je voulais respecter le minut…

Le volume baissa au point que le reste de la phrase se noya dans les parasites.

— Ce Terminov a toujours été un casse-cou ! pesta Bysiphère. Rien d'étonnant à ce qu'il soit victime de son imprudence.

— Il a aussi ses qualités, rétorqua Tschu. Malheureusement, la patience n'en fait pas partie. Efforcez-vous de le localiser, Armond !

— Dites ça à l'hyperdétecteur ! grogna l'hyperphysicien. J'ai une ribambelle d'échos parasites de toutes tailles sur l'écran. Comment reconnaître là-dedans un minuscule vaisseau spatial ?

Piao-Teh dut admettre le bien-fondé des récriminations de son compagnon de vol. Dans cette purée de pois, ils pourraient peut-être passer à moins de cent kilomètres du *Mosquito* de Terminov sans que le dispositif de repérage fournisse un signal identifiable.

— C'est drôle, reprit le Plophosien au bout d'un moment. Je n'ai plus rien sur l'avant, tout à coup. Y aurait-il une éclaircie dans le nuage ?

Le psychologue fronça les sourcils. Lui-même ne remarquait aucun changement – toutefois la lueur du bouclier SH fortement sollicité gênait considérablement la vision côté proue.

Il s'interrogeait sur l'opportunité et les risques encourus par la coupure de l'écran SH pendant une seconde lorsque la vive clarté de celui-ci s'affaiblit d'un seul coup, pour redevenir presque aussitôt transparent. Seul un léger scintillement montrait qu'il était toujours actif.

— Qu'est-ce ça veut dire ? s'écria Bysiphère. Je n'ai plus un seul écho !

Tschu sentit ses cheveux se dresser sur sa tête. À l'extérieur de l'habitacle, il ne restait plus trace de poussière interstellaire. Il alluma le détecteur de masse – et se figea.

— Nous sommes dans l'entr'espace ! s'exclama-t-il. Vérifiez immédiatement le kalup, Armond !

— Le kalup est inactif, annonça l'hyperphysicien un instant plus tard.

Piao-Teh garda les yeux rivés sur l'affichage du détecteur de masse. Le système proprement dit n'était rien de plus qu'un dispositif para-optique d'enregistrement de la dispersion radiative en provenance de l'espace normal, dont les résultats étaient convertis en une image interprétable, ce qui permettait de voler « à vue » même dans l'espace linéaire.

On choisissait généralement un soleil comme point de repère, étant donné que ces corps célestes étaient les émetteurs paradimensionnels les plus puissants. Les planètes, quant à elles, n'étaient détectables qu'à distance relativement réduite, et on pouvait considérer comme exclu de visualiser par ce moyen de plus petits objets. Pourtant, le cosmopsychologue avait devant lui les contours parfaitement nets d'une coque effilée dont le tiers arrière flamboyait d'un rouge lumineux.

Il comprit que cela ne pouvait être que le chasseur en feu du lieutenant Terminov et de Ras Tschubaï. Toutefois, bien que l'appareil fût en apparence assez proche pour pouvoir le toucher, Tschu ne voyait pas comment lui faire achever son vol dans la zone de libration. Il était impossible d'éteindre un kalup non allumé !

Activant l'hypercom, il appela désespérément, et Terminov, et le Stellarque. C'était un geste absurde, et il en était conscient. Mais il se sentait obligé de tenter quelque chose, n'importe quoi pour ne pas rester assis là, impuissant !

L'image de la détection massique du *Mosquito* grandit tout doucement. Cela aussi était une impossibilité physique : tout vaisseau plongé dans l'espace linéaire ne pouvait s'y maintenir qu'en respectant une célérité minimale, qui était un pourcentage non négligeable de la vitesse luminique apparente. Et pourtant, le *KM-3* se mouvait de toute évidence avec une vélocité ne dépassant pas quelques kilomètres-heure. Il n'était naturellement pas question de recueillir des données exactes, car le calcul du facteur de déplacement demandait entre autres les paramètres concernant le régime d'éjection corpusculaire du propulseur, or celui-ci était à l'arrêt.

Brusquement, l'écho du détecteur de masse ne montra plus qu'une partie de l'autre unité, tandis que l'extérieur redevenait tout à coup d'un noir d'encre.

Le professeur retint son souffle. Il voyait déjà son *Mosquito* foncer dans celui de Terminov à la vitesse qu'il possédait avant la manœuvre linéaire forcée.

Plusieurs secondes angoissantes s'écoulèrent. Petit à petit, le scintillement de l'écran SH laissa apparaître les contours d'un chasseur spatial. Tschu éteignit le bouclier. Rien ne se passa : les deux machines devaient dériver dans la nébulosité obscure en vol quasi stationnaire.

Se souvenant enfin de l'hypercom, Piao-Teh appela Terminov – et reçut immédiatement une réponse claire et forte. Ras Tschubaï se manifesta quelques secondes plus tard.

— Je vois votre appareil, signala-t-il. Avez-vous le contact avec Rhodan, Tschu ?

— Hélas non, regretta le psychologue. Le mieux est que vous vous téléportiez ici sans tarder avec le lieutenant.

— Il n'y a plus de danger d'explosion, annonça Terminov. Tschubaï a coupé le réacteur à fusion aussitôt après l'impact énergétique. La cellule est déjà en cours de refroidissement.

— Il n'empêche que votre propulseur est hors d'usage, répliqua Piao-Teh. Ne tergiversez pas davantage, déjà que nous ignorons ce qu'il est advenu du Stellarque. Laissez-moi seulement le temps de libérer de la place sur le siège du copilote !

Commutant sur l'intercom, il appela Bysiphère. Mais

l'hyperphysicien ne répondit point. Aussi Tschu se déharnacha-t-il afin de pouvoir regarder par-dessus le dossier de son fauteuil-contour.

Le Dr Armond Bysiphère était immobile, la tête légèrement inclinée de côté – et entre ses mains entrouvertes miroitait le petit disque qui était Jonathan.

Le psychologue cracha une imprécation avant d'entreprendre de se glisser vers l'arrière – ce qui, dans l'étroit habitacle d'un *Mosquito*, requérait la souplesse d'un contorsionniste. Cependant le Plophosien ouvrit alors les yeux, lui épargnant cet effort.

— Ressaisissez-vous ! cria l'Afro-Asiatique. Aurait-il suffi que Jonathan revienne pour que vous vous évanouissiez ?

L'hyperphysicien considéra la chose qui chatoyait sur ses paumes – avant de la lâcher en émettant un cri étouffé. La créature d'hyperénergie matérialisée flotta lentement vers l'avant pour finalement se poser sur l'écran hypercom du pilote.

— Je vous prie de m'excuser, chuchota Bysiphère, seulement Jonathan est réapparu à la seconde même où nous quittions l'entr'espace. Et là j'ai compris…

— Ce n'est pas une raison pour tourner de l'œil ! objecta Tschu Piao-Teh. J'avais moi-même déjà envisagé cette hypothèse. Rejoignez-moi à l'avant, nous avons deux passagers supplémentaires à embarquer.

L'interpellé se faufila docilement vers l'avant du cockpit. Ils allaient se trouver plutôt à l'étroit, mais à la guerre comme à la guerre !

Le cosmopsychologue envoya le feu vert à Terminov, et quelques secondes plus tard celui-ci se matérialisait sur le siège du copilote en compagnie de Tschubaï.

— Il ne manque plus que Rhodan et John, déclara le téléporteur. Espérons qu'ils n'ont pas eu le même problème.

— Si nécessaire, nous nous tasserons davantage, répliqua Tschu bien qu'ils aient déjà tout juste encore assez de place pour respirer.

Un quart d'heure durant, ils stationnèrent au même endroit, émettant sans relâche un signal de repérage par hypercom. Et enfin ils reçurent une réponse.

— Une décharge hyperénergétique a neutralisé le champ protecteur de notre hypercom, informa le Stellarque. En théorie, vous devriez l'avoir constaté également. La source était tout près d'ici.

— Plus près que vous ne pensez, expliqua Piao-Teh. Jonathan…

— C'est donc ça ! le coupa la voix du Premier Terranien. Je me demande combien de surprises nous aurons encore à endurer avant de nous décider à détruire la chimère du Dr Bysiphère…

— Sans Jonathan, jamais nous n'aurions retrouvé Terminov et Tschubaï, protesta l'hyperphysicien.

Tschu arbora un sourire entendu.

— Il faudra que vous me racontiez cela plus en détail, répondit Perry Rhodan. Pour le moment, notre premier souci est de rejoindre le *Krest* au plus vite.

CHAPITRE VI

— Malgré tout ce qui vous est déjà arrivé, tu persistes à prétendre nous envoyer nous jeter dans cet enfer noir ? voulut savoir Atlan, décontenancé, après que l'expédition de reconnaissance fut revenue à bord du vaisseau amiral.

— Quel autre choix avons-nous ? répliqua Perry Rhodan. Mais si tu préfères, tu peux toujours aller nous attendre sur la nef des Bioposis, puisque j'ai l'intention de laisser ici le *BOX-13111* ainsi qu'un des navires halutiens. Ils demeureront en attente près de la binaire rouge que nous avons localisée à quinze mois-lumière d'ici, c'est un repère facile à identifier. Par ailleurs, comme nous volerons forcément à l'aveuglette, nous avons toujours la ressource en cas de nécessité d'expédier des sondes de reconnaissance. Je m'occupe immédiatement de faire calculer toutes les données indispensables.

L'Arkonide considéra son ami avec un sourire énigmatique.

— Voilà une chose à laquelle j'avais déjà pensé, Perry. Les données sont prêtes, ainsi que toutes celles qui autorisent un vol sans visibilité. En outre, pendant que tu étais au loin, j'ai envoyé toutes les corvettes contourner la nébulosité et déterminer sa forme exacte.

Le Stellarque le gratifia d'un regard éberlué.

— Tu as… ? balbutia-t-il.

Le Lord-Amiral hocha la tête.

— Et je suis du voyage, cela va de soi. Après tout, il faut bien que quelqu'un veille sur toi.

Les deux hommes éclatèrent de concert d'un rire libérateur.

Les quatre vaisseaux se mirent en route peu après. Le *Krest IV* et le navire d'Icho Tolot prirent la direction du nuage sombre tandis que la nef composite et l'unité de Pinar Alto se dirigeaient vers la double étoile écarlate.

Le contact entre les deux groupes fut très vite perdu. Compte tenu de l'expérience collationnée au cours du vol de reconnaissance, Perry Rhodan avait abandonné l'idée d'un déplacement à haute vélocité dans l'espace normal. Il prescrivit donc de pousser au maximum les convertisseurs kalupéens à vide pour plonger dans l'entr'espace avec une vitesse de lancée minimaliste.

Cette manœuvre un peu brutale était un gambit. Chacun des membres de l'équipage du *Krest* le savait, mais c'était le seul moyen : l'exploration préliminaire effectuée avec les *Mosquitos* avait permis d'établir que la densité des particules de poussière était telle que même poussés à fond, les boucliers SH céderaient avant de parvenir ne serait-ce qu'à trente pour cent de la vélocité luminique.

L'ultracroiseur se glissa dans la zone de libration alors qu'il n'avait atteint que trente mille kilomètres par seconde, toutes ses membrures vibrantes et les kalups à la limite de la surcharge. Quand les champs d'isolation furent sur le point de rendre l'âme, le Stellarque ordonna de couper les convertisseurs de compensation.

— Trente années-lumière, nota-t-il, songeur. Et déjà surchauffés. Même dans le nuage andromédan de Hadès, cela avait été plus facile !

— Les kalups se sont restabilisés, Monsieur, annonça le colonel Merlin Akran.

— Avons-nous la liaison avec le vaisseau de Tolot ? s'enquit Atlan.

— Contact perdu ! fut la réponse du centralcom.

— Il fallait s'y attendre, mentionna le Dr Armond Bysiphère. La nef halutienne est équipée d'écrans protecteurs aussi puissants que les nôtres, pour un diamètre largement moindre. Ils sont donc en mesure d'atteindre une vitesse supérieure tout en sollicitant moins que nous leurs blocs-propulsion linéaires.

Rhodan réfléchit quelques secondes avant d'ordonner à l'Epsalien :

— Initiez la plongée suivante, colonel. Mais pas plus de trente années-lumière !

Le commandant confirma, et le *Krest* s'élança à nouveau. Cette fois, la résistance du milieu s'avéra légèrement plus élevée que la première fois, et l'écran SH flamboya tel un immense feu de Bengale avant que le navire amiral disparaisse à l'abri de la zone intermédiaire entre les quatrième et cinquième dimensions.

Trente autres années-lumière furent franchies. La vitesse initiale étant restée la même, les kalups ne souffrirent pas davantage que lors de la première phase. Combien de temps encore il serait possible de plonger à trente mille kilomètres par seconde restait cependant une inconnue. Et si cette allure se réduisait, la distance parcourue à chaque étape diminuerait en conséquence, car plus la vélocité de référence était basse, plus les convertisseurs de compensation consommaient d'énergie pour maintenir le vaisseau dans l'entr'espace.

Au sortir de la troisième manœuvre linéaire, Rhodan décréta une pause durant laquelle les kalups feraient l'objet d'un examen approfondi. De plus, un certain nombre de projecteurs de champ d'isolation avaient besoin d'être révisés ou remplacés.

Cet intermède fut mis à profit pour procéder à une analyse de la situation. La réunion se déroula comme d'habitude dans la petite salle de conférences.

Après que l'ingénieur en chef eut fait part des problèmes rencontrés avec les convertisseurs de compensation, un silence embarrassé s'établit.

Roi Danton se décida enfin à mettre fin au mutisme général.

— Il faut voir l'aspect positif du contexte, Messieurs ! lança-t-il. Rappelez-vous de nos doutes quant aux affirmations d'Olukh. Une partie d'entre elles nous paraissait invraisemblable, n'est-ce pas ? Et le principal élément de suspicion était que le Bestian soutenait que jamais les Constructeurs du Centre n'avaient exploré ce secteur spatial.

« Les difficultés que nous rencontrons confèrent une crédibilité accrue aux indications du Moogh. Celui qui ne connaît pas les coordonnées exactes du système central des Bestians est dans l'incapacité totale de le découvrir. Nous avons jusqu'à maintenant parcouru quatre-vingt-dix années-lumière. Et combien d'échos énergétiques correspondant à des étoiles avons-nous relevés… ?

— Pas un seul ! précisa le chef de la centrale de détection.

— Je vous remercie ! poursuivit le Libre-Navigant. Et pourtant, nous sommes à plusieurs reprises passés à proximité d'un soleil, ainsi qu'en témoignent les enregistrements des dispositifs de correction automatique de trajectoire.

Quelqu'un rit.

— De fait, intervint Perry Rhodan, aucun d'entre nous n'avait songé à cela : il est, dans une certaine mesure, possible de déterminer si un corps céleste se trouve dans les parages à partir des influences extérieures altérant la course du vaisseau. Mes félicitations, Monsieur Danton !

L'intéressé s'inclina avec un sourire narquois.

— Ce que je voulais dire en réalité, c'est qu'aucune créature raisonnable n'irait imaginer qu'il pût y avoir des planètes habitées au milieu de ce Nuage de la Mort – et encore moins qu'une vie intelligente aurait pu naître sur un monde baignant au sein d'un tel environnement. Ce qui m'a amené à me poser une autre question : avec quels moyens les Bestians ont-ils pu réussir à rendre habitable quoi que ce soit dans cette nébulosité obscure ?

— Dusty Queen ! murmura le Lord-Amiral Atlan.

— Sire… ? demanda Roi qui n'avait pas compris les paroles de l'Arkonide.

L'autre sourit.

— Dusty Queen – la reine de la poussière ! Ne serait-ce pas un nom adéquat pour le soleil éclairant le monde central des Bestians ?

— En fait, la traduction littérale de ce terme est plutôt « la reine poussiéreuse ». Toutefois je suis d'accord avec vous, Sire, votre transcription libre sonne mieux. Qui pourrait bien aller imaginer une reine poussiéreuse ?

— Parfait ! récapitula Rhodan. Nous baptiserons donc notre objectif « Dusty Queen ». Ce nom possède une consonance un peu sinistre, mais probablement se révèlera-t-il approprié.

Le vibrateur de son microcom de poignet signala un appel. C'était le colonel Akran, qui annonçait que les kalups avaient supporté sans dommage les précédents efforts et que douze projecteurs de champ d'isolation supplémentaires avaient été installés. Il était donc possible de poursuivre le voyage à la même allure qu'auparavant.

Le Stellarque se leva.

— Nous reprenons notre route, Messieurs.

*
* *

Les choses commencèrent à se gâter après la cinquième étape linéaire.

Les décharges incessantes mettant à rude épreuve l'écran à surcharge de haute énergie atteignirent une intensité telle qu'elles surpassaient en efficacité les tirs au but de canons transformateurs – aussi incroyable que cela paraisse.

Deux des projecteurs qui approvisionnaient le bouclier en énergie fondirent sous leur propre dissipation thermique. Le colonel Akran décéléra aussitôt avec toute la puissance disponible, et après que le *Krest* eut ralenti jusqu'à n'avoir plus qu'une vitesse relative quasi nulle, la structure énergétique de l'écran SH se restabilisa.

Essuyant d'un geste irrité la sueur qui lui dégoulinait sur la figure, l'Epsalien pivota sur son fauteuil-contour pour scruter le Stellarque d'un regard navré.

— Désolé, Monsieur ! gronda-t-il. Mais nous sommes bloqués. La nature des particules de poussière n'est visiblement plus la même qu'en bordure. J'ai demandé de procéder à la collecte d'échantillons.

— Et comment comptez-vous récupérer ces échantillons ? se renseigna Perry Rhodan, sceptique.

— En désactivant le bouclier SH, Monsieur.

Le Premier Terranien s'alarma.

— Vous êtes cinglé, Akran ! Voulez-vous offrir à ce qui nous guette là dehors l'occasion de nous sauter sur le dos ?

Le commandant haussa ses larges épaules.

— La positronique de la centrale de détection a de toute façon donné un avis défavorable vis-à-vis du maintien de l'écran SH. Elle estime que cela augmente le risque que nous soyons repérés par un tiers.

— Et vous la croyez aveuglément ? insista le Stellarque, surpris. Depuis quand vous laissez-vous entraîner par une machine à des conclusions erronées ?

— Les cerveaux-robots sont censés être infaillibles, Monsieur ! se hasarda à objecter le colonel.

— Mais enfin ! rétorqua Rhodan, sarcastique. Réfléchissez un peu ! Depuis que nous sommes ressortis, nos senseurs peinent à capter quoi que ce soit à plus d'un million de kilomètres. Estimez-vous sérieusement qu'un bouclier énergétique, dont l'efficacité spatiale est étroitement délimitée, puisse envoyer très loin sa faible dispersion radiative ?

— Eh bien, reconnut l'Epsalien, peut-être l'heuristique de la positronique est-elle défectueuse quelque part. Je vous demande néanmoins l'autorisation de désactiver l'écran SH. Nous avons besoin d'échantillons de matière.

« Et, Monsieur, autre chose encore. Tant que notre bouclier est activé, nous sommes dans l'impossibilité d'accélérer, sous peine de bousiller complètement les projecteurs et les convertisseurs.

— C'est un argument valable. D'accord, colonel. Vous pouvez désactiver l'écran et collecter vos échantillons.

Mais n'oubliez pas de mettre en œuvre toutes les mesures de sécurité, je ne tiens pas à découvrir que nous avons accidentellement embarqué quelque monstre microscopique.

La section de cosmobiologie et cosmochimie appela une demi-heure plus tard pour demander au Stellarque de venir observer les spécimens recueillis.

Tschu Piao-Teh et Atlan l'accompagnèrent.

Le biologiste en chef du *Krest*, qui avait attendu ses visiteurs dans l'antichambre du laboratoire principal, les pria de revêtir les combinaisons isolantes. Cela fait, il les guida jusqu'à la salle d'études, où ils s'immobilisèrent devant une sphère d'énergie de trois mètres de diamètre.

Perry Rhodan y distingua une sorte de mouvement grouillant, mais sans réussir à percevoir de détails.

— J'active la magnification sectorielle, avertit le scientifique.

Dans la bulle se forma une lentille énergétique, derrière laquelle apparurent soudain des formes filamenteuses qui se déplaçaient en ondulant.

— Qu'est-ce que c'est ? chuchota l'Arkonide.

— Regardez bien, s'il vous plaît, annonça le cosmobiologiste avant d'actionner un autre circuit.

Une bille de métal grosse comme le poing tomba d'un seul coup à l'intérieur de la zone de confinement pour s'immobiliser juste derrière le cercle amplificateur.

Un frémissement parcourut la masse grouillante. Les fibres, apparemment attirées par la chose métallique, s'en rapprochèrent pour constituer bientôt une espèce de cocon gluant et frissonnant qui enveloppait complètement l'objet.

— Les analyses sont encore en cours, expliqua le savant. Ce que nous avons déjà établi est qu'il s'agit de fils atteignant quelques centimètres de long et constitués d'un assemblage de molécules géantes, un peu comme des algues primitives. De toute évidence, ce secteur de la nébulosité obscure tient davantage d'une archéo-atmosphère planétaire que de l'état normal de l'espace interstellaire. Nous avons mesuré la température extérieure, Messieurs. Elle varie entre zéro et quatre-vingts degrés Celsius.

— Mais ce n'est pas possible ! laissa échapper Atlan.

Le biologiste eut le sourire indulgent de l'expert face à un néophyte.

— Et pourquoi pas, Lord Amiral ? Songez qu'il existe des planètes solitaires, alors qu'elles ne peuvent en principe se former qu'à l'intérieur d'un système solaire. Et la vie parvient à se développer sur de nombreux mondes dont l'atmosphère est mortelle pour notre métabolisme, et même sur des globes originellement dépourvus de toute enveloppe gazeuse.

« Ici, la vie est apparue non pas à la surface d'une planète, mais directement au sein d'un nuage de gaz et de poussière interstellaire à grande densité. La forte concentration à elle seule suffit à expliquer la température. La chaleur étant une forme d'énergie, la matière inorganique n'a besoin de rien de plus – densité suffisante et énergie – pour engendrer des produits organiques, conformément aux lois de la physique.

« Avec ces filaments collants, nous avons affaire à une substance protobiotique – du moins en l'état actuel des résultats d'analyse. Il pourrait s'avérer que ces « proto-algues », comme nous les avons appelées, présentent toutes les caractéristiques de corps hautement organisés – de la vie proprement dite. Peut-être ne leur manque-t-il qu'une impulsion catalysatrice – comme par exemple cette sphère de radioterkonite – pour provoquer la mutation décisive.

— Fantastique ! s'exclama le professeur Piao-Teh. J'imagine déjà qu'un jour ces proto-algues auront tellement évolué qu'elles auront besoin d'un psychiatre pour les aider à stabiliser leurs systèmes nerveux centraux…

Le biologiste en chef s'esclaffa.

— Cela n'a rien d'impossible. Toutefois, nous ne serons plus là pour y assister – à part peut-être quelques exceptions bien connues…

Son regard passa sur Rhodan et Atlan.

Le Stellarque émit un toussotement embarrassé.

— À terme, toute vie est mortelle. Simplement, les organismes évolués ont élaboré une sorte d'échappatoire : leurs cellules se divisent afin de maintenir l'intégrité de l'individu en remplaçant les éléments morts.

— On peut l'envisager ainsi, confirma le savant en souriant.

Perry Rhodan pâlit soudain.

— Mon Dieu ! chuinta-t-il. Nous sommes là à discuter de la pluie et du beau temps pendant que dehors des milliards de proto-algues sont en train de s'agglutiner sur la coque non protégée du vaisseau !

Tschu Piao-Teh dodelina du chef.

— Je doute qu'elles puissent causer le moindre dommage à de la terkonite renforcée, Monsieur. Avec les moyens techniques dont nous disposons, c'est une petite contrariété dont nous devrions aisément venir à bout.

— Oui, bien sûr, murmura pensivement le Stellarque. Nous avons déjà neutralisé bien d'autres difficultés. Seulement…

Il secoua la tête.

— Parle calmement et lentement, Perry, conseilla Atlan.

— Je me demande comment les Bestians auraient pu occuper une planète au milieu de cette jungle filamenteuse…

— Oh ! reprit l'Arkonide. C'est très simple : Dusty Queen est à l'intérieur d'une « bulle biotopique » – un espace vierge de poussière et de proto-algues au cœur du Nuage de la Mort.

Le Premier Terranien fronça les sourcils.

— Serais-tu devenu extralucide ?

— Mais non, voyons ! C'est une information que m'a fournie Olukh avant son décès.

— Ah bon ! répliqua Rhodan sur un ton corrosif. On dirait que ta mémoire photographique n'est pas au mieux de sa forme, si tu te mets à ne cracher les renseignements vitaux que lorsque le sujet devient brûlant.

Le Lord-Amiral rougit.

— C'est un détail qui m'était bel et bien sorti de l'esprit, je l'avoue.

— Peut-être que d'autres précisions vous reviendront au fur et à mesure, Monsieur, sourit Tschu.

Le Stellarque toussa.

— Je l'espère aussi. (Il se tourna vers le biologiste en chef.) Quoi qu'il en soit, je vous suis très reconnaissant de votre excellent travail. Continuez, et efforcez-vous de percer tous les secrets de ces proto-algues. Pendant ce temps, nous verrons bien comment nous débarrasser de ces filaments adhésifs.

*
* *

Le *Krest IV* reprit sa progression, sans écran protecteur mais avec prudence. Les senseurs et palpeurs parsemant les deux faces de la coque transmirent les valeurs relevées. Des trillions de proto-algues s'étaient déjà agglutinées sur la surface externe du vaisseau.

L'ultracroiseur acquit, au bout d'un certain temps, l'aspect d'un front d'avalanche : la couche fibreuse s'épaississait de seconde en seconde, masquant les sas et autres ouvertures ainsi que la coupole d'observation du pôle supérieur.

Quand finalement la résistance mécanique de l'océan de proto-algues égala la poussée des blocs-propulsion, la vitesse de la nef amirale ne dépassait pas le vingtième de celle de la lumière. Les kalups durent de nouveau être activés en une manœuvre périlleuse et à la limite de leur capacité.

Après un parcours de huit années-lumière en vol linéaire, tous les projecteurs de champ d'isolation avaient grillé. Le *Krest* retomba automatiquement dans l'espace normal – ce dernier terme ne s'appliquant qu'à ses caractéristiques einsteiniennes et non à son contenu matériel, lequel était tout sauf normal.

— Si je n'étais pas certain d'avoir affaire à la réalité,

commenta Atlan, je tiendrais tout ça pour le produit d'une imagination malade, Perry.

Le Stellarque eut un rire sec et sans humour.

— La réalité dépassera toujours l'imagination, même la plus débridée, mon ami. La Nature est bien plus géniale que tout ce qu'un humain est capable de concevoir.

— « Géniale » est le mot, mon cher, répliqua l'Arkonide non sans cynisme. Nous sommes tout bonnement en train de démolir le *Krest*. Peut-être était-ce là l'intention des Bestians.

Derrière les deux hommes, quelqu'un toussa.

C'était Roi Danton. Le fils de Rhodan était en compagnie du Dr Eileen Dacran. Depuis quelque temps, ces deux-là étaient devenus presque inséparables, au point que Perry se demandait si son rejeton n'était pas en voie de fonder une nouvelle famille. Toutefois leur relation ne semblait pas avoir dépassé de beaucoup le stade de l'amitié, sinon mademoiselle Dacran aurait découvert qui était réellement Roi Danton, et lui-même n'aurait pas manqué de s'en apercevoir.

— Oui ? invita le Stellarque avec amabilité.

— Eileen… je veux dire Mademoiselle Dacran, a effectué une évaluation psychologique sur les intentions des Bestians, Grand Seigneur, formula le Libre-Marchand.

Même dans cette conjoncture sinistre et confuse, il ne renonçait pas à ses manières de gandin.

— Venez, mademoiselle ! émit le Premier Terranien en conviant l'assistante du professeur Piao-Teh à le suivre.

Eileen et Roi emboîtèrent le pas à Rhodan et Atlan, et le quatuor se dirigea vers la cabine du Lord-Amiral. Depuis que la jeune femme résidait à bord du *Krest*, c'était la première fois qu'elle avait l'occasion de mettre les pieds dans les appartements privés de l'Arkonide, et elle ne se gêna pas pour inspecter les lieux du regard.

En sus de deux anciens spatiandres arkonides pressurisés et d'un exemplaire d'un des premiers robots de combat – arkonide également –, le vestibule était décoré de plusieurs holovues de paysages planétaires – arkonides, toujours. L'ensemble faisait plutôt surchargé. Cependant, la psychologue comprenait parfaitement qu'Atlan s'entourât de souvenirs de son glorieux passé personnel et de celui de son peuple.

À l'opposé, le spacieux salon était agencé avec une objectivité rationnelle. Sur les murs, les holotableaux montraient des représentations sous différents angles de l'amas M 13, la région natale de l'Arkonide, ainsi que des vues de Terrania, la capitale de l'Empire Solaire et nouvelle patrie d'Atlan. Comparé à l'antichambre, ce cadre offrait un contraste saisissant, avec ses aménagements typiquement terraniens comme le bar automatique, l'installation de sonorisation, les trois tables rondes et les fauteuils bas disposés un peu partout au petit bonheur.

Après qu'ils se furent assis et que le Lord-Amiral leur eut servi à chacun un verre de tonic avec des glaçons, le Stellarque adressa un regard d'invite à la jeune cosmopsychologue.

— Les Bestians, attaqua posément Eileen, ont mis en œuvre de considérables ressources afin d'établir le contact avec nous. Ils ont assumé sans rancœur apparente que nous ayons causé – même involontairement – la perte du système de Molak, et ont évalué celle de leurs vaisseaux dans le système de Scintilla comme un prix acceptable à payer en échange de la restauration de ce contact.

Elle but une gorgée de son verre, reconnaissante en son for intérieur au Lord-Amiral de ne pas leur avoir proposé de boisson alcoolisée – qu'elle se serait sentie obligée de refuser, l'interdiction temporaire s'appliquant sans distinction à tout l'équipage du *Krest*.

— Mais ce n'est pas tout. S'ajoute à cela le fait que le Pewel Olukh nous a livré les coordonnées exactes du monde central de son peuple. Je suis certaine qu'il y a été officiellement autorisé. On nous a permis d'enregistrer un itinéraire et de nous approcher d'un système que nul ne pourrait découvrir sans l'accord des Bestians. J'oserai cependant douter que ces êtres n'aient vu aucune autre possibilité pour entrer en relation avec nous.

— Je ressens le même doute, mademoiselle Dacran, souligna Atlan. Je continue à penser qu'on cherche à nous attirer dans un piège. Celui qui est capable de créer une bulle biotopique englobant un soleil et trois planètes ne doit guère éprouver de difficulté à immobiliser un vaisseau spatial comme le *Krest*.

— Un instant ! intervint Perry Rhodan, agité. C'est la première fois que j'entends parler de trois planètes. Serait-ce à nouveau une de ces bribes de souvenirs émergeant des profondeurs de ta mémoire défaillante ?

— C'est à craindre, oui, répondit l'Arkonide, déconfit. À l'issue de cette opération, il faudra vraisemblablement que je me fasse faire un examen approfondi par Mademoiselle Dacran.

— Parbleu ! s'écria Roi en se relevant d'une manière agressive. Ne vous avisez pas, Sire, de piéger la dame de mon cœur dans vos rets arkonides !

Eileen pouffa.

— Restons objectifs ! Lord-Amiral, vous alliez dire quelque chose.

— Je me souviens à présent qu'Olukh m'avait fourni les noms des trois mondes de Dusty Queen. La première planète s'appelle Zootkohn, la deuxième Pauper et la troisième, Norvo. Mais c'est tout ce que je sais là-dessus.

— L'esprit de vos ancêtres peut vous éclairer ! murmura Danton avec un sourire équivoque.

— Si vous permettez, je poursuis mon exposé, avertit froidement la psychologue. Je ne crois pas en un traquenard des Bestians. Ils auront naturellement pris certaines précautions afin de nous empêcher de divulguer les coordonnées de leur planète centrale, néanmoins, s'ils avaient voulu nous tendre un piège, ils auraient pu s'y employer beaucoup plus simplement en nous indiquant un autre lieu de rencontre.

« Par conséquent… (Elle haussa le ton.) Par conséquent, ils ont besoin de nous sur leur monde principal parce qu'ils sont confrontés à un problème qu'ils ne peuvent résoudre seuls. En résumé, ils veulent que nous les aidions à faire une chose qui doit avoir pour eux une importance vitale.

— C'était extrêmement instructif, déclara Perry Rhodan. Je vous en suis très reconnaissant, Mademoiselle Dacran.

— Ne ferions-nous pas mieux de rebrousser chemin ? suggéra Atlan avec hésitation. Un danger que les Bestians n'ont pu éliminer pourrait facilement causer notre perte.

— Je ne parlais pas spécialement d'un danger, Lord-Amiral, le contredit Eileen Dacran, mais seulement d'un problème. Si les Mooghs étaient confrontés à une grave menace qu'ils n'étaient pas en mesure de conjurer, ils auraient probablement abandonné le système de Dusty Queen depuis longtemps.

— De plus, ajouta Roi Danton en faisant aller et venir dans le fourreau la lame de son épée toute neuve, nous, Terraniens, n'avons peur de rien !

CHAPITRE VII

Au moment où un choc violent ébranla la coque du *Krest IV*, tout l'équipage fut persuadé durant quelques angoissantes secondes que sa dernière heure était venue.

Cependant, Icho Tolot se matérialisa peu après dans le transmetteur de l'ultracroiseur avant de se rendre en toute hâte dans la centrale de commandement pour avertir le Stellarque que lui et Fancan Teik venaient d'arrimer, comme d'habitude, leur vaisseau près de la coupole polaire de la nef amirale.

Perry Rhodan annula immédiatement l'alerte et utilisa le circuit intercom général afin d'informer tout le monde de la cause véritable du heurt. Après quoi il convoqua son état-major pour une nouvelle réunion.

— Nous nous trouvons à proximité directe du système central des Bestians, annonça le Halutien face à l'aréopage des spécialistes et des sommités de la nef amirale. Après que nous avons perdu le contact avec vous, nous avons continué seuls vers les coordonnées spécifiées. Pourtant, sans la qualité supérieure de nos installations de détection, nous serions probablement passés à côté du système central sans nous en apercevoir. En effet, les mesures sont fortement compliquées par la pression radiative émise par son astre central, laquelle provoque à la limite de la bulle habitable une concentration accrue de filaments protobiotiques.

— Quel est le diamètre de cette biosphère ? se renseigna Perry Rhodan.

— Cent millions de kilomètres environ, répondit

Tolot. Le soleil qu'Atlan a baptisé Dusty Queen – il m'en a avisé tantôt – est entouré d'un cortège de trois planètes dont les orbites presque parfaitement circulaires sont relativement proches les unes des autres, puisque seulement quarante millions de kilomètres séparent les deux trajectoires extrêmes, l'intermédiaire se situant exactement entre les deux. Toutes ces caractéristiques dénotent une manipulation globale par des créatures intelligentes.

— Avez-vous réussi à détecter d'autres indices quant à la présence, justement, d'une vie intelligente ? s'enquit Roi Danton.

— Non, aucun écho énergétique. Néanmoins, cela pourrait s'expliquer par des protections efficaces. Nous n'avons opéré qu'une brève incursion dans le système et n'avons de ce fait balayé avec nos instruments que la planète extérieure, et encore, fugitivement. Il s'agit en l'occurrence d'un monde comparable à la planète Mars de votre Système Solaire, toutefois sans trace d'occupation. Naturellement, toute sa surface est constituée d'un désert de sable de quartz.

— Le composant principal du sable est le bioxyde de silicium, donc le quartz, murmura un cosmochimiste.

— Vous avez raison, reconnut Tolot, c'est un pléonasme. (Il émit un rire tonitruant, mais – heureusement pour les organes auditifs terraniens – fugace.) La pesanteur de la troisième planète est de 0,65 g, pour une durée de rotation estimée à 28,7 heures. La couche atmosphérique est assez réduite, tout en étant toutefois probablement respirable pour un humain. C'est tout ce que nous avons eu le temps de relever. Nous avons immédiatement rebroussé chemin afin de nous lancer à votre recherche. Il s'en est pourtant fallu d'un cheveu que nous nous croisions sans nous voir : vous étiez déjà sur un cap qui vous aurait fait passer tout près de la bulle biotopique – mais à côté…

— Et nos instruments n'ont pas décelé trace de cela ! s'exclama l'officier responsable de la détection. C'est presque incroyable !

— Eh bien, comme je l'ai souligné précédemment, nos équipements sont un tantinet meilleurs que les vôtres, sourit le Halutien. Il ne fait cependant aucun doute que Dusty Queen est le système solaire le mieux camouflé que j'aie jamais vu.

Perry Rhodan, qui était durant tout ce temps resté assis l'air rêveur en paraissant n'avoir écouté que d'une oreille, se leva. Le brouhaha général se tut tandis que tous regardaient le Stellarque, dans l'expectative.

— J'ai une proposition que j'aimerais vous soumettre, Messieurs, déclara le Premier Terranien en souriant imperceptiblement. Le globe numéro trois – ou Norvo, comme l'appelait Olukh – n'est certainement pas le monde central des Bestians. C'est pourquoi il me semble opportun de l'explorer à fond avant de nous mesurer aux planètes restantes. Dans cette optique, je suggère d'envoyer l'une de nos *Gazelles* équipées de l'écran anti-détection des Libres-Marchands. À présent, je vous laisse en discuter.

Le débat s'avéra houleux, s'achevant toutefois sur une acceptation pleine et entière de l'idée du Stellarque.

Perry Rhodan présenta alors les détails de la mission qu'il avait élaborée à l'aide de la positronique principale de bord.

La *KG-11* devait recevoir un équipage normal, auquel s'ajouteraient le téléporteur Ras Tschubaï, le télépathe John Marshall, le psychologue Tschu Piao-Teh et l'Étrusien Melbar Kasom. Ce commando d'intervention serait placé sous le commandement du Premier Terranien en personne. Le Paladin d'Harl Dephin figurait également sur la liste, mais comme le gigantesque robot ne pouvait être embarqué dans les soutes bourrées de matériel de l'aviso, il voyagerait ancré magnétiquement à l'extérieur de la coque.

Après les traditionnelles protestations d'Atlan concernant l'implication directe de Rhodan dans une expédition à risque et les réponses usuelles qui s'ensuivirent, les participants clôturèrent la séance.

L'équipée pouvait commencer.

*
* *

Le lieutenant George Terminov fut chargé du pilotage de la *Gazelle*, ce qui n'alla pas sans déclencher forces allusions et quolibets vis-à-vis de son accident de *Mosquito* lors du vol de reconnaissance dans la périphérie du Nuage de la Mort. L'intéressé resta imperturbable : il était blindé.

Alors que l'aviso, protégé par son écran anti-détection ultra-performant, franchissait la bordure de la bulle biotopique pour mettre le cap sur Norvo, les membres de l'expédition furent contraints d'endurer les malédictions et jérémiades de Melbar Kasom.

L'Étrusien n'avait pu prendre place dans les fauteuils du poste central, conçus pour des Terraniens de stature ordinaire. Aussi s'était-il assis par terre entre les sièges, les jambes glissées par-dessous. Et chaque fois qu'un fauteuil-contour pivotait un tant soit peu, le colosse se plaignait des sévices subis par ses tibias ou d'autres parties de son corps.

À la fin, Ras Tschubaï proposa d'arrimer Kasom sur la coque du vaisseau, à côté du Paladin. Après quoi, le géant se le tint pour dit et ne se manifesta plus.

La *Gazelle* n'était plus qu'à quelques centaines de kilomètres de la surface quand soudain les détecteurs réagirent.

— Ce monde n'est donc pas totalement inhabité, en déduisit Rhodan. (Il se tourna vers Marshall.) Percevez-vous des impulsions mentales, John ?

Le télépathe secoua la tête. Il avait le visage trempé de sueur, signe qu'il se concentrait déjà depuis un moment à la recherche des ondes psychiques d'autres créatures vivantes.

— Uniquement des signaux sans signification tels qu'en émettent les organismes non intelligents.

— Ce sont ceux de l'Étrusien ! plaisanta Terminov.

Kasom poussa un cri furibond.

Marshall eut un sourire crispé.

— Dans ce cas ils devraient exprimer une faim dévorante, lieutenant. Or je ne sens que des ondes de haine, de peur et d'agressivité animale. Tiens, comme si j'étais branché sur un immense camp de quarantaine grouillant de Bestians enragés…

Tschu Piao-Teh fronça les sourcils.

— Des Bestians enragés ? Plein une planète ? Impossible ! À moins que des créatures intelligentes n'aient manigancé quelque chose…

— Ce qui ne m'étonnerait qu'à moitié ! remarqua le Stellarque. Lieutenant Terminov, approchez-vous de la source du rayonnement énergétique. Nous prenons un risque, mais ce serait idiot de ne pas commencer par là.

George Terminov confirma.

La *Gazelle*, qui avait entre-temps atteint les couches supérieures de l'atmosphère, opéra une plongée vertigineuse entraînant consécutivement une forte accélération avant de se redresser progressivement selon une trajectoire parabolique, propulsion désactivée, au fur et à mesure de la pénétration de strates aériennes plus denses.

— Une construction ! annonça l'officier de la détection au bout d'un moment. Assez grande !

— Soyez plus précis ! lui intima sèchement Rhodan. « Assez » est une expression plutôt vague !

— Hauteur du bâtiment, deux kilomètres et demi, Monsieur, compléta l'interpellé. Diamètre de base, approximativement deux kilomètres. Forme grossièrement hémisphérique avec échancrure elliptique dans la partie supérieure. Matériau… (il lut le résultat d'évaluation du détecteur de masse) plastique de haute qualité et pierre naturelle. La source d'énergie est située sous l'édifice. Aucun signe de poste de défense, Monsieur.

— Nous n'avons donc affaire qu'à des animaux sauvages, murmura le Stellarque. Voilà qui nous simplifiera la tâche.

— Depuis que je connais les êtres sapients, j'aime les animaux ! gronda la voix de basse de Kasom.

— Rôtis, surtout ! rétorqua sarcastiquement Tschubaï.

L'éclat de rire fut général.

— Tout le monde me sous-estime ! gémit l'Étrusien en rentrant la tête alors qu'un fauteuil-contour pivotait au ras de son oreille. Moi qui ai une âme si sensible…

— Âme qui se trouve probablement là où les gens normaux ont leur estomac ! renvoya le téléporteur.

La *Gazelle* tangua quelque peu lorsque Terminov décéléra brutalement en enfilant une vallée en forme d'auge avant d'atterrir au milieu des rochers jonchant le fond de la dépression. À quelques kilomètres de là s'élevait l'imposante construction gris clair, se découpant sur le ciel sombre de Norvo.

— Terminus ! annonça le pilote.

— Espérons que non ! répliqua Rhodan. Ras, je voudrais vous demander de vous téléporter dans le bâtiment afin de découvrir ce qu'il abrite. Ne prenez aucun risque. Compris ?

— Oui, Monsieur, répondit le mutant.

Après s'être débouclé de son siège, il se tint debout, immobile, pendant quelques secondes – puis il disparut, ne laissant derrière lui que le chuintement caractéristique de l'air se ruant pour combler le vide.

***

Tschubaï se matérialisa sur un sol parsemé de nombreuses élévations en forme d'aiguilles, et qui s'ouvrit juste à côté de ses pieds en émettant un borborygme.

Le téléporteur s'écarta précipitamment. Bien lui en prit : la seconde d'après, une chose ressemblant à une trompe descendit des hauteurs pour cracher un flot de bouillie rougeâtre qui disparut en gargouillant dans l'ouverture, laquelle s'élargit. La « trompe » s'abaissa encore, expédiant de nouvelles quantités de cette matière visqueuse dans l'étrange bouche.

Ras effectua un autre mouvement d'évitement lorsqu'un deuxième orifice apparut presque sous ses pieds.

Ce fut avec une horreur croissante qu'il assista à une répétition du processus avec l'espèce de tuyau.

Un scintillement devant lui l'alerta à la dernière seconde, lui évitant de se jeter droit dans une barrière énergétique.

Il commençait à deviner ce qui se passait en ces lieux – et ce pressentiment lui fit courir le long du dos des frissons alternativement brûlants et glacés. Il en appela à toutes ses ressources pour se contraindre à garder son sang-froid. Ensuite, s'aidant de l'équipement de son spatiandre de combat, il procéda à plusieurs relevés, qui lui confirmèrent que l'écran miroitant n'était pas un exemplaire unique et localisé, et qu'il s'agissait là de champs de confinement d'une extraordinaire puissance.

Il s'élança en courant entre les « aiguilles », notant que les pointes se tendaient vers lui au passage, sans toutefois lui porter préjudice, étant donné qu'elles le surplombaient de plusieurs mètres.

Il se concentra sur un emplacement proche de la paroi de la halle – et sauta.

Vue de son nouveau point de chute, la monstruosité était beaucoup plus reconnaissable que de dessus.

Ras comprit qu'il s'était précédemment tenu sur le dos d'une titanesque créature d'au moins deux kilomètres de haut, dont le corps était couvert d'aiguillons et de gueules affamées ne cessant se s'ouvrir et de se fermer. La manière dont la pulpe alimentaire rougeâtre était injectée dans chacun de ses orifices était un spectacle écœurant. Le léviathan se dressait – à moins qu'il ne fût affalé – sur plusieurs douzaines, ou peut-être même des centaines de très courtes pattes trapues épaisses comme des piliers. Son épiderme ressemblait de façon stupéfiante à celui d'un Dolan.

Tschubaï frissonna.

Avec un soupçon de cynisme, il décida d'appeler le monstre « Clara ». Pourquoi, il n'aurait su le dire. C'était là une de ces idées spontanées non influencées par un raisonnement conscient, du genre de celles qui l'avaient déjà si souvent mené à engager des actions surprenantes.

Après s'être assuré qu'en dehors de « Clara » nul être vivant n'était présent dans l'immense halle, il regagna la *Gazelle*.

À peine avait-il terminé son rapport que la voix d'Icho Tolot hurla dans le haut-parleur de l'intercom.

Dans le poste central, tout le monde s'entre-regarda, abasourdi.

Il avait été convenu d'un silence radio absolu. Si le Halutien le brisait aussi brutalement, c'était forcément parce qu'une chose grave s'était produite.

Les explications ne tardèrent pas.

— Alerte ! cria le géant quadrumane. Deux grands vaisseaux noirs viennent de décoller de la seconde planète. Ce sont des unités de douze cents mètres de long, et elles ont mis le cap sur Norvo.

Un ange passa. Le Stellarque allait poser une question quand Tolot se manifesta derechef.

— Huit autres nefs ont appareillé ! Un instant… Non, elles sont vingt, à présent ! Je présume qu'il s'agit de navires des Bestians. Alerte rouge ! J'arrive en renfort. Partez immédiatement !

George Terminov s'éclaircit la gorge avant de gratifier Rhodan d'un regard interrogateur.

Le Stellarque hocha la tête.

Le lieutenant posa la main sur le levier de décollage d'urgence.

Trop tard.

Avec un craquement sinistre accompagné de grincements, la *Gazelle* s'affaissa de plusieurs mètres : les étançons télescopiques venaient de casser comme du bois vermoulu.

— Évacuez ! cria Perry Rhodan.

Il avait levé un bras en direction de la coupole de terkoplast qui coiffait le poste de commandement. Le matériau transparent fut soudain obscurci par une ombre gigantesque avant de commencer à se fendiller.

Melbar Kasom sortit bon dernier de la centrale – après que le dôme eut explosé et qu'un membre aussi épais que le buste de l'Étrusien se fut introduit par l'ouverture.

Dans sa course-panique, le spécialiste de l'O.M.U. arracha trois fauteuils de leurs ancrages, puis s'écarta dans un cri de la patte qui menaçait de le piétiner avant de se jeter enfin dans le puits d'ascenseur.

Au-dehors, le Paladin du major Dephin menait un combat sans espoir contre le plus énorme monstre qu'un Terranien ait jamais vu dans M 87 – à l'exception de Ras Tschubaï, qui souligna la ressemblance du nouveau venu avec Clara tout en précisant que cet animal-là était néanmoins considérablement plus petit.

La bestiole était malgré tout assez imposante pour transformer en un rien de temps la *Gazelle* en un tas informe de ferraille de terkonite.

Le robot halutoïde couvrit la fuite des Terraniens en tirant sans discontinuer de toutes ses armes sur le léviathan – sans le moindre résultat. La créature ne parut pas même s'en apercevoir, se contentant de faire de temps en temps un « petit » pas en avant – ce qui l'avançait immédiatement de dix ou quinze mètres, bousculant à chaque fois le robot halutoïde qui s'en trouvait repoussé d'autant.

— Dites-moi que je rêve ! gémit Perry Rhodan.

Appuyant sur son épaule un mini-lance-roquettes, il tira une ogive nucléaire en direction de la « petite sœur » de Clara, qui se retrouva enveloppée d'un ardent nuage atomique. Pourtant, quand les effets de la déflagration s'estompèrent, la bête était toujours là, indemne. Seul le Paladin avait été contraint de s'écarter.

Lorsque d'autres léviathans commencèrent à s'approcher de tous côtés, le Stellarque ordonna la retraite finale. Les hommes allumèrent les propulseurs de leurs spatiandres de combat avant de s'élever de plusieurs mètres au-dessus du sol.

Si quelques-uns des plus petits monstres volants tout juste surgis purent être abattus par le Paladin, leurs congénères beaucoup plus imposants qui fondirent soudain dans la vallée se révélèrent insensibles au pilonnage énergétique. Dans leur malheur, les Terraniens eurent cependant la chance que le comportement des titans fût plutôt passif, et non franchement agressif.

Explorant les flancs abrupts de la dépression, John Marshall découvrit enfin une anfractuosité relativement profonde, dans laquelle Perry Rhodan ordonna de s'abriter.

— Peut-être ces léviathans finiront-ils par se calmer, expliqua-t-il.

— Espérons-le ! murmura le professeur Piao-Teh avec scepticisme.

*
* *

Épuisés et abattus, les hommes étaient assis contre la paroi glacée de la cavité dans laquelle ils avaient cherché refuge. Melbar Kasom montait la garde près de l'entrée.

Sortant la pipe dont il ne se séparait jamais, Tschu Piao-Teh la bourra avant de l'allumer. Après avoir lâché un épais nuage de fumée, il se dirigea à pas lents vers Kasom et considéra le natif d'Étrus.

— Comment vous sentez-vous ? interrogea-t-il.

Le colosse émit un grognement sourd.

— Affamé, professeur ! Mes rations de secours ont été dévorées par ce monstre. Que ne donnerais-je pas pour tuer un Bestian et le rôtir sur un grand feu !

— Il vous faudrait au moins les faisceaux concentrés d'une douzaine de canons à impulsions, évoqua narquoisement le cosmopsychologue. Toujours est-il que pour le moment on semble nous laisser en paix. Estimez-vous heureux de ne souffrir que de petits tiraillements d'estomac.

— De *petits* tiraillements… ? (Kasom gémit en pressant ses mains sur la zone anatomique concernée.) Pourquoi avons-nous brûlé les proto-algues du *Krest* au lieu de les cuire ?

Face à cette voracité pathologique, Tschu ne put que secouer la tête.

Il leva les yeux en voyant approcher Perry Rhodan.

— Icho Tolot a appelé il y a un instant, signala le Stellarque. Les navires des Bestians se tiennent visiblement en retrait et se sont placés sur une orbite d'attente. Les Halutiens vont tenter de nous récupérer avec leur vaisseau.

Piao-Teh s'épouvanta.

— Ils projettent de venir par ici ? Dites-leur de rebrousser chemin sur-le-champ, Monsieur ! N'avez-vous donc pas vu les léviathans volants qui survolent la vallée ?

Rhodan étrécit les paupières en adressant au professeur un regard inquisiteur.

— Croyez-vous pouvoir faire mieux que moi ? demanda-t-il, surpris. Même mille de ces monstres seraient incapables de causer le moindre tort à la nef de combat d'Icho Tolot.

Le cosmopsychologue ne répondit pas. Cependant, les commissures de ses lèvres se crispèrent en une grimace amère et, s'assurant que son radiant à impulsions était bien en place dans son ceinturon, il sortit.

Le Stellarque le suivit sur l'avancée rocheuse.

— Je ne voulais pas vous offenser, professeur, mais…

Tschu arbora un sourire impénétrable.

— Il n'y a pas de mal, Monsieur. Je ne l'avais d'ailleurs pas pris ainsi. (Il allongea un bras en direction du ciel terne.) Nos amis halutiens arrivent déjà. Nous ferions mieux de réfléchir au moyen de leur faciliter la tâche.

Perry Rhodan se tordit le cou en arrière et plaça sa main en visière. Très haut dans la clarté tremblotante de la voûte céleste était apparue une trace lumineuse semblable à une étoile filante. C'était la traînée d'air ionisé que l'appareil de Tolot chassait sur son passage.

Décélérant rapidement, la sphère noire devint bientôt reconnaissable. À l'aide de son microcom de poignet, le Stellarque expédia le signal de repérage afin que les Halutiens puissent atterrir le plus près possible du refuge des Terraniens.

Piao-Teh émit soudain un cri étouffé.

Rhodan sentit son cœur s'arrêter de battre.

L'un des plus grands monstres volants s'était brusquement détaché du cercle de ses congénères pour se diriger, avec de lourds battements d'ailes, vers le vaisseau en approche.

Le Premier Terranien respira, soulagé, lorsque le navire tira une pleine bordée sur le léviathan. Hélas, la suite ne l'alarma que davantage.

La créature était indemne. Pire encore, elle paraissait se vautrer dans le déluge d'énergie qui la frappait, telle un canard s'ébrouant sous la pluie.

Le Stellarque eut pour la première fois le loisir de contempler l'un de ces animaux. Celui-là ressemblait à une gigantesque raie manta hexagonale, et plus il perdait de l'altitude, plus sa taille véritable devenait évidente. Si au départ, vu de très loin, Rhodan avait estimé son diamètre à deux cents mètres, il avait à présent l'impression que sa dimension exacte était plus proche de dix kilomètres.

Les bulbes situés aux six angles de ce titan lâchèrent un liquide jaunâtre qui s'enflamma la seconde d'après. Alors le léviathan se rua comme une fusée vers la nef halutienne.

— Leur handicap est qu'aucune arme transformatrice n'est utilisable ici, expliqua prosaïquement Tschu Piao-Teh. Ils feraient mieux de s'enfuir au lieu de risquer une catastrophe qui n'aiderait personne !

— Je dois vous donner raison, avoua le Stellarque.

Il alluma son microcom afin d'appeler Tolot. Mais le Halutien ne donna pas signe de vie. Probablement le combat défensif accaparait-il toute son attention.

D'une ultime et surpuissante poussée de ses réacteurs organiques, le dragon franchit le reste de la distance qui le séparait encore de la sphère noire.

D'un geste si fulgurant que ses différentes phases demeurèrent invisibles à l'œil humain, le léviathan se ploya autour de l'astronef.

Perdant son assiette, l'engin oscilla avant d'entamer un mouvement de vrille en tombant vers le sol.

— En arrière ! cria Tschu en flanquant au Premier

Terranien un coup dans la poitrine qui l'envoya tituber plusieurs mètres à l'intérieur de la grotte.

S'élançant derrière Perry Rhodan, le psychologue se jeta sur lui pour lui faire un rempart de son corps contre l'explosion qui ne manquerait pas de suivre l'impact du vaisseau halutien.

Après quelques secondes, comme rien ne s'était produit, il se releva pour revenir en hâte jusqu'à l'entrée.

La nef de Tolot se trouvait à environ cinq kilomètres du pied du contrefort dans lequel s'ouvrait le refuge des Terraniens – complètement enveloppée par le monstre volant.

— Le contact hypercom est rompu, annonça le Stellarque d'une voix atone en rejoignant Tschu.

— La masse corporelle du léviathan fait écran aux hyperrayonnements, expliqua celui-ci. À présent, c'est à nous de tenter de secourir les Halutiens.

Rhodan émit un rire douloureux.

— Comment ? (Il montra devant eux la montagne de chair, semblable à un Dolan, qui s'élevait dans le ciel tel un mur cyclopéen.) À côté de celui-là, la petite sœur de Clara est un jouet inoffensif !

— Peut-être, s'immisça Tschubaï. (Le téléporteur était sorti à son tour.) Nous ne pouvons pourtant pas laisser nos amis se faire tuer par Clara en personne.

Les deux autres se figèrent en voyant le monstre hémisphérique bardé d'aiguillons qui s'approchait depuis le bâtiment géant, en soulevant un immense nuage de poussière.

— Elle doit s'être libérée des champs coercitifs, présuma Tschaï.

— À moins que quelqu'un ne l'ait lâchée sur nous, contre-attaqua Tschu.

— Quoi qu'il en soit, le résultat est le même, trancha Perry Rhodan, qui avait de toute évidence recouvré son sang-froid habituel. Nous devons trouver un moyen de sauver la vie des Halutiens – et la nôtre en même temps.

— Ça se présente plutôt mal, non ? commenta John Marshall.

— Cela ne veut rien dire, rétorqua Piao-Teh. Ce n'est pas la première fois que nous sommes confrontés à un léger contretemps.

— Voilà un euphémisme joliment formulé ! railla le téléporteur. Je compte aller observer Clara d'un peu plus près. Voulez-vous m'accompagner, professeur ?

Le psychologue conserva son sourire énigmatique.

— Avec le plus grand plaisir. (Il se tourna vers le Stellarque.) Monsieur, m'autorisez-vous à partir avec Tschubaï ?

Rhodan considéra un instant l'Afro-Asiatique, avant de jeter un regard nostalgique vers le ciel.

— Nous repartirons d'ici, annonça-t-il en parvenant même à esquisser un sourire. Faites ce que vous pourrez, Ras et Tschu. Nous nous activerons de notre côté.

— À bientôt ! répondirent d'une seule voix Tschubaï et Piao-Teh.

Quelques secondes plus tard, ils avaient disparu…

Ils ont pénétré dans la nébuleuse obscure – et l'équipage du Krest a vécu un enfer spatial.

Au centre de Léthara, ils ont découvert la bulle biotopique, avec son soleil et ses trois planètes. S'ils ont cru que le pire était derrière eux, c'était parce qu'ils ignoraient encore tout du plan de Chappuy-Kitos.

Chappuy-Kitos – le Bestian vert qui attend Perry Rhodan pour entraîner les Terraniens dans LE PIÈGE DES PELEWONS…

Achevé d'imprimer sur les presses de

BUSSIÈRE

GROUPE CPI

à Saint-Amand-Montrond (Cher)
en juin 2002

FLEUVE NOIR
12, avenue d'Italie
75627 Paris Cedex 13
Tél. : 01-44-16-05-00

— N° d'imp. : 23231. —
Dépôt légal : juillet 2002.

Imprimé en France